Furia del discurso humano

Novela de
Miguel Correa Mujica

Pureplay Press
Los Angeles

Primera edición

Copyright © 2005 Miguel Correa Mujica

All rights reserved under International and Pan-American Copyright Conventions.

Derechos exclusivos reservados para todo el mundo.

Ninguna parte de esta publicación, incluido el diseño de las portadas, puede ser reproducida, almacenada o transmitida en manera alguna ni por ningún medio, ya sea electrónico, químico, mecánico, óptico, de grabación o de fotocopia, sin permiso previo del autor.

Por favor, dirija su correspondencia a / Please direct all correspondence to: info@pureplaypress.com / Pureplay Press, 11353 Missouri Ave., Los Angeles, CA 90025.

Cataloguing-in-Publication Data
Correa Mujica, Miguel.
　Furia del discurso humano : novela / de Miguel Correa Mujica. — 1. Ed.
　　　p. cm.
ISBN 0-9714366-9-X
1. Cuba — History — Fiction. 2. Cuba — History — Revolution, 1959– — Fiction. I. Title
863.64—dc22

Library of Congress Control Number: 2005901948

Front-cover illustration: *Cosmogonía-I,* painting by Omar Godínez, Moscow

Author photo by Paul Haber

Cover and book design by Wakeford Gong

Printed in the United States

para Regino Díaz Cabrera,
para José Alicea,
para Valero y Arenas
para todos ellos,
con tal que me dejen tranquilo

no sabemos llevar la sífilis con la reposada elegancia de un cisne

Virgilio Piñera
La isla en peso

Furia del discurso humano

La venganza

Pero algo tenía que hacer; algo que por lo menos lo consolara a él; algo que por lo menos quedara como su oposición personal al régimen; acaso un grito en la noche pero algo, una respuesta, su granito de arena contra el muro, algo que le dijera, no al mundo sino a sí mismo, que no, que no era un animal, un coso, una infeliz y sometida criatura, una víctima maniatada a su propia desesperación, a los dos mil expedientes que archivaban cada uno de sus terrores, sus cercenadas e irrecuperables aspiraciones, su vida, la cual hasta había cooperado en su contra brindando un cuerpo, el suyo, para alimentar su esclavitud y su dolor.

Decidido a hacer algo que por lo menos lo tranquilizara, se levantó de la cama y empezó a escribir este libro.

PRIMERA PARTE
Las voces

Primero, una casa de campo inundada de gente de campo. Luego, el mediodía retozando con sus respiraciones. Un olor a guayaba y a gente de campo enredado en el estío. Un perro. Un fanguero. Un pozo. ¿y usted cree? pues claro que sí pues claro que no pues claro que. Unos niños en ropas mugrosas jugando a la cacatúa sin vida. tú sabes que ella siempre fue de hampanga. Un escaparate sin puertas en medio de lo que parece ser la sala. Cien auras volando arrente al suelo sombrío. ¿qué anuncian qué presagio traerán a estas horas? ninguno. nada anuncian. que va a llover que va a haber buena cosecha. nada anuncian. disfrutan el saberse libres de toda responsabilidad. si me llevaran al central Belgrado. Un fogón de leña. si vieras como le han salido unos herpes horrorosos en todo el cuerpo. Un gato blanquísimo que no pertenece a ese contexto precipitado. Una tinaja. yo eso no te lo puedo creer. Catorce mujeres reunidas en la casa de campo. la cesárea no es peligrosa cuando se ha tenido un buen embarazo. En la casa también hay un hombre, un marido. y me dijo en mi propia cara: "usted no se tiene que meter en mi vida". Un hombre que de verlo nada más sentimos unos incontrolables deseos de llorar. ¿eso te dijo? Gregorio dice que no quiere saber una palabra más de todos ellos. dios mío, pero eso te dijo... El hombre atiza el fogón de leña. El humo se mezcla con el aire caldeado haciendo más difícil el respirar. gravísima se vio. ¿y cómo fue que le pusiste? gravísima. ¡ocho libras y media! cucú, cucú, cucú, él me mira como diciendo: "¿y quién será esta vieja tan fea?". que dios lo bendiga que dios ¿y cómo fue que le pusieron? gravísima, gravísima, gravísima: mariana ¿usted trajo cigarros? ¿ay, pero por Dios, cómo fue que le pusiste? gravísima. El humo saliendo al campo abierto creando una momentánea neblina que entra por las hendijas del entablado de palma. no hables así que te va a castigar Dios Santo. yo eso no te lo puedo creer. ¡ocho libras y media! pero si esta mujer lo que parió fue un ternero. yo me hice tres cesáreas y aquí estoy como si nada. cucú, cucú, cucú. las primerizas siempre traen la criatura de costado nunca de frente siempre de lado o de costado. a mí me dijeron que primero había vivido con Romualdo un hombre casado y hasta con nietos y luego que con Panchulo ese diablo con la mano muenga como lo estás oyendo. una niña que no salía de esa casa así mismo para que tú veas lo que se ve hoy día puta, hija, puta, eso no tiene otra palabra. nosotros siempre quisimos mudarnos para Remate Arioza y nunca hemos podido abandonar estos maniguales ¿y todavía te duelen los puntos? en una semana ya estás trajinando verás verás gravísima gravísima que casi se nos muere un cáncer que lo que tenía era malo mariana me presta su cigarro para encender ya ya ay ay yo lo que debía es morirme ya yo lo que debía mariana ¿usted trajo cráneo que siempre fue de? hampanga de cobrar qué pena para que tú veas ocho libras y media ¿pero cómo coño fue que le pusiste, mujer? discúlpame Yeya que no te hayamos ido a ver al hospital pero tú sabes cómo es que andamos por casa un paso alante y quince al revés nada hija nada que no damos pie con bola de cobrar hija, de cobrar con Panchulo el delincuente de la mano muenga el de la mano muenga que todo el mundo sabe porqué es que la tiene muenga ése mismo el de la mano ¿tú crees? ampáranos San Miguel ¡San Miguel! en la mitad del cráneo yo te lo dije yo te lo dije que le iba a salir bueno yo me tengo que ir antes y que no se lo pueden operar de que me coja esa agua que viene por ahí que en aquella casa todo está por hacer cucú cucú cucú de herpes puta de herpes puta de herpes puta gravísima y de hampanga yo eso sí te lo no te lo puedo creer yo eso la cesárea bueno yo me despido que si me demoro un minuto más Nesto me va a ahorcar en la mitad del cráneo los herpes gravísima ¿y cómo fue que le

Furia del discurso humano

pusiste? ¿y cómo fue que le pusiste? yo eso no te lo yo eso sí te lo mariana mariana ma-yo eso ria-no te na- lo puedo creer mariana bueno yo ya me tengo que yo-tan-fea-gravísima-yo-tan-puta-tan-gravísima-un hombre más para las cosechas qué suerte que te salió varón qué suerte qué herpes herpes en todo el cuerpo les voy a hacer café no tengan prisa que yo les voy a hacer herpes herpes café café y piojos no te había dicho ¡cundía de piojos! de café-herpes-piojos yo les voy a hacer café en todo el cuerpo que no va a llover que todavía es temprano mira ya empezó a llover ya me agarró ya es casi de noche que qué de eso nada que no te oigo que de eso nada Iluminada nada de eso y él que sí y la vieja que no y él hablando a dos manos que cráneo herpes café gravísima mariana puta mariana herpes mariana siempre nunca mariana nada como verlos crecer verlos como aprenden a hablar como ya la tenía minada ya la tenía no te oigo qué qué qué nada nada nada que no te oigo nada mujer que ya la tenía minada y ella sin saberlo gravísima entonces se propuso hacerle un velorio en la suerte que te salió varón en la desgracia de estos matorrales que se joda que se joda que ella no es mejor que nadie que ella no es mejor que nadie que aquí todo el mundo tiene que comer piedra así así que ella también coma ella gravísima sin imaginárselo siquiera si tú la hubieras visto sobre todo eso puta que aquí nadie pero eso te dijo yo me tengo que ir ya Yeya pasándose el día en un embeleso como soñando Yeya: yo me voy que me va a coger el otro aguacero espérate espérate que ya viene el café tú no sabes como yo recé porque esa criatura te saliera normal porque a tu edad no es aconsejable la maternidad te saliera un cáncer y un hijo en el mismo medio del cráneo con dolor con espasmos qué qué cucú cucú cucú se creen ellos pero a mí no me importa a mí culo a mí a mí pinga-herpes-cráneo-café-cáncer y culo ¿tú crees? como lo estás oyendo ya está ya está ay qué rico te quedó porque aquí hay que andar con los cojones a cuesta todo el día aunque no los tengas me lo vas a decir a mí que una vez con todo este suplicio que duerma cucú cucú cucú ya debe tener hambre ya debe bueno yo me voy bueno adiós bueno que sigas mejorando Yeya que te mejores que te bueno yo también me voy mira espérate para darte algo para que te cubras una manta o algo un trapo o algo se te está despertando se te está se te está ay carajo se te está cállense cállense que se me está despertando se despertó dios me libre dios nos libre nos dios libre en los herpes que tenía sí no dios cesárea cráneo en los cuerpos aquellos si pero no si pero sí pero es que yo no lo podía creer pues créelo pues cré-e-lo cré-e-lo cré- puta tú sabes lo que es eso tú sabes lo que es eso tú sabes una cosa a la que ya nadie se mete sino que se nace siendo ella ella ahí donde tú la ves ella aquí nadie lo sabía madre santa con negros con pintos con chinos con jabaos por todas partes en todo el mundo con media humanidad no no no ¿no? que diga sí ¡Jesús mil veces! que no tenían cura le dijo Evelio el Curandero ¿tú sabes con cuantos ha vivido esa criatura? le dijo Evelio que eso era un muerto que ella tenía atrás ¿atrás? arriba querrás decir tú atrás y arriba já já já já já já já já tú siempre con tus jodederas no cambias chica tú siempre tú con gravísima gravísima se vio gra-tú vi-siem si-pre ma-tú con eso siempre tú monstruosa y pelleja tú tú sí tú no has cambiado en tantos años y que hasta que no se lo quiten de atrás o de arriba como tú dices no se le van a curar bueno Yeya hija ya está escampando de nuevo ya nos vamos ya no podemos quedarnos ni medio minuto más me alegro que estés bien felicidades felicidades óyeme pero no nos has dicho qué nombre le pusiste no no nos lo has dicho no de veras que no que no nos lo has dicho por dios dinos cómo dinos cómo Regino ¿cómo? Regino cómo Regino ¿cómo? Regino pero porque le pusiste ese nombre lo sacó lo sacó en el almanaque lo sacó ¿Regino? sí Regino sí Regino Díaz Cabrera es como se llama este hijo nuestro pero no quiero que le digan Regino sino Pablo o Manuel era una promesa ponerle Regino pero díganle Pablito o Manuel al padre tampoco le gusta el nombre pero no es tan feo no es feo ¿verdad que no es feo? ya es de noche nos vamos nos vamos se te va a quedar dormido otra vez ya se despertó regi regi regi cucú cucú cucú bueno Yeya que no te dé el sereno por lo menos en cuarenta días que te puedes quedar ciega que te puedes ir en sangre y cagaleras gracias mariana gracias que te puedes ir en sudores y en fiebres y en flemas en cosas en adiós regi en adiós Yeya en adiós regi y Yeya dile adiós a la viejita ¡adiós Gregorio! él ni me oye cuídate ahora mujer cuídalo ahora que es ahora cuando por primera vez tienes algo verdaderamente tuyo cuídate y cuídalo que ése te va a sacar de la miseria...

Hilda

Con el tiempo, Hilda logró dominar el arte de transformar su fisonomía en muy pocos minutos. Era una lesbiana de trescientas libras, varonil y sudorosa, que había optado por vestir y vivir como un hombre desde que tuvo uso de razón. No le iba a tolerar a la naturaleza aquella equivocación genética. Lo asombroso en ella era la naturalidad con que imitaba a un hombre: de gestos amplios y masculinos, sus axilas empapadas en sudor bajo los soles de julio, el pelo cortado al rape y un tono de voz acorde con aquellos atributos. Como nunca le interesaron los comentarios pueblerinos, la gente empezó a olvidar que se trataba de una mujer. La llegaron a respetar cuando encabezó un movimiento guerrillero contra la dictadura en las montañas de Oriente.

Fue en la sierra donde se percató de la necesidad de una barba en su rostro lampiño. Preparó extraños cocimientos que se untaba en la cara y sobre esto se pegaba los pelos. Después pudo hacerse de una laca de fabricación suiza y con pelos de muertos, de los cuales por allí muchos había, se componía una barbita rala. Cuando, triunfante y plenipotenciaria, entró en la capital con la rebelión ganada, ya traía nombre y grados militares: desde ese instante el mundo la conocería como el Comandante Fidel Castro.

* * *

—¡Ay, Beba, corre! Ay, hija, júrame primero que no se lo vas a decir ni a la tierra. Júramelo otra vez. Hija: que le está saliendo pájaro. El hijo de Yeya y Gregorio. Sí, Reginito. Ya se sabe que será el pájaro más grande del mundo. El padre lo quiere guindar. Ay, una familia tan buena, sin poder tener hijos por más de veinticinco años, y ahora lo que lograron con tratamientos y recetas fue un pájaro. Debió parir un alacrán. Ni a la tierra se lo vayas a decir. Díselo a Julia y a Mariana. Corre y díselo. Y a Eduvije. A mí ya me había dicho Nancy la de Nesto que Tula La Cagada le había echado una maldición a la Vieja cuando se fajaron por la gallina cobriza. Y según Nancy la de Nesto, las maldiciones de Tula son infernales. Ya se ve el niño con las primeras hinchazones y las pelotas. Y Yeya y Gregorio queriendo aprender a leer y a escribir con ese niño tan enfermo. Porque ya se le ven a dos leguas las pelotas, los lamparones y los culos que le han empezado a salir. Y las arqueadas y las ojeras. Y los viejos sin poder darse cuenta. Ya el cuello le ha empezado a crecer y a estirársele que no da más y dicen que la lengua se le llegará a dividir en dos, como la de las cobras... Y los viejos deben imaginarse que eso es lo normal. Y ya yo lo veo que es un formadito monstruo. Va derechito hacia la pajarería. No se lo vayas a decir a Aurora que coge y se lo dice a los viejos. Y les dice que yo lo dije, y la que queda por enredadora y chismosa soy yo. Al que te pregunte le dices que tú lo oíste decir en la tienda. Que se lo oíste decir a un hombre de Isla de Pinos. Que tú al principio pensaste que se trataba de un caso que él conocía en Isla de Pinos, pero que después lo mencionó por nombre y apellido: Regino, que dijo: el hijo de Yeya y Gregorio. Y que cuando tú le fuiste a hacer otra pregunta para estar completamente segura, ya el hombre había desaparecido. No me impliques en nada que el viejo es capaz de venir a ahorcarme. Tú sabes que esa gente es bruta. Todas las mañanas yo lo veo cuando baja la loma contoneándose y dicen que ya le ha sacado fiesta a los carreteros y a los guías. Pájaro, pájaro, el primero en todo esto en tres siglos. Quién lo iba a decir. Será que la revolución viene trastocando las cosas. Porque ese niño nació con esta revolución. Yeya empezó con los retortijones y los pujos y los dolores del parto en el mismo instante en que los rebeldes entraban en La Habana con la revolución ganada. Nada puede ser tan casual. Algo misterioso y fatal ocurrió en el mundo en ese instante de tiempo. Algo, yo estoy por decirlo, se estrelló o se deshizo, se compuso o dejó de existir, en ese preciso momento. Algo que ni siquiera nosotros podemos imaginar. Algo en alguna parte violó el proceder normal de la vida. Fue en ese momento en que seguramente crecieron las plantas carnívoras. Cuando ese niño nació, constelaciones, astros y lunas dieron de estampidas en el cielo. Son esos breves períodos dominados por las fuerzas del mal. Aquí estuvo Mariana el otro día y me dijo que Yeya lo que verdaderamente quería era una niña y que por quererla tanto, Dios le mandó una niña pero en cuerpo de varón. O sea, un pájaro. Y aunque el niño todavía es un niño, ya se le ven las costuras del trauma. Cuando tú lo veas, fíjate en las ojeras que tiene. Y en las manos. Y fíjate cómo es que mira. Ay, y fíjate en los ademanes. Y lo más terrible es que nada se podrá hacer. Y lo más terrible es que los viejos no se dan cuenta. Y que en vez de correr con esa criatura para los médicos, para La Habana, siguen enceguecidos con aquello de que van a aprender a leer y a escribir. Para qué querrán esos viejos, a esa edad, aprender a leer y a escribir. Siguen sin saber nada. Dice la gente que si lo agarra la edad del desarrollo con ese trauma sin curar, se perderá en las lomas y que solamente saldrá en las noches de luna con los ojos vendados y comiéndose un animal muerto. Eso es el diablo que se le metió en el cuerpo. Las fuerzas del mal que lo esperaban a la hora del parto. Dios mío, y cuánta gente se lo había dicho a Yeya: si el Señor no quiere que tengas hijos, no los tengas a la fuerza porque es peor. Te va a pesar. Y ahí lo tienen: mitad hembra, mitad macho. Comprobado: míralo. Por falta de decírselo no ha sido: el diablo.

La leyenda

Pensaba que su condición de extranjero lo eximiría de la cámara de torturas adonde eran llevados los detenidos después del último interrogatorio. Había nacido en Salt Lake City y llevaba casi seis meses detenido. Fue capturado cuando la avioneta que tripulaba -y desde donde arrojaba octavillas religiosas- tuvo que realizar un aterrizaje forzoso sobre una sabana camagüeyana.

Lo sacaron de su celda a altas horas de la noche, de una noche ya extraviada en el calendario de su mente, y fue conducido por largos pasillos apenas iluminados por una pobre luz amarilla.

La cámara de torturas parecía un eficiente laboratorio dental con amplios sillones y un sinnúmero de aparatos eléctricos conectados a los sillones por cientos de cables y tornillos. A la derecha, una cama con correas para sujetar al reo y una gigantesca lámpara que proyectaba una luz incandescente. Al centro, la silla perforada de la que hablaban tanto los reclusos, cuya función era perforar el ano del preso con un enorme taladro que se enroscaba desde el fondo de la silla. La sangre lavada y seca había manchado aquel local de un color siniestro.

Lo sentaron en una butaca más bien cómoda y lo ataron de pies y manos. Le quitaron solamente el zapato del pie izquierdo mientras permanecía completamente vestido, por lo que dedujo que el dolor vendría por esa vía. Se encomendó a Dios y se puso a observar al verdugo con esmero bovino. Llegó a sentirse como en la consulta de su médico en Salt Lake City, adonde acudía anteriormente en busca de un alivio para los callos. El verdugo acercó a la silla media docena de pinzas, alicates y punzones. En una micronésima de segundo y de un sólo giro, con la destreza de quien realiza una vieja rutina, el verdugo le arrancó de cuajo la uña del dedo gordo, haciendo que la sangre salpicara sus pantalones, el piso y el aire detenido entre las paredes. Un dolor indescriptible le hizo perder el conocimiento.

Pasaron tal vez muchas horas. Cuando se despertó, la sangre se había coagulado sobre sus dedos. El verdugo atendía, a unos pasos de él, a otro recluso que se deshacía en gritos. Fue entonces cuando la curiosidad lo llevó a acercar la cabeza al juego de herramientas que, ensangrentadas todavía, reposaban en el plato del sillón. Pasó la vista por el alicate que le había arrancado la uña con increíble precisión y detuvo la mirada sobre una inscripción gravada en una de las patas del mismo. Allí, en una breve ranura del metal, por la parte interior de la pata, venía plasmada la leyenda **made in USA.**

* * *

Virgencita de la Caridad del Cobre: tú bien lo sabes: tú sabes muy bien que yo siempre estoy prendida de ti: de más nadie que de ti: en este rinconcito del altar yo he pasado toda mi juventud: casi toda mi vida: adorándote: implorándote: compartiendo contigo mi dolor: mis traumas: porque tú muy bien debes saber que yo estoy traumatizada: recondenada y amargada: o sea: arrebatada: sufriendo: siempre: yo: y a pesar de saber que ya tú todo lo sabes: que te debo aburrir con mis peroratas: y con mis matraquillas: sabiéndolo: vengo y me vuelvo a arrodillar: y te las vuelvo a decir: ¡cómo si tú no las supieras!: a veces quisiera decirte algo: quisiera que me aconsejaras: y desde el fogón de leña te miro: y te veo tan desempercudida: tan bien vestida: tan arregladita: con todas esas mantas: con todos esos velos: y con ese niño chiquito en los brazos: suspendida como del viento: y pienso que si me aparezco así de pronto: sin avisarte: con todos estos tiznes: con toda esta manigua de pelo parada de punta: y con todos estos birriajos: y este mal olor a monte: pienso: que te puedes dar un susto: que puedes incluso perder el equilibrio y caerte: pienso yo: no sé si las vírgenes se asustan: pero yo pienso que sí: que se pueden asustar: igualito que se asusta una: que se asusta de ver a una persona decente: y por eso: antes de arrodillarme: voy y me paso un trapo por la cara: me aliso el pelo: me tiro algo por encima y entonces: te vengo a rezar: a susurrarte: y tú siempre me escuchas: ¿verdad que sí?: y tú muy bien sabes: Virgencita Santísima: que yo soy la única fiel en todas estas tierras: la única que cree en ti ciegamente: la que se acuerda de ti no sólo en los días de tormenta: sino siempre: de noche y de día: yo sé que tú me escuchas: y que das la vida por mí: yo tengo mucho que agradecerte: y sé que te debo una promesa: que la cumpliré: enseguida que pueda: yo te prometí ir a pie y descalza hasta el Cobre: por tal de que me salvaras a esta criatura: a mi hijo: y así ha sido: yo te doy las gracias: yo te tengo que besar los pies: no una: sino quinientas veces seguidas: porque ese niño no iba a nacer vivo: y tú dijiste que sí: que sí iba a nacer vivo: y así fue: nació y es mi único hijo: gracias a tu bondad: a tu amor: yo he podido ser madre: ¿qué debo hacer para darte las gracias?: ¿bastaría con llorar?: ¿cómo se le agradece algo tan grande a una virgen?: yo sé que nada pagará ese gesto tuyo: esa misericordia santísima: yo te debo una promesa: y la voy a cumplir: y voy a ir desde aquí hasta el Cobre:

llorando: riéndome: dándote las gracias: porque tú eres mi protectora: mi más amada virgen: gracias te da esta madre agradecida: este pedazo de carne con ojos: esta cosa: aunque no pueda lucir las ropas que tú luces: yo sé que tú amas la humildad: la pobreza: y aunque todavía no he cumplido la promesa: que te debo: hoy te tengo que volver a molestar: volverte a pedir: pero no para mí: tú sabes bien que para mí yo no pido nada: yo he venido a pedirte hoy (ay, ya Gregorio me está llamando) por ese hijo (¡qué querrá ese Viejo ahora!) que tú has traído al mundo (¡ay, mi madre, ya viene para acá y yo no lo quiero ni ver!) a nuestro mundo (espérate, Virgencita, que yo me voy a esconder aquí detrás del altar para que ese Viejo no me vea; él lo hace para joder y molestarme) (así ya él no me ve yo le dije que no me molestara que yo iba a rezar) pero él es muy bruto Virgencita él no es: como yo que rezo y que creo en algo superior: él no él: es un pedazo de caballo: una bestia: (yo creo que ya se fue: sí ya se fue: ya salgo del escondite): ahora estamos tú y yo solas: Virgencita de la Caridad: por ese hijo tuyo y mío es que te he venido a pedir hoy: tú debes saber lo que se comenta: todas estas viejas lo dicen: yo me estoy al volver loca: dicen que me va a salir pájaro: ¿tú crees que una criatura que tú misma bendijiste vaya a salirme pájara?: yo eso no lo puedo creer: pero la gente lo anda diciendo y yo estoy aterrorizada: imagínate Virgencita que yo no sé ni lo que es un pájaro: no lo sé: yo nunca he visto ninguno: además Virgencita: si el padre se entera de lo que se comenta: me lo mata: ¡me lo mata! ¿tú estás oyéndome?: el padre sí cree en las brujerías: pero yo no: yo sólo creo en ti y en Dios: pero aunque no creo en las brujerías: ni en los santeros: les tengo mucho miedo: Virgencita yo siempre: he desconfiado de Tula La Cagada: ¿qué tú me aconsejas?: ¿tú no me podrías decir si esa mujer es en realidad el diablo?: aquí todo el mundo lo dice: ella practica sus brujerías y la gente le tiene mucho miedo: cuando yo regresé del hospital: ella fue a verme a la casa: y yo traté de que no me le mirara en los ojos al niño: porque me le iba a hacer mal de ojo: y aunque lo cubrí con varias mantas y con un trozo de trapo rojo: ella se le acercó: lo destapó y le dio un beso en la cara: se lo dio: y yo tratando de que no se lo diera: pero se lo dio: enseguida que se lo dio: el niño empezó a llorar:

a desmorecérseme: a vomitar: yo creo que ahí mismo le echó el daño: porque ella me tiene mucha envidia: y ella tiene mucho poder: y dicen que ni el trapo rojo ahuyenta el mal de ojo de esa mujer: ¿qué tú crees Virgen de la Caridad del Cobre?: ¿deberé salir a estropearla con un palo?: dime lo que debo hacer: porque hasta que tú no me digas lo que debo hacer yo no me voy a mover de este altar: piénsalo y dímelo: porque yo así no puedo seguir viviendo: yo no puedo seguir viéndote a ti con ese vestido lleno de pliegues y con esa cara empolvada: subida en esos celajes todo el día: como si aquí no estuviera ocurriendo nada: ¡ahora es que la vida es un martirio!: acuclillada aquí voy a esperar yo por tu respuesta: Virgen Santísima: de aquí no me voy a mover hasta que tú me digas qué debo hacer: tú bien lo sabes:

La madre

Esa noche sería fusilado su hijo de 32 años. En vano habían sido las innumerables gestiones que la madre había hecho para que le conmutaran la pena a su hijo: hasta consiguió una audiencia con el Jefe del Estado Mayor, quien le dijo que nada ni nadie podría salvar a su hijo del paredón. El delito era tan grave, le dijo, que de no ser fusilado, el pueblo se lanzaría a las calles a pedir justicia.

Ella y un grupo de familiares allegados encendieron dos velas y junto a ellas velaron toda la noche el cuerpo ausente y sin vida del hijo. La madre creía escuchar el fogonazo que le destrozaba el pecho a su hijo amado y hasta sentía la sangre saliendo a borbotones por las heridas inmensas. Veló toda la noche frente al retrato de su hijo condenado, un muchacho apuesto, de cabellos revueltos y mirada extraviada, un joven que tal vez en otro sitio, en otra época, hubiera sido un excelente deportista o un aclamado cantante popular. La madrugada transcurrió lenta y angustiosa como una noche de parto.

Al amanecer, antes de que las velas se consumieran del todo, la presidenta del comité de la cuadra tocó a la puerta de la vieja casona para decirle a la madre que se diera prisa pues ya estaban a punto de salir los camiones que los conducirían al trabajo voluntario. La madre se secó las lágrimas, se puso corriendo el pantalón azul y se puso el pañuelo negro en la cabeza. Tuvo que echar una carrera pues el camión ya partía.

Las condisione de bida

—Lló. Eso dicen. Yo no sé. Yo sólo sé que dicen que estalló de verdad. Yo sabía que tenía que estallar. Estalló como un siquitraque. Yo bien que lo sabía. Aunque aquí no se ha sabido nada, el Neno dijo que sí, que había estallado (ésa fue la palabra que él utilizó), que lo oyó decir en la tienda. Aunque al Neno no se le puede creer nada de lo que dice. Lo que sí es cierto es que el Neno nos lo dijo. Que estalló así: ¡paff!, como revientan las ruedas de salvadera. Ay, mi madre, la revolución ya estallada y yo con esta casa virada al revés. La revolución ya hecha y yo con estas uñas y estas manos que parecen garras. Dios mío, y aquí nadie sin saber nada. Porque aquí no llega ni el periódico. Y aunque llegara, yo tampoco lo podría leer. Porque yo todavía no sé ni leer. O sé muy poquito. O sea, nada. Dios mío, puede que uno de estos días el mundo se detenga y uno ni se entere. Aquí nos enteramos de los cambios en el gobierno cuando viene alguien de Remate Arioza y por casualidad lo cuenta. Y si por casualidad no lo dice, no nos enteramos. Y si lo dice por casualidad, puede que no sea cierto. Y como aquí siempre hay unos presidentes que huyen, otros que llegan, otros que parten, otros que atraviesan el país vestidos de mariquitas y en zancos, y otros que duran cinco minutos en la presidencia, ya nadie puede estar seguro de lo que realmente está pasando. Yo creo que este batey no forma parte del resto del país. Yo no sé ni cómo se llamaban los gobernantes que acaban de huir si es que de verdad se fueron. Batista, sí, Batista era el presidente, pero allá en La Habana, donde hay corriente eléctrica, tiendas de ropa y personas. Pero aquí, en medio de estas lomas y estos bejucales, en medio de estas zarzas y estos fangueros, en medio de estas maniguas de marabú y espinas, aquí no hay ningún presidente. Es que hasta la palabra "presidente" suena ajena a todo esto. Y esa revolución que dicen que acaba de ganar anduvo por todas estas sierras. Desde aquí yo sentía el tiroteo y hasta los gritos. Hasta una vez vinieron dos rebeldes barbudos a esta casa a pedirme una vaca. La vaca que encuentren que sea mía, les dije, se la pueden coger. Y parece que los alzados eran muy inteligentes porque de vernos nada más quedaron convencidos de que no teníamos ni donde caernos muertos. Si yo hubiera tenido una vaca, ya la hubiera vendido y me hubiera largado aunque fuera para otro infierno. Y a los dos días vinieron, por primera vez en cincuenta años, unos guardias del gobierno a preguntarme si habíamos visto alzados. Si ellos vinieron a preguntar por esos alzados es porque esos alzados eran muy importantes. No, les dije, y como los guardias comprendieron que la miseria se nos podía recoger por sacos, se fueron. A lo mejor esa revolución que acaba de triunfar nos saca de estos yerbazales y nos hace gente. A lo mejor nos ponen luz eléctrica. ¡Quién quita que hasta podamos ir un día a la playa! Aunque sea una vez al año. Yo con eso me conformo. A lo mejor esa revolución nos trae uno de esos helados de frutas que hay en La Habana y un radio. ¡Ay, si nos trajeran un radio de pilas! Aunque si nos traen uno de esos helados y un radio de pilas, nos volvemos locos. Yo me vuelvo loca. Loca. Yo probé uno de esos helados una vez. En 1945. En Caibarién. Cuando me lo eché a la boca, delante de varias personas, lo tuve que soltar sobre la mesa. Qué pena tan grande pasé. Y la gente riéndose. Y el helado, todavía sin masticar, rodando por el piso. Y Gregorio me decía: cógelo. Y yo no lo podía coger porque el helado soltaba esa baba que sueltan los helados y se me iba de las manos. Y cuando logré cogerlo me di cuenta de que aunque estaba muy frío, en realidad quemaba. Y ese helado me recuerda este momento: aunque hay calma, las cosas están que arden. A lo mejor la revolución nos trae varios helados de frutas y un radio de pilas. Aunque según dicen, acaba de estallar. ¿Qué significará la palabra estallar? Ay, yo fuera hasta La Habana a verlos. Yo, con estas manos y estos pelos de alambre de púas, fuera a La Habana a verlos. Y les dijera la verdad. Les dijera que hasta los bichos más repugnantes viven aquí mejor que nosotros. ¡Que vengan a ver esto! Y les voy a enseñar la pared del comedor, que está negra de tanto tizne. La leña, cocinando con leña, les diría. Igualito que los siboneyes. O peor, porque los siboneyes usaban esta misma leña que nosotros utilizamos y no tenían ni un tizne. Cocinaban en pleno monte, al aire libre. Pero pasen, pasen, ustedes verán si es verdad o no lo que les estoy diciendo. Ahora miren ese techo. ¿Ven esa aura que va volando por el cielo? ¿La ven, verdad? Se ve todo a través de esa hendija del guano. Pero sigan, no se queden mirando eso nada más. Pasen al cuarto. No sé si ya se dieron cuenta de que no hay camas. Ven, no hay camas. Los únicos seres humanos que pueden vivir (¿vivir? qué lástima que exista esa palabra nada más para decir que no estamos muertos) sin un lecho. Un pajonal es lo que tenemos por cama. Un pajonal que sacamos por la noche. Gregorio no trabaja desde hace años. No le dan trabajo. Dijeron que lo iban a tener en cuenta para la zafra pasada y todo fueron cuentos. No lo llamaron nada. Y cuando él fue a rogarles que le dieran algo que hacer, le dijeron que no, que ya no hacía falta. Y el pobre hombre metido aquí en la casa todo el día, sin hacer nada. Y yo, con la barriga al parir. Y las vacas del colono entrando a la casa y comiéndose las yaguas que Gregorio había puesto en las hendijas. Y yo no me podía mover. Y yo desde el pajonal: ¡Gregorio! Y las vacas comiendo a dos manos. Y yo: ¡las yaguas! Y Gregorio tratando de cazar unas ranas en la laguna. Y yo viendo desde el pajonal las hendijas que las vacas empezaban a abrir. Y nada podía evitarlo. Y ya lo que me daban ganas era que las vacas me comieran a mí también con barriga y todo. Y cuando Gregorio regresaba, veía las hendijas enormes que las vacas habían abierto. Y él tragaba en seco y se sentaba en el piso. Y esas vacas no eran ni nuestras. Y al colono, que nos había dejado plantar el rancho en una esquinita de sus tierras, no se le podían dar quejas sobre sus vacas. Ni podíamos tirar una cerca. Pero no se queden ahí mirando como si eso fuera lo peor: pasen, pasen y vean con sus propios ojos:

Véanlo bien para que nadie les haga cuentos. Miren esa criatura: mi único hijo. El no sabe lo que le espera. ¡El no lo sabe! Cuando esa criatura grita por leche, hay que salir a monteársela, adonde sea. El no entiende que no hay. A veces el colono, en verdad, nos regalaba un poco. Gregorio le ordeñaba las vacas todas las mañanas y él, en verdad, nos regalaba un poco. No mucha. Pero por lo menos para el niño. Nosotros comemos viandas. Y lo que no es vianda también. Hasta palmiche hemos comido. Y cundeamores. A veces, un pollo. Los que yo he podido criar aquí con tanto trabajo. Porque ya en la tienda no nos quieren fiar. ¡Y lo que debemos nosotros en esa tienda! ¡Y lo que todavía le debemos al colono! La suerte es que ya el colono se fue del país. Imagínense que nosotros trabajando por veinte años consecutivos, sin parar, no pagamos nuestra deuda. Es como la deuda de un país. Pero pasen, no se queden ahí pensando que eso es todo. Ahora ustedes se preguntarán: bueno y dónde esta gente caga. Sabía que me lo iban a preguntar. Lo sabía. Bueno, pues donde se puede. Aquí había un hermoso platanal que era nuestra salvación sanitaria. Pero el colono vino un día a cortar unos racimos y se embarró todos los zapatos y los pantalones. El siempre mandaba a Gregorio a cortar los plátanos, pero parece que ese día estaba aburrido y vino a cortarlos él mismo. Yo lo vi acercarse con el machete y diez mil temblores se me subieron a las tetas. Venía almidonado y con botas de montar. Dios mío, dije, y empecé a rezar. Viene para acá. Y cerré toda la casa y me metí debajo del fogón. Y el colono pasó y como vio la casa cerrada, siguió de largo hacia el platanal. El colono no era mala gente, lo que pasaba era que era un colono. Y se metió en el platanal. Y yo dije: ay, Dios Todopoderoso, ahora seguro que se caga todo. Y yo rezando debajo del fogón. Y yo prepujando que se fuera. Hasta que sentí las palabrotas que el colono empezó a soltar. ¡Cochinos!, decía. ¡Son unos puercos!, decía. Y con razón porque Gregorio hacía sus necesidades en cantidades monstruosas y ni siquiera las tapaba con yerbas. ¡Cochinos!, volvía a decir. Y yo oyendo. Y lo vi cuando pasó por delante de nuestra casa con esa peste a mierda de gente. Mandó a tumbar el platanal. Cogió tanto genio que pagó a tres hombres para que lo echaran abajo. Y ahora cagamos donde ustedes menos se lo imaginan. Gregorio se trepa a una mata de anón y sobre ella, si puede, caga. Y yo salgo a buscar dónde hacerlo, dónde meterme para hacerlo, y busco y busco y miro y paso por la mata de anón que ya no hay quién se le acerque y paso por el arroyo y sigo y cuando vengo a ver, se me han quitado las ganas. Y otras veces salgo a ver dónde podría yo agacharme para hacerlo sabiendo que en ningún lugar podré agacharme para hacerlo. Yo hace más de un año que no doy del cuerpo. El niño sí, todos los días. Pero yo cojo sus excrementos (¿no es así como se le dice a la mierda?) y los lanzo por la hendija mayor del techo de la casa. Y ya ese techo está al venírsenos encima con todos esos mojones. Pues créanlo o no, así vivimos nosotros (es increíble que la única palabra que exista para nombrar este suplicio sea *vivimos*). Y en este batey con esta cantidad de mujeres chismosas, no hay vida. Mariana, ahí donde ustedes la ven que parece que no mata una hormiga, es un diablo. Se la pasa velándome siempre. Y yo velándola a ella. Y le encanta decir que nos estamos muriendo de hambre porque Gregorio es un vago. Por eso es que yo les voy a pedir a ustedes, señores alzados, que nos saquen de aquí lo más pronto posible. Yo puedo trabajar en cualquier cosa para la Revolución. En un comedor obrero, en un puesto de fritas, adonde sea. Yo quiero ser parte de esta Revolución, como la llaman. Cuenten con nosotros. No hagan como los demás gobiernos que nos miran y hasta mirándonos nos dan la espalda. Yo sé que acaba de estallar, pero no demoren. Corran. Óiganme: corran. Si quieren yo les doy los nombres de todos los batistianos que hay en todas estas lomas. ¿Pero ya se van? No tengan prisa que es temprano. Les voy a hacer café. ¿No quieren café? Disculpenme que les haya encasquetado esa milésima parte de nuestra miseria. Yo no quería empalagarlos. Les voy a hacer café. No se me vayan a ir, por Dios. ¿No van a pasar al patio? Los entiendo: en ese patio se encierra toda la desesperación del mundo. Yo sé que les he fastidiado demasiado en muy poco tiempo. No pasen al patio si no quieren pero prométanme que van a regresar. Y que me van a librar por lo menos de todas estas viejas. Ellas me odian. Ellas no toleran que a mi edad yo haya tenido un hijo...

La promesa

El condenado había solicitado que un sacerdote estuviera presente en el momento de su ejecución. Aunque el reo era obstinadamente ateo, o precisamente por ello, le aterrorizaba la idea de que pudiera ser enterrado vivo. Quería entregarle al cura la integridad de su muerte.

El Padre ya estaba en el campo de fusilamiento cuando el condenado fue llevado hasta el paredón. Era la una de la mañana. La luna se había detenido en el cielo como si asistiera de testigo a la ejecución. El Padre se acercó al condenado y, poniéndole la mano en el hombro, le habló por largo tiempo. El condenado le suplicó que no se marchara del lugar hasta que pudiera cerciorarse de que él estaba bien muerto. Que por el amor de Dios, se quedara a presenciar el tiro de gracia. El Padre le prometió que así lo haría, que no se preocupara.

Al separarse del condenado, el Padre se dirigió al pelotón de fusilamiento y le ordenó que al condenado se le disparara dos veces.

* * *

—Ya andan por todo Remate Arioza, con mochilas llenas de libros, libretas y lápices. Ellos, los maestros alfabetizadores. Yo también creía que era mentira. Yo también creía que esto iba a ser idéntico a lo otro. Pero no es así: nos quieren sacar de la ignorancia. Y de la miseria. Nos quieren enseñar a leer. Y a escribir. ¡A lo mejor me hago maestra! Quién quita. Quién sabe. Yo ya casi sé leer; lo único que me falta es conocer las letras un poco mejor. Pero es que yo no veo. Yo tengo cataratas. Y tengo un ojo más chiquito que el otro. Antes de ponerme a estudiar me tienen que operar. Yo se lo voy a decir al alfabetizador: mire, señor, a mí lo que me pasa es que yo no veo. Ay, qué pena que vengan hasta aquí a enseñarnos esas cosas. Qué pena vamos a pasar cuando se enteren de que somos unos animales. Pero por ahora vienen por Remate Arioza y en unos días ya estarán aquí. Aunque a lo mejor se les olvida llegarse hasta aquí porque aquí no parece vivir gente. ¡Y cómo hay gente y viejas que alfabetizar en este batey espantoso! Yo se lo voy a decir al alfabetizador: mire, señor, a mí no me hace falta ninguna aprender esas cosas. Ya yo soy una vieja. Yo, de pensar que tengo que fijar la vista por medio minuto, me entran varias punzadas en el cerebro. Y por toda la nuca. Y unas flojeras. Además, señor, aquí no llega ni el periódico. Aquí no hay nada que leer. Y mucho menos que escribir. Además, señor, ya andan otros alzados por estas sierras. Y aquí dicen que quien deje pasar a los alfabetizadores, lo guindan. Eso nos dijo el Neno, que lo oyó decir en la tienda. Que anda una contrarrevolución. Que ya han ahorcado a todo el que aprendió a leer y a escribir. Ahora saber leer y escribir es malo. Te puede costar la cabeza. Y que los que enseñaron a leer a los ahorcados, ya fueron fusilados. Y que anda otro grupo de alzados que mata a los que matan a los alfabetizadores. Pero yo estoy loca por aprender esas cosas. Yo quiero ser útil. Yo quiero salir de estas maniguas y de estos pedreríos. ¿Y tú, Gregorio? Dicen que Martí lo dijo: «para salir de las maniguas tienes que aprender a leer y a escribir». Y eso debe ser verdad porque ese viejo era muy inteligente. Hay que prosperar. Y tú también vas a aprender todas las letras, ¿me oíste? Y el niño las va a aprender también. El no va a llevar la vida que nosotros hemos llevado. Un niño que no aprenda es un camaleón más. Una bestezuela. Pues sí: aquí voy a esperar yo a esos alfabetizadores. Y cuando los vea se lo voy a decir de un tirón: miren: yo soy un arado. Conmigo van a tener que tener mucha paciencia. Así mismo. Porque si le doy mucha vuelta ni se los digo. Y les voy a decir que tú sabes todavía menos que yo. Y que no le tenemos miedo a los otros alzados. Que ya hasta ésos saben leer y escribir. Por eso es que no quieren que uno aprenda. Y loca estoy yo porque esos maestros entren por esa puerta. Y ya me parece que los estoy viendo. Ya hasta escucho lo que me están preguntando. Y siento el tiroteo y la rabia de los otros alzados que nada podrán hacer por evitarlo. Y el alfabetizador: qué calor. Y yo: asfixiante. Y el alfabetizador: y cuántos son en esta casa. Y yo: tres. Y él:

—Nombres...

—Yeya. Así es mi nombre, Yeya. Bueno, Yeya me dicen en el barrio pero mi nombre de verdad es Mireya. Mireya Cabrera. Ese apodo me lo pusieron en la tienda. Al principio a mí me molestaba pero ya no. Así que usted me puede decir lo mismo Yeya que Mireya. El que a usted más le guste. Si quiere me puede llamar María. Yo también respondo por ese nombre. O por otro que usted invente. Yo ya respondo por cualquier nombre. No tenga pena. Yo...

—Fecha de nacimiento...

—25 de mayo de 1920. A Gregorio ni le pregunte porque él no sabe ni el día en que nació. Cuando a él le preguntan el día en que nació, él dice que nació el mismo día en que nací yo. Y cuando estamos los dos juntos yo le digo: Gregorio, tú no puedes decir la misma fecha que yo. Y dice la misma. Y entonces yo tengo que decir otra fecha para no pasar pena. Y por eso es que ya todo está confundido...

—¿Casada o soltera?

—Bueno, usted verá. Gregorio y yo decidimos unirnos porque la miseria entre dos toca a menos. Ya hace muchos años. O sea que estamos casados, pero sin papeles. O sea, que estamos, ante las leyes, solteros. Pero estamos casados. Tenemos un hijo. Ponga "casada". Ponga "soltera". O ponga "casada sin papeles". Bueno, ponga lo que usted quiera. Eso aquí no tiene la menor importancia...

—¿Leer y escribir?

—Escribir nada más. Leer, no. Yo aprendí a escribir en casa de Mariana. Un día fui y aprendí. Pero Gregorio no quiso. Dijo que eso era una bobería. Que él tenía que recoger el maíz.

—¿Sabe firmar o poner su nombre?

—Poner el nombre nada más. Firmar, no. Gregorio es el que sabe firmar, para que usted vea. ¡Y lo bien que sabe firmar! Pero no sabe poner su nombre. Esa es la suerte. Así nos contrarrestamos. Él sabe un poco de esto y yo de aquello. Por eso es que no nos podemos separar nunca. Porque él sabe lo que yo no sé. Y yo lo que él no sabe. Somos como una misma persona en dos cuerpos. Y ahora el niño: mire, si usted quiere olvídese de nosotros y enseñe al niño. Nosotros ya somos unos viejos. Mire: si descubren que usted nos está enseñando a leer y a escribir, lo guindan. Los alzados. Yo no se lo iba a decir pero usted parece buena persona... como a usted más le guste...

—¿Apoyan ustedes a la Revolución?

—Mire: estamos locos por verla, no sólo para apoyarla sino también para amarla. ¿O es que usted no sabe cómo es que nosotros vivimos en medio de estas furnias? Vaya y dígale a la revolución que yo, y le da mi nombre y mi dirección, y que mi esposo y que mi hijo, somos parte de la revolución. Que en este batey nadie sabe nada pero que estamos locos por cooperar y ayudar a esa revolución. Y le da mi dirección. Que aquí nos dejan las cartas en la tienda y siempre nos llegan de lo más bien. Y le dice a la revolución que me venga a buscar corriendo. Que yo puedo cocinar. Y lavar. Y remendar. Y que ya voy a aprender a leer. Y que mi hijo será un hijo de la revolución. Corra y dígaselo. Yo voy a esperar la contesta aquí sentada. Y le dice que aquí hay un millar de alzados en contra de la revolución. Y otro millar de viejas que se pasan el día hablando horrores de la revolución. Pero que nosotros, no. Vaya y suéltelo. Que nosotros ni aunque quisiéramos nos podríamos mover de esta casa...

—¿Tienen tierras, cañas o monte?

—¿Y usted qué cree? Mire el techo y adivínelo. Míreme las manos y dígalo usted mismo. Míreme esta saya y llegue a una conclusión. O mire a Gregorio que también está oyendo la conversación. Mírele la frente y el cuello. Míreselos. ¡Usted debe ser de La Habana! Usted no puede ser de esta zona porque si fuera de aquí usted hubiera sabido la respuesta desde el momento en que llegó y nos vio. ¿Creía usted que nosotros éramos ricos? Bueno, de cierto modo sí lo somos. Por ejemplo, nosotros somos los que más miseria tenemos en el mundo. En eso no hay quien nos lleve la más mínima ventaja. Campeones en eso. Millonarios del fango. Es que si usted se propusiera adelantársenos, invertir incluso cuantiosas sumas en tratar de quitarnos el primer puesto en la pobreza, tampoco lo lograría. Porque nosotros como que la producimos con nuestra mera existencia. Como que la segregamos. Como las babosas, pasamos y dejamos un trillo pegajoso de miseria de alta calidad. De la buena. Mire: la única tierra que nosotros tenemos (y de la cual no podemos deshacernos querámoslo o no) es la que llevamos debajo de las uñas... Pero, por Dios, no me pregunte usted más nada. Enséñenos a leer de una vez y déjenos en paz. Usted me pregunta todas esas cosas para burlarse de mí. Porque usted se tuvo que haber dado cuenta desde que usted llegó a esta casa de que aquí quienes viven son unos fantasmas. O es que usted es bobo...

El negro y el rojo

La serie que transmitía la televisión cubana de lunes a viernes estaba en pleno desarrollo cuando un locutor anunció que esa noche sería su último episodio.

Eran unas aventuras del Corsario Negro, llevadas a la pantalla con cierto decoro y buen gusto. El actor que hacía el papel de Corsario Negro era un apuesto galán de reconocido talento profesional, admirado por el pueblo y especialmente por las mujeres desde la década pasada. Volaban rumores de que no se le había permitido abandonar el país porque conocía secretos de seguridad nacional, de radiodifusión y hasta otros secretos.

Esa noche las aventuras empezaron con todos los corsarios en el mar. De pronto empezó a soplar un viento huracanado, "aterrador" según las palabras de los propios piratas y todos los barcos naufragaron. No quedó un solo pirata con vida, de modo que las aventuras terminaron allí mismo ante tan devastadora tormenta tropical.

Años más tarde se sabría la verdadera razón de tan imprevisible final: el Corsario Negro se comunicaba con la CIA a través de la televisión, desde donde emitía mensajes cifrados a través de gestos corporales, pestañeos y murumacas. Dicen que por esa vía transmitió todos los secretos de la radiodifusión cubana, secretos personales y hasta otros secretos.

Nunca se volvió a saber del Corsario Negro, pero nadie olvidó jamás aquel extraño remeneo ante las cámaras, sus a veces complicados ademanes, ni la forma en que agitaba su hermosa capa de pirata. Su labor de espía fue muy dañina a la seguridad nacional: a él se debe que hoy día se conozca en todo el mundo que éste es un pueblo infeliz.

Furia del discurso humano

* * *

—Señora, yo soy el brigadista de la zona 8 a la que su núcleo familiar pertenece. Están citados para esta noche a las ocho en punto en el salón del comedor obrero "Batalla del Jigüe". No deberán llegar tarde pues no es justo que los demás compañeros tengan que esperar por ustedes. Mi nombre es Mario Maldonado y espero su cooperación.

—¡Gregorio, corre! Esta mañana estuvo un muchacho aquí muy presentable y muy decente que dijo llamarse Mario Maldonado y nos citó para esta noche en un comedor obrero para empezar las clases. ¡Y me dijo que no podíamos llegar tarde porque no era bien visto que los demás tuvieran que esperar por nosotros! Me imagino que debe ir toda la gente del batey. El habla así porque él no me ha visto estas garras. ¡Lo que pasa es que él no sabe que el lápiz que yo agarre con estas manos lo carbonizo! ¡Y seguro que todas estas viejas que tanto nos odian también van! Yo no voy ni nadie en esta casa va. Nos quedamos burros antes de sentarnos con esa gente chismosa. No vamos a ninguna parte. Y dijo el muchacho que era en un comedor obrero que se llamaba «Batalla del Jigüe». ¿Tú conoces algún comedor obrero que se llame así?

—Viejo, por lo menos córtate esas uñas que van a decir que salimos de un pozo. El brigadista hizo hincapié en que no podíamos llegar tarde. Ya me parece estarle viendo la cara de galleta a esa vieja Mariana. Y a Tula La Cagada. Y a Nancy La Canalla. Que Dios nos proteja. Si nos hacen pasar una pena, agarramos y no vamos más.

—¿Alguien sabrá si hoy es por casualidad el día de los fieles difuntos? Porque por ahí vienen los Muertos de Hambre. Los Fantasmas. Por ahí vienen. Y la Vieja viene metida como dentro de un saco de yuca. Qué gente esa tan bruta. El hombre de Cromagñon y su prole. Cállense que los van a oír y no va a quedar una piedra que no tiren. Y en qué traen al niño, ¿en una jaba? Dios mío, en una jaba de viandas. No los miren. Cállense. Miren esas caras. Parece que acaban de salir de la tumba.

—Esta noche empezaremos por el abecedario. Y por las vocales. Y ustedes dibujarán las letras como yo les iré diciendo. Y si no entienden, levanten la mano para preguntar. Y esperarán a que yo les dé el permiso. Y nadie se podrá levantar de sus asientos hasta el final de la clase. ¿Alguna pregunta?

—Compañero, mire, yo tengo una pregunta: yo no entiendo cómo es que usted le hace la joroba a la a. Y Gregorio, menos. Él me dice que la haga como si fuera la barriga de la Vieja Emilia, pero es que yo no veo a esa mujer desde el Machadato. Es que yo no puedo poner mucha atención con Reginito mortificándome y diciéndome que vamos, que vamos ya, que tengo sueño. Yo así no puedo aprender nada. Además, compañero, yo no veo. Yo se lo quería decir al principio, que yo no veo casi nada por unas cataratas que yo tengo en los ojos. A mí lo que me tienen es que operar. Además, la letra a es muy complicada...

Gloria

Durante la dictadura anterior, Gloria se había dedicado extensamente a la prostitución. Había empezado de prostituta común en un burdel de la capital llegando a convertirse en propietaria de un respetable prostíbulo. El triunfo de la revolución la sorprendió entre clientes y tragos, en plena actividad laboral. Dicen que llegó a acumular una considerable fortuna y que heredó varios tipos de herpes contagiosos.

Apenas la prostitución fue suprimida del panorama oficial del país y declarada vicio del pasado bochornoso, Gloria cambió de identidad. Desempolvó su nombre de pila y gestionó la salida del país con unos parientes que hicieron caso omiso a su necesidad. Desesperada comprendió que su única alternativa era la de integrarse al proceso que la quería aniquilar. Se refugió en un pueblo de provincia hasta que se calmaron las emociones iniciales, siempre las más temibles.

Con esa habilidad de la prostituta profesional escaló por las estructuras del poder, tal y como lo había hecho otrora para ascender en los negocios lascivos. Y llegó hasta sus más elevadas esferas. Gracias a una hazaña de juventud (el haber logrado una erección a Juan Marinello, algo verdaderamente insólito) fue ascendida a vicepresidenta del Instituto de Amistad con los Pueblos. Desde allí lanzó su primera gran ofensiva: se dedicó a erradicar los vestigios de prostitución todavía existentes en el país, así como al saneamiento y control de los nuevos brotes ya incipientes en varios puntos de la capital. La medida fue aprobada y aplaudida por el mismísimo Máximo Líder, quien registró en su memoria la existencia de la funcionaria.

Su primera gestión se transformó en el Proyecto de Las Tres Pes, el cual limpiaría la ciudad de «Pederastas, Proxenetas y Prostitutas». Bajo su tutela y mando corrieron la sangre y la muerte a lo largo del país, se inauguraron los campos de concentración para homosexuales y religiosos, y se proclamaron las primeras leyes que convirtieron las actividades sexuales en delitos contra la seguridad del Estado.

Indiscutiblemente, nadie estaba tan capacitado como Gloria para llevar a cabo aquella empresa.

Dicen que dijo

—Ay, hijo, pásame la mano por aquí. Ahí no, hijo, aquí. Hijo, más arriba. No, ahí no es donde me duele: es más abajo. Hijo, por Dios, no me hagas perder la paciencia: te estoy diciendo que más abajo. Un poquito más arriba. Más abajo... ¡Hijo! Más abajo. ¡Qué cosa tan grande! ¡Más arriba pero al centro!

A la derecha pero abajo, ¡hijo!

¡Al centro pero arriba!

¡Me vas a matar!

¿Tú no oyes que abajo y hacia la izquierda?

¡Me estás apretando una rodilla!

el hígado-el hígado-el hígado-el hígado-el hígado-el hígado-el hígado-el hígado: te digo que el hígado y me aprietas donde se te ocurre.

¿A ti no te da el presentimiento de que el hígado no puede quedar en una pierna?

¡Mira dónde me vas a apretar ahora!

Yo no quiero ni verte

A este niño nadie le ha enseñado dónde uno tiene el hígado

Ahí no es. Ahí no es. ¡Hijo!

Me estás apretando el juanete...

A ver: tócate tú tu hígado. ¡Tócatelo!

¡Pero Dios mío, si lo que se está tocando es el culo!

¡Mira dónde queda el hígado!

Tócame aquí: ¿tú no sientes una cosa inflándose y desinflándose y como unos pequeños corcoveos?

¿Tú no sientes como un gorjeo en esta ijada?

Eso es el hígado. Pásame la mano por ahí sin que me lo revientes.

Suave, de arriba hacia abajo. Así, así, ay, me muero, qué dolor, de arriba hacia abajo, así, ¡ay! Hacia abajo.

Pero ya se te está olvidando.

Ya sé que se te olvidó.

Ya sé que no tienes la menor idea.

Abajo. Abajo... ¡Hijo!

¡Vete de aquí! Ni para pasarle la mano a uno sirves.

Eres un comemierda.

Su lucha

Estaba convencido de que la miseria se podía rebajar con un poco de imaginación y sacrificio. Le dolía como a nadie el deterioro paulatino de la ciudad, la fetidez de las fosas reventadas que se impregnaba sobre los muebles y hasta sobre los huevos sancochados. Sufría, ya a un nivel estético, la escasez de alimentos, de revistas francesas y de ropas a la moda. Trataba de transitar sólo por las calles que no hubieran sido agredidas por la pobreza, por las que no mostraran las enfurecidas cañerías, los enormes charcos de aguas albañales, las desafiantes montañas de escombros e inmundicias de donde salían ratas y cucarachas voladoras, por las que no exhibieran las hileras interminables de casas apuntaladas o la violencia de una multitud desesperada haciendo una cola de cinco días para coger lapiceros o velas. Por lo que salía muy poco. Pero se propuso hacerle la guerra a la fealdad, a la más inmediata, a la que lo rodeaba dentro y fuera de su incómodo cuarto en un solar de la calle Muralla.

Y empezó por componer una mezcla espesa de fango y cal para repellar el techo de su habitación que se había agrietado con los soles de julio. Consiguió de contrabando una gigantesca planta doméstica de origen tailandés, según aseguraban los delincuentes a quienes se la compró, la cual colocó al lado de la puerta. Hizo un enorme afiche de revistas europeas antiguas, el que colgó sobre la pared más magra. Bellísimos paisajes nevados adornaban la pared de enfrente. Se deshizo del reverbero y de los alarmantes calderos ennegrecidos. Como no había manera de reemplazarlos, decidió prescindir de estos utensilios. Fabricó sus propios tenedores y cucharas rebajando y puliendo unas tablitas. Tejió él mismo una alfombra con lo que él pensó fueran arabescos persas, la cual colocó frente a su camastro del siglo XVIII, el que había conseguido con un pariente que trabajaba en el Museo de los Capitanes Generales. Cubrió la única bombilla con un lienzo que robó a su anciana abuela y se pudo hacer después de una nevera Sanyo con unos marineros daneses. Su casa, por lo menos, lograría disipar la crueldad que crepitaba a unos pasos de él, del otro lado de la puerta. Llegó a sentirse como en un oasis en medio de una infinita y uniforme fealdad. Después eliminó toda su ropa chillona, la confeccionada en el país, cuyo mal gusto le dolía profundamente. Compró ropa y zapatos extranjeros de contrabando, pagando a veces un precio demasiado alto y personal. Consiguió también un inmenso jarrón de Indonesia, el que colocó sobre una mesita blanca que no parecía de fabricación nacional. Un buda regordete se dormía en el marco de la ventana y un búcaro con flores silvestres alegraba una esquina vacía. Según él, así era la belleza.

Enseguida que el deterioro ganaba una pulgada en su lucha, él salía con espátulas y extraños cocimientos. Pero era una guerra sin cuartel: hoy se fundía la única bombilla y se tupía el inodoro; mañana se despegaban los afiches y se le rompía un vaso; luego empezó a agrietársele el techo otra vez y aparecieron unas goteras irreparables. La menor pérdida era una pérdida definitiva precisamente porque era irreemplazable.

En breve comprobó que el deterioro avanzaba no sólo en su cuarto sino también dentro de su organismo. Unas fiebres se apoderaron de él y apenas podía valerse presa de unos temblores insoportables que lo mantenían en cama.

Una mañana, sin fuerzas ya para detener la inevitable fealdad, ni para levantarse siquiera del viejo camastro, se puso a observar la última tragedia: una chorrera de mugre bajaba perezosamente por la pared de enfrente. El agua pestilente trepó al cuadro más querido como lo haría un cerdo sobre unas sábanas blancas almidonadas. Observándola creyó incluso ver hasta cierta belleza en la columna de fango que descendía...Y fue en ese instante cuando comprendió que la fealdad que lo rodeaba, y su cuarto, y su empeño por atajar el deterioro, y hasta él mismo, no eran otra cosa que piezas de una miseria mucho mayor que se valía de él y de sus tarecos para materializarse. Y como quien acepta la fatalidad de un mal terminal, no quiso impedir esta vez que la mugre arrasara de una vez con los afiches.

* * *

—Mire, Yeya, nosotros somos los hombres del Partido. La habíamos buscado por la otra margen del río y aunque ya habíamos pasado por frente a esta casa, no pudimos imaginar que aquí viviera gente. Nosotros dos pertenecemos al núcleo del Partido de esta zona. Usted ha sido recomendada por el alfabetizador Mario Maldonado como una mujer de altos principios morales y fiel al proceso revolucionario. Desde que tuvimos conocimiento de usted, enseguida nos dimos cuenta que usted era la mujer que la revolución necesitaba. Usted, quién sino usted, representaría a la mujer campesina en esta revolución. Díganoslo. Nadie. ¿No ve? Por eso hemos venido, porque sabemos muy bien que usted no nos va a decir que no. Claro que no. Ya lo sabíamos. La necesitamos. No nosotros; la patria la necesita. ¿Usted nos está oyendo? No importa que ahora usted no entienda nada. Ya lo entenderá. ¿Sabía usted que la revolución ya tiene muchos enemigos? Pues sépalo: acaba de nacer y ya tiene enemigos a muerte. ¿Usted ya lo sabía? Y esos enemigos que la revolución tiene sólo anhelan el retorno a la explotación capitalista. No tiene necesidad de persignarse: eso jamás volverá a pisar este suelo. Y usted es parte de ese pueblo del que le hablo. ¿Sabía usted que usted y su esposo y su hijo ya forman parte de ese pueblo combativo y luminoso? Ya va entrando en materia. Según el compañero Maldonado, ya sabe leer bastante bien aunque escribir le cuesta más trabajo, ¿verdad que sí? Pero ya va aprendiendo. Todo tomará de un tiempo. Todos estamos enfrascados en cambios tan profundos que hay que dar tiempo a que esos cambios cristalicen. ¿Usted me oye? Quiéralo o no, usted es un soldado de la revolución. ¡Ni siquiera importa que no sepa disparar un tiro! ¡Ni siquiera importa que no sepa coger una ametralladora! A veces basta con la ametralladora del alma. Usted defenderá la revolución en otros campos. ¿Está su esposo en casa? No importa que no esté: la recomendación que traemos es a nombre suyo. Nadie le podrá impedir ejercer las responsabilidades que la revolución le impondrá. Sacrificio es aquí la palabra de orden. Así lo ha dicho nuestro Máximo Líder. ¿Cuál es la palabra de orden que ha dicho nuestro Máximo Líder? Dígalo usted misma...

—¿*Ametralladora?*

—Usted no me ha oído bien: sacrificio es la palabra de orden. El pueblo deberá acatar el sacrificio para construir su revolución. Sin sacrificio no habrá desarrollo. ¿Para quién serán esos hijos suyos sino para esta revolución que fue hecha para el explotado?

—Mire, señor, yo no entiendo nada de lo que usted está hablando...

—Al grano: hemos venido para que usted encabece una organización que la revolución acaba de crear. Una organización campesina para los campesinos. Y quién mejor para encabezar una organización campesina que una campesina como usted. Necesitamos que usted y los que usted escoja y que sean simpatizantes del proceso, nos hagan un censo. Y aquí en su casa estará la base de la organización. Y aquí mismo se llenarán los reportes y las actas. Mire las planillas: los latifundistas que todavía tienen tierras aparecerán en esta columna de la derecha. Los que ya no las tienen, aparecerán en este otro lado... Aquí nos pondrá la cantidad de tierras que tienen, y si las trabajan pone una cruz en esta casillita. Y si no las trabajan, la cruz la deberá poner en este otro lado. Y si tienen ganado, otra cruz aquí, y si no tienen ganado, ponga "no tiene" y salta una línea. Y si...

—Señor, yo le dije a Maldonado que yo no veo.

—No importa. Nosotros la llevaremos a un oculista. En esta casilla deberá poner los que han cooperado con los bandidos contrarrevolucionarios tanto ahora como en el pasado...

—Miren, señores, lo que yo he aprendido es muy poco y además aquí todo el mundo me odia. Yo creo que a la que ustedes deben buscar para ese trabajo es a la hija de Nancy que sí estudió en La Habana y todo. Ella es la que me escribe a mí las cartas cuando tengo que escribir alguna. Y además de que yo no veo casi nada, la lámpara se nos está quedando sin petróleo. Y sin mecha. Y aquí en esta casa se moja todo lo que en ella se cobije. Si ustedes me dejan esos papeles aquí se harán pulpa enseguida. Porque aquí todo se moja. Además, señores, yo no sé si Gregorio me permite a mí ponerme a llenar esos papeles del gobierno... Ustedes van a tener que venir en otro momento cuando Gregorio esté aquí en la casa. Yo no me gobierno, señores. Yo soy una mujer. Una vieja. Y bruta. Y con un niño chiquito que siempre está enfermo. Yo no tengo un minuto libre aunque en realidad yo no hago nada. Además, si todos esos guajiros se enteran de que yo estoy llenando papeles del gobierno, son capaces de venir a quemarme viva. Todos ellos tienen algún familiar en las maniguas peleando contra este gobierno. Yo se lo voy a decir a Gregorio esta misma noche. Yo esta noche cojo y se lo digo. A lo mejor me deja. Pero a lo mejor no me deja. A lo mejor lo que hace es que pone el grito en el cielo. Yo no me gobierno. Yo ya les dije que yo era una vieja. ¿Y por qué ustedes mismos no cogen y van casa por casa y les preguntan a los guajiros lo que tienen y lo que no tienen? Ellos los respetan más a ustedes que a mí. Además, nosotros necesitamos un radio de pilas. Aquí no se sabe nada del mundo. Vengan mañana o pasado mañana que ya yo les tendré una respuesta. Enseguida que Gregorio llegue yo se lo voy a decir. Apenas entre por esa puerta, yo cojo y se lo digo.

—Esta mañana estuvieron aquí dos hombres del Partido. Y me pidieron que trabajara en un censo para la revolución. Eso fue lo que esos dos hombres del Partido me pidieron. Yo no sé lo que ellos verdaderamente pedían pero hablaron mucho. Que la revolución me necesitaba, dijeron. Imagínate que yo ni veo. Y ellos que sí, que eso no importaba, que para ayudar a la revolución no hacía falta ninguna ver. Y me querían llevar a un oculista. Yo eso sí que no se los podía creer. Y uno de ellos, el más feo, me enseñó una caterva de papeles llenos de unas rayas tan grandes que yo que no veo las vi. Y que pusiera en aquellas rayas esto y lo otro, las tierras, el ganado, la cantidad de bienes. ¡Eso son cosas de los guajiros!, pensé yo. Y que si trabajan o si no trabajan las tierras; hasta eso. ¡Y a usted qué le importa si yo trabajo o no trabajo mis tierras!, me van a decir ellos. Y con razón. Pero los hombres del Partido dijeron que eso era muy importante. Y me dijeron que el alfabetizador había hecho una recomendación a nombre mío, quien también le dijo que yo era una mujer muy preparada y muy inteligente. ¿Tú crees eso, Gregorio? ¿Tú crees que el alfabetizador les haya dicho que yo era una mujer muy inteligente y muy hermosa? Los hombres del Partido parecían buenas personas pero eso no significa que lo sean, como bien tú dices. Yo al principio no podía creer que esos hombres hubieran venido desde tan lejos a verme a mí precisamente, tan fea y tan mal encabada como yo estoy. Y el fango que tenía en la saya se me veía con la claridad. Y yo escondiéndome detrás del algarrobo para que no me lo vieran. Y ellos: usted tiene que ayudarnos. Y yo reculando. Y ellos: usted es muy combativa y dinámica. ¿Tú crees, Gregorio, que yo sea tan combativa y dinámica como dijeron esos hombres del Partido? Seguro que estaban bromeando y burlándose de mí. Que aquí todo el mundo está en contra del gobierno, les dije. Menos nosotros. Y me dijeron que ellos iban a poner a Reginito en una escuela de lo más buena. A lo mejor se creen que yo soy bachiller. A lo mejor se creen que yo todavía tengo salvación. Y por el vestido roto se me salía una teta y yo metiéndome más detrás del algarrobo, como si fuera un bicho. Y ellos a pregunta viva. Y yo reculando. Y a veces la teta se me salía desde atrás del algarrobo. Y ellos: nosotros sabemos. Y yo: ay, por Dios, esperen a que Gregorio venga. Y yo les dije que tú habías ido a Remate Arioza sabiendo que te habías escondido en la laguna para no tener que presentar esa caraza. Y ellos, con lápices, libretas y relojes de pulsera. Y yo con este vestido de saco de harina tratando en vano de cubrirme las tetas. Y con esta peste. Ahora tú me vas a decir qué les vamos a decir a esos hombres. Porque en unos días estarán aquí. ¿Tú no crees que sea mejor esperar porque las cosas se normalicen? ¿De qué vale un cuello con joyas que no sea capaz de sujetar la cabeza? Bueno, pues eso mismo les diremos. Así se los voy a decir. Ellos estarán aquí en unos días a buscar la respuesta.

Que yo por ahora no puedo, que me estoy yendo en cagaleras. Eso mismo es lo que les vamos a decir. Pero, y si no nos lo creen, dónde nos metemos. Tú eres el que debías ir. Ve tú, Gregorio. Y les dices que yo tengo todas las várices afuera. Y que además, todos los vecinos nos odian. Que si yo salgo a pedir datos y números, regreso sin cabeza. Y que se vayan. Que nos dejen en paz. Que a lo mejor el año que viene. Diles cualquier cosa pero que se vayan. Ah, tú no vas. Siempre tengo que ir yo. Yo, el guayacón sin ropa. Yo, la que tiene que darle la cara a cuanto mojón pasa volando por esta casa. Pero te lo advierto: ¡última vez! ¡Por ese sol que me está alumbrando! Cuando se aparezcan aquí los próximos brigadistas, o los del Partido, o los del Infierno, yo cojo la loma. Y me meto en la cueva del Ruiseñor, adonde tú te metes para no dar la cara. Yo sabía que yo les tenía que dar el hocico a esos viejos. Una familia donde la mujer es el marido, el padre y hasta la hija. Yo estoy cansada. Yo no sé cuál es tu función en esta casa. Tú no sirves para nada. Ni de tu hijo te ocupas. Míralo al lado tuyo, jugando a las muñecas. Por lo menos quítale esas muñecas y dile que los machos no juegan con esos juguetes. ¡Díselo! Dile con qué juegan los niños varones... ¡Tú ni sabes con qué juegan los niños! Ay, Virgen de la Caridad, baja y ven a ver esto. ¿Y de dónde saca él esa tela para vestir esos pomos? Ay, mira el pedazo de tela que me falta en este vestido... ¡Quítale todo eso que nos va a salir mariquita! Tú tienes que salir a cazar totíses con un tirapiedras, ¿me oíste? ¡Se acabó! Pues yo no les voy a decir ni pío. Yo, cuando lleguen, les digo que la mujer que ellos andaban buscando se mudó para La Habana. O que se unió a los alzados. Aunque hasta este rancho lo podemos perder. Aunque mucha gente dice que de verdad que nos quieren sacar de la miseria. Y que todo lo que uno tiene que hacer es tener la guardia en alto, una bobería más. Quién quita que nos den una casa en La Habana, o en Isla de Pinos, o donde sea pero lejos de estos matorrales, con tal que sea más allá de las zarzas y el fango... Quién sabe si ésta va a ser la única oportunidad que uno va a tener de ser gente alguna vez en la vida. Quién sabe. Yo lo voy a pensar. Y lo voy a meditar. Aunque ni yo misma me puedo imaginar lo que pareceré yo con una alforja llena de papeles y de datos por medio de este batey y por medio de estas espinas.

Chivata es lo más leve que me gritarán. Yo les tengo tanto odio a toda esta gentuza y a todos estos guajiros que me atrevería a hacerlo para por lo menos denunciarlos. Que se lo quiten todo y que los dejen igualitos que a nosotros. Para que ellos vean lo que se siente. Para que ellos sufran lo que hemos tenido que sufrir nosotros. Para que ellos sepan lo que duele la miseria. Apenas ellos asomen por esa puerta yo se los voy a decir. Miren, les voy a decir: yo quiero ser la cabeza de esa organización campesina que ustedes han creado...

—Sabíamos que no nos iba a defraudar.
—Que la Virgen de la Caridad nos proteja.

El remedio

Tras vivir varios años de vagabunda y sin un techo donde cobijarse, Julieta había conseguido un cuarto diminuto en un solar de la capital. Después, y gracias a unas viejas conexiones en el Ministerio del Interior, pudo hacerse de una cama destartalada y hasta de un pequeño librero. Con el tiempo consiguió una silla, dos calderos de uso y un diccionario de sinónimos y antónimos. Logró enmarcar una fotografía de su hijo muerto y consiguió el clavo para colgar el cuadro en la pared menos violenta.

Cuando ya tenía por lo menos lo más necesario se preparó un tilo bien fuerte, se sentó en la única silla y mirando el techo se entregó a la tarea de sufrir correctamente.

* * *

Jesucristo: ¡miren eso! Va hacia la arboleda quemada. Quién va a ser. Quién podría ser. Dilo tú misma: quién podría andar buscando verracos para que se le suban encima. Quién en el mundo podría salir como él sale. Regino: el hijo de Yeya y Gregorio. Ya se sabía que era un pájaro, desde luego, pero no ya que buscara verracos y hombres. Ahí va. Miren ahora. ¿Y qué será eso que le cuelga? Dicen que es un fenómeno. Y los viejos idos del mundo. Y él: ¡mírenlo! descoyuntándose, desmondingándose, Dios mío, hacia afuera, desguachingándose todo (hacia adentro), corriéndole a los verracos y a las bestias. Dios mío, dicen que tiene dos bollos, una sola teta y en el otro costado dicen que tiene una picha. Miren eso. Miren eso. Miren cómo se remenea. Pero si ya es una mujer. Dios mío, no lo miren tan fijo que ya nos está mirando. Mirando para acá. Miren eso. Miren eso. Pero miren eso. Ay, pero no lo miren así que lo que él tiene es malo. No lo miren así que lo que él tiene es una maldición que le echó Tula. Ni lo sigan con la vista que te sale un hijo idéntico. Mírenlo ahora. Mírenlo ahora.

Ahora. Ahora. ¡Mírenlo!

Mírenlo ahora (ahora mismo).

Mírenlo ahora. Mírenlo como si miraran aquella mata de tuna.

Ay, Dios, ahora.

Ya, ahora.

Ahora (ahora).

Ahora no, ahora (1, 2, 3, 4, ahora, ahora).

Ahora no que está mirando para acá.

Ahora no, ahora no, miren para otra parte... ¡Ahora!

Tiene tres pares y media de tetas. ¿Tú se las contaste? No puede ser. Yo le sigo viendo una sola teta. Una por ese testero, pero por el otro... Ay, verdad que sí. Y está soltando una baba. Eso no es una baba; es un veneno que sueltan. ¿Tú crees? ¡Jesús mil veces! Dicen que puede llegar a convertirse en mujer. O en ballena. Yo no puedo creer que en eso se haya transformado aquel niño tan lindo. Pues en eso. Y suelta como un humo. Eso no es un humo; es un gas que siempre sueltan. Mírenlo ahora todo lo que quieran que ahora no puede vernos. Va rumbo al pozo ciego. Que no, que está subiendo a la mata de las carolinas. Y qué buscará en la copa de ese árbol, ¿guacamayos vivos? No, seguro que debe estar haciéndose la paja...

...que aunque parezca que no, la madre se ha empezado a mover: lo está llevando a los médicos, a los curanderos de Báez, a los especialistas en pájaros, a unos gitanos que hay en Zulueta, a los especializados de

Vertientes y nada. Y lo lleva otra vez y nada. Y lo amarra y nada. Y lo suelta y nada. Y sigue las recetas al pie de la letra y nada. Y nada. No tiene cura. Los remedios de los curanderos y las brujas yo son muchos. Y nada. Las gallinas degolladas y lanzadas con furia al camino para que el que pase coja el daño se pueden recoger por sacos. Las güásimas han perdido casi todas las hojas incluyendo ramas, troncos y raíces, debido a los cocimientos que Yeya le prepara con esa mata. Y nada. Ellos quisieran que nadie se enterara de lo que les está pasando pero cómo esconder algo semejante en este batey de cien varas. El último cocimiento que le recomendó Rufia la Brujera era brutal: tenía que coger una mata de güásima entera, sin pelar, picarla en rodajas y dársela a comer al niño mezclada con alas de totí blanco. Y Yeya tratando de cazar esos totíes blancos en un lugar donde todos los totíes son negros. Y salía con un palo y un tirapiedras y trepaba a la cresta de las lomas. Y se pasaba el día velando los totíes blancos hasta que lograba coger dos o tres. Y un día me pidió a mí que la ayudara a coger unas lagartijas en el monte. Y yo le dije que cómo no, Yeya, no faltaba más. Y ella me dijo que las quería para otra cosa, para espantar el espíritu de su padre muerto. Eso me dijo. Y yo le dije que estaba bien. Pero yo sabía para lo que eran. Y yo le seguí la corriente para no molestarla. Y salimos las dos juntas a cazar lagartijas. Que iba a hacer con ellas un puré, me decía. ¡Que cómo le gustaba a Gregorio el puré de lagartijas! Y que ella primero las sancochaba y que después las molía. Y yo, callada. Yo, sabiéndolo todo, callada. Y enseguida que llegamos al monte yo cogí más de doscientas lagartijas jóvenes. Y ella como tres mil. Y vinimos y las hervimos. Y ya el niño empezaba a mirar lo que nosotras estábamos hirviendo. Y la casa se llenó toda de lagartijas y hasta de chipojos marrones. Y al otro día Yeya me pidió que la acompañara a coger un búho. Y yo le dije pero Yeya ya eso es demasiado. Y ella me dijo que no, que el búho era un alimento como pocos. Y salimos. Y yo sola, con subirme en los seborucos de la arboleda de los Píos, cogí catorce. Y ella me decía que no había nada como un buen búho bien cocinado para los dolores de espalda. Y la casa se llenaba de animales cada vez más raros. Y el niño, a medida que ingería aquellas postas, cambiaba de colores y de formas. Primero se ponía verdoso y oval; luego, sin saber nadie cómo, se ponía anaranjado, hasta ponerse, de pronto y sin colores intermedios, lila intenso. Y los ojos parecían dos bolas de fuego. Y los ojos, fosforescentes, demoraban un siglo para conseguir un pestañeo. Y la nuca se le llenaba de crestas y pelotas. Y Yeya y yo acercándonos por los patios con varias alforjas de grullas, totíes, basiliscos y garzas. ¡Y los chillidos que soltaba toda aquella bichera! ¡Y los que se le salían de la enorme carga! Y unas hojas enormes de malanga envolvían los cargamentos. Y yo la ayudé a despeluzar aquellas garzas tan altas. Y las auras, todavía vivas, saltando en las calderas de agua hirviendo. Y a veces, en medio de todo aquel destripajamiento y aquella tristeza, se le aparecían a Yeya los hombres del Partido a bajarle las metas. Y entonces había que correr a esconder grillos y roedores, majases y jubos, auras y búhos. Y las entrañas de aquella bichera dando vueltas por toda la casa. Y el niño mirando. Y un grupo de corazones de los más variados tamaños, temblando en la pata de la mesa. Y diez mil tripas secándose en el alero del comedor. Y los del Partido miraban aquellas tripas que no se podían ni esconder. Y una peste inexplicable a pescado. Y el niño en una esquina mirando. Y los del Partido en la otra esquina mirándolo todo. Y mientras Yeya conversaba con los hombres del Partido, una jutía que no había quedado bien muerta atravesó la sala y se subió al fogón. Y le siguió, siguiendo el mismo trayecto, una anguila voladora. Y Yeya se preguntaba delante de los hombres del Partido cómo era posible que aquellos bichos se pasearan por la casa. Y entonces pasaba, dando unos saltos y soltando una mierda, un animal muy parecido al manatí. Y Yeya delante de los hombres: pero ustedes han visto qué cantidad de animales. Y yo a veces lograba atrapar uno de ellos, pero entonces salía, de no se sabe dónde, un caballo gigantesco. Y los hombres del Partido mirando. Y los animales yéndose. Y yo metiendo a punta de pie a cuanta bestia se asomara en la sala. Y un agua sanguinolenta empezaba a salir por la puerta de la casa y otra agua, aunque mucho más prieta, entrando. Y yo subiendo tarecos encima de la mesa. Y los del Partido subiendo los pies para no mancharse con aquella agua que nadie sabía ni de dónde diablos ni cómo podía llegar hasta allí. Y el niño, casi desmadejado, mirando. Y los del Partido agachando la cabeza cada vez que una de aquellas alimañas pasaba volando. Y cuando se fueron, después de bajarle las orientaciones y las metas, como ellos decían, yo seguía cortando pescuezos y patas... Y yo até un corazón de ratón con un hígado de murciélago para que aquellos hombres no vinieran más. Y estando yo cortando patas, me tragué un animal que ni siquiera pude ver pero que pasó volando. Y Yeya me dijo que no le diera importancia, que había sido un animal muy pequeño. Más chiquito que un murciélago, me dijo. Y yo: ah, menos mal, yo había pensado que se trataba de una codorniz. Sí, dijo Yeya. Y el destripaje a veces tomaba varias noches y varios días. Y Yeya me decía: «gracias, Mariana, que Dios te lo pague». Y yo: no tienes que darme gracias: éste es mi deber. Y el olor a animales podridos era tan grande que ni Yeya lo podía resistir. Y entonces fue cuando nos dimos cuenta de que la casa se empezaba a bambolear como si alguien la estuviera sacudiendo por el techo de guano. Y salimos a ver porqué la casa se bamboleaba de ese modo y nos quedamos muertas de miedo: más de doscientas auras prietas se habían posado en el techo esperando los desperdicios. Y entramos a la casa pidiéndole a Dios que espantara las auras. Y nos quedamos en silencio pidiéndole a Dios que las espantara: el niño viéndolo todo, Gregorio viéndolo todo, Yeya viéndolo todo, yo viéndolo todo, Dios viéndolo todo...

Los amantes

Antes de pasar a la actividad que los había llevado a reservar aquella habitación en un hotel de la playa de Varadero, los amantes quisieron cerciorarse de que estaban protegidos de las innumerables cámaras fotográficas, micro- micrófonos, grabadoras minúsculas pero poderosas, capaces de captar el menor jadeo, el más ligero roce de sus cuerpos erizados, adoloridos ya por la necesidad de la entrega, del contacto irreprimible, y que indudablemente habían sido colocados en alguna parte de aquella habitación miserable.

    Cubrieron primero las cuatro paredes con sábanas que ellos mismos habían traído para los efectos y con la sobrecama del hotel cubrieron el techo, claveteándolo por las cuatro esquinas arrasadas. Después corrieron la cómoda de espejo circular contra la puerta, de modo que al ser forzada la cerradura tropezaran por lo menos con algo, lo que les permitiría ganar tiempo y evitar así que los sorprendieran en pleno desenfreno, en plena cama, sin haber tomado las precauciones pertinentes. Después revisaron las sospechosas hendiduras del espaldar de la cama, rellenándolas con una especie de betún oscuro para por lo menos empañar el lente o los microlentes de las microcámaras que allí estuvieran. Con esparadrapo cubrieron las heridas de las ventanas y las grietas del piso. Seguidamente metieron debajo del colchón las llaves, el cenicero, dos vasos aparentemente transparentes y las dos pastillas de jabón que descansaban en el lavamanos.

Ya amanecía cuando se dieron cuenta de que todavía no estaban seguros. Faltaba cubrir el clóset, poner un hierro que no trajeron detrás de la puerta, otro más pequeño detrás de las ventanas y un alambre de púas para coser las persianas, las que se podían abrir fácilmente desde afuera, con sólo subirse a una caja de cervezas. Además, una insoportable bombilla alumbraba justo encima de la cama... Ya era de día cuando recostaron sus oídos contra la pared y escucharon un silencio cómplice que no pudieron reconocer si provenía de la habitación, del hotel o del mundo. Entonces comprendieron que estaban exhaustos y que lo único prudente era abandonar la habitación.

* * *

—Así nos gusta que hable. Así hablan los revolucionarios. Así hablan los que han dicho no al oprobio. Usted, mi noble Yeya, es un pilar de la revolución. La revolución primero. Ella por encima de todo. Y para que usted vea nuestro grado de simpatía por su militancia revolucionaria y por su abierta disposición por ayudar el proceso, le hemos traído un radio de pilas. ¡Ay, yo eso no se los puedo creer! Sí, para usted y para su familia. ¡Ay, a mí me da algo, una embolia o algo todavía peor! En este botón lo enciende y también lo apaga. ¡Ay, ustedes deben estar burlándose de mí! ¡Compañera! ¡Ay, díganmelo porque ya estoy desmadejada: dónde lo meto para que las viejas que viven en este batey no me lo roben! Y en este cartucho le hemos traído varios pares de pilas nuevas. ¡Ay, perdónenme esta babaza que se me está saliendo por la boca! Aunque no tendrá que usarlo con pilas por mucho tiempo. Ay, perdonen que hable con esta lengua medio entumida, pero lo cojo y lo meto debajo de las piedras del potrero de José María. ¿Quisiera usted saber porqué no va a tener que usarlo con pilas por mucho más tiempo? La revolución va a ponerles corriente eléctrica. ¡Ay, eso sí que no es verdad! ¡Cómo lo está oyendo! Ay, no se preocupen por mí que yo creo que a mí me ha dado una cosa. Pero por ahora lo utiliza con pilas, que nosotros nos hacemos responsables de que no le falten. Ay, perdonen que se me haya ido un peo. Y si quisiera cambiarlo de estación, mueve este otro botón. Ay, no se preocupen que a mí con una sola estación me basta. Y si quisiera saber lo que está pasando en La Habana, lo deja en el 54.4. ¡Ay, díganme lo que está pasando en La Habana! Y si quisiera saber la hora, porque a lo mejor un día usted quisiera saber qué hora es, lo deja en el 54.4. ¡Ay, sí lo estoy oyendo! Y si quisiera saber lo que dijo nuestro Máximo Líder en su último discurso, no lo mueva del 54.4. ¡Ay, dígannos qué tenemos que hacer para que no se nos olvide ese número! Y si quisiera oír un poco de música, porque a lo mejor un día usted quisiera escuchar un poco de música, entonces sí que no lo mueva del 54.4. ¡Ay, sí, tránquelo ahí mismo para que Gregorio lo oiga! Y si quisiera oír sobre el estado del tiempo o sobre los últimos adelantos técnicos, sobre lo que ha pasado con el ganado estatal, con la cosecha de maíz; si quisiera saber cómo va la defensa de la patria, el curso del último ciclón, las maniobras del enemigo para desestabilizar nuestra revolución, la solidaridad internacionalista de nuestro pueblo, la producción de alpargatas, la recolección de la toronja, el porcentaje de vacas lecheras actualmente en producción; si quisiera saber sobre la huelga de los obreros del petróleo en Venezuela, sobre la caza del manatí, sobre la fabricación de botellas sin culo, sobre el último visitante que nos llegó de Okinawa, de los terceros países, del Archipiélago de las Endemoniadas; si quisiera saber qué se está haciendo para erradicar el analfabetismo, el cólera, la escasez de pescado y de almidón; si le interesara saber más sobre las tormentas tropicales y sobre la presión atmosférica, sobre los vientos del Sur y sobre la leucemia, sobre las fiebres equinas, amarillas o coreanas; si quisiera saber qué vamos a hacer en el futuro para encontrar oro, plata, fluorescencias, manganeso, diamantes, bacalao, berro y barro, rabirrubias, bálsamo analgésico, bacilos, basiliscos, basidiomicetos y vaselina; si llegara a interesarle quién fue el que conquistó el polo Norte, el que descubrió el viento insoportable de la India, las glándulas endocrinas y el sistema de riego cenagoso, el cáncer en la tráquea y en la voluntad, los remedios contra la muerte y las emanaciones venenosas del cobalto, la vesícula biliar y el primer vehículo autopropulsado, los uñeros y la comunicación inalámbrica, la interpretación de los sueños y la máquina de imprimir, el estetoscopio y la angustia del elefante blanco, el parto por cesárea, los equinoccios y el Tíbet, las muletas eléctricas, las flores come-gente, el alacrán amaestrado, la gasolina sin plomo, la transformación del guarapo de caña en vacuna contra la malaria para vendérselas al Brasil, los treinta mil estados del feto, las bases navales y el cometa Halley, las prótesis y el famoso ungüento contra ciertos tipos de odio, el que descubrió la soledad de los indios Navajos, el ajonjolí y la desintegración del átomo (porque usted no se puede perder los pormenores de la desintegración del átomo), el paraguas nuclear y los hidrocéfalos, la rehabilitación de la Manchuria y el sentido de las efigies egipcias, el sueño de Clodoveo y los cantos estivales de las matronas de Ucrania... si llegara a interesarle todo o parte de lo que le he dicho, no mueva usted esta aguja. Lo deja en el 54.4. Todo en un español clarísimo. Nosotros sabemos que no le hará falta ninguna otra emisora. Para su comodidad, podemos ajustarle la aguja a esa estación. ¡Cuál no será su alegría y su sorpresa al poder oír a nuestro Máximo Líder como si estuviera a su lado! Sin la revolución, ¿hubiera usted podido tener un radio de pilas como éste? Sin la revolución, ¿se hubiera usted enterado de los adelantos en la piedra de afilar? Ni por casualidad. ¿Hubiera usted comprendido cabalmente el proceso de transformación del veneno de cobra en mercurio cromo? Sin lugar a dudas, no hubiera podido. ¿Y qué decir de la emancipación de la mujer? ¿Y qué decir del Pacto de Varsovia? ¿Y de la alucinación del potasio? ¿Y cómo se hubiera enterado usted de la extirpación de la verruga? ¿Y de la conquista de Marte? Sin la revolución, Yeya inolvidable, nada de eso hubiera sido posible. ¡Y lo que le cuento es poco comparado con lo que va a poder escuchar por la radio en la tranquilidad de su propio hogar! Guarde el radiecito en el lugar más seco de la casa. Ay, el lugar más seco de esta casa está fuera de la casa. Asegúrese de que el niño no lo coja para jugar. Aunque el niño también experimentará extraños cambios cuando lo oiga decir. ¿Qué dirá cuando se entere de la figura de Lunacharvsky? Ya eso es el colmo. Bueno, Yeya, aquí le dejo las planillas que deberá llenar casa por casa. No le haga caso a las malas caras que le pondrán algunos de los residentes de esta zona. Todos ellos son unos retrógrados. Todavía no entienden la profundidad del cambio. Todavía quieren seguir explotando al pobre. Eso es lo que tan bien definió Engels como "latifundio". Nunca olvide el latifundio. Usted, cuando los visite, tenga presente que ellos formaban parte de la clase explotadora. ¡Contra ellos va esta revolución hecha para el pobre! Usted le pide la información que necesitamos. Y si hay una mala respuesta, unos ojos en blanco, un remordimiento visible, un escamoteo hasta ahora desconocido, alguna frase hiriente, un dedo retorcido hacia arriba, una baba salada, un váyase-de-aquí-vieja-puta, un objeto lanzado con furia contra alguna parte de su cuerpo o su rostro, un cartel de oposición, alguna convulsión o espasmo, alguna brasa lanzada a su persona, algún tibor lleno de orine o sencillamente algún tipo de sinvergüenzura rural, usted anota el nombre del reaccionario y nos lo pasa. Eso es todo... nosotros nos ocuparemos de él. El miércoles pasamos a recoger los reportes y las actas y le bajaremos las nuevas metas. Si tiene tiempo nos gustaría que nos hiciera un resumen de las transmisiones que escuchó durante la semana. Que no se le olvide el número, Yeya querida: el 54.4...

El graduado

Sus innumerables méritos políticos lo hacían merecedor de un brillante porvenir: fue seleccionado entre 33,000 estudiantes como el mejor calificado para cursar la carrera de Ingeniería Atómica en Uzbekistán. Era en esta rama del saber donde más profesionales se necesitaban en el país en ese entonces. Varias instalaciones nucleares esperaban con ansiedad la graduación del ingeniero.

Con fervor revolucionario y con un dinamismo inigualable, cursó los estudios superiores en esa república soviética. Se graduó con altos honores y fue condecorado con varias distinciones notables. De regreso a su país, lo asignaron de Asesor Nacional de la Empresa Consolidada "Grito de Yara", el complejo industrial más grande del Caribe para la fabricación de chancletas plásticas.

* * *

8 de mayo
"Año del Esfuerzo Decisivo"

Querida tía Inocencia: (¡ay, déjate ya de esas boberías!) yo no sé si tú te acordarás de mí (¡termina esa carta pronto y ven a ayudarme a recoger los trapos!) pero yo de ti no me olvido un minuto (¡ay, eso fue lo primero que ella hizo apenas se subió al avión: enterrarnos!) a pesar de que tú te fuiste de Cuba cuando yo tenía cinco días de nacido (¡ay, corre, que ya empezó a llover!) yo soy el hijo de tu hermana Mireya (¡hijo, que me va a caer un trueno!) de Yeya como le dicen en la familia (¡ponle de tu hermana La Mula para que veas cómo se acuerda enseguida!) aquel niño que tú querías bautizar ¿te acuerdas, tía? (¡una mujer que en tantos años no nos ha escrito una letra!) y aunque no me puedo imaginar tu rostro (¡ay, pues yo sí: ella era igualitica a un chipojo!) te he empezado a reconocer entre las fotos que dejaste (¡hijo, que me va a matar un relámpago!) y por los cuentos que me hacen los mayores (¡hijo, que esa mujer ya no entiende el habla de aquí!) te diré que por aquí todos estamos bien (¡pues yo me estoy muriendo de apoplejía y de tristeza!) yo estoy muy bien extrañándote mucho (¡hijo, no le vayas a poner esa barbaridad que se va a reír de nosotros) pensando en cuándo te volveremos a ver (¡hijo, tú no comprendes que esa mujer hará todo lo posible por no vernos más nunca!) pensando (¡hijo, no le escribas palabras raras que ella es un arado!) en conocer a mis primos que nacieron allá (¡que los muchachos que ella tiene son adoptados!) americanos de nacimiento (¡que ella es machorra y no puede tener familia!) yo estoy seguro que tú les hablas de nosotros (¡hijo, apúrate que se está al desbordar la cañada!) de nuestras vidas (¡si les habla de mi vida tendrá que explicarles cómo es que viven los piojos!) de lo unida que nuestra familia siempre ha sido (¡hijo, tú crees que esa mujer quisiera volver a comer fango!) aquí nadie te echa a mal que te hayas ido del país (¡que nos haya dejado es lo que no le podremos perdonar nunca!) al contrario nos alegramos (¡si esa luz toca los alambres de púas quedo carbonizada aquí mismo!) de que te vayan tan bien las cosas (a mí me dijeron que ella se había hecho millonaria vendiendo papas rellenas en la puerta de su casa) como aquí dicen que las cosas te van (¡pregúntale si es verdad que se compró la palangana eléctrica que ella siempre soñó tener!) que Dios te siga abriendo los caminos (¡hijo, si no me ayudas a recoger la ropa te la tendrás que poner mojada!) y que sigas prosperando como hasta ahora (¡hijo, basta de peroratas: la lista de las cosas que necesitamos está en la gaveta de la vitrina!) tía Ino aquí se comenta que dentro de poco ustedes podrán visitar Cuba (¡te dije que no le escribieras palabras raras que ella es un arado!) y podrán traer lo que deseen a sus familiares (¡si le sigues dando vueltas no va a terminar de leer esa carta!) tú sabes cómo se vive aquí (¡eso no tienes que explicárselo: ella tuvo que comer hasta babosas cuando vivía aquí!) tú sabes que aquí falta desde la pasta dental hasta las dentaduras (¡ponle que yo no me lavo la boca desde 1959!) y no se sabe por cuanto tiempo esas cosas estarán en falta (¡hijo, tu única camisa blanca se me ripió toda con el alambre de púas!) queremos embullarte a que vengas (¡agrega a la lista una camisa blanca porque ésta se hizo trizas!) a pasarte una semana con nosotros (ella no va a venir: ella siempre dijo que la miseria era infecciosa) y a ver si nos traes algunas cositas que necesitamos (¡termina esa carta y ven a ayudarme con los ripios!) sin las cuales no se puede vivir (¡deja que tú veas lo que le pasó a tu camisa blanca!) mamá ha hecho una lista de las cosas que necesitamos con más urgencia (¡con más desesperación!) y te la vamos a enviar junto con esta carta para que la pongas en la pared (¡la camisa quedó que no sirve ni para trapo de culo!) para cuando te decidas a venir (¡una camisa menos!) te guíes por ella (¡si sigues con esa carta te vas a tener que envolver en una yagua!) para hacer las compras (enseguida que ella vea esa lista cambia el teléfono y se muda para otra parte) que nosotros sabemos que esas cosas no deben ser muy caras allá (¡hijo, la ropa se me ha caído toda en un fanguero!) y aquí no se encuentran a ningún precio (¡hijo, que esto es un huracán!) no olvides que aquí todas las cosas son de primera necesidad (¡ya esta ropa no sirve para más nada!) todas nos hacen la misma falta (¡no cierres el sobre todavía que mi ajustador se cayó por una cueva de arañas!) y si demoras en venir la necesidad se hará cada vez más dolorosa (¡ahora nos tendremos que sentar desnudos a esperar por ella!) también puedes enviarnos lo que se te ocurra con alguien que venga para acá (¡las vacas se han empezado a comer la ropa enfangada!) nos da mucha pena tener que pedirte todas estas cosas (¡yo me siento aquí mismo!) pero ya no tenemos escapatoria (¡vacaaaaaaa! ¡vacaaaaaaaa!) y le damos gracias a Dios de tenerte por lo menos a ti (¡que se la coman toda!) en ese país (¡yo no puedo más!) disculpa si te parece que estamos abusando de tu generosidad (¡hijo, cuando te asomes y veas lo que ha ocurrido te vas a morir de la tristeza!) pero aunque no nos envíes nada el mero hecho de decírtelo nos alivia (¿tú o alguien nos podrá socorrer?) la ropa hecha jirones sobre el potrero (tú te fuiste cuando la nueva miseria recién se instalaba) y sobre el potrero el cielo como una enorme tapia blindada (tú no te puedes imaginar lo que se siente cuando nuestro único ajustador es devorado por las arañas) impenetrable y callado cerrándonos el paso por todos los flancos (tú no te imaginas lo que se siente debajo de los cordeles de púas) asediándonos a punta de rayo (tú siempre diciéndonos que la desesperación florece entre las güásimas) como blancos perfectos para un tirador enloquecido que dispara contra la manada de lechones en estampida (tú convencida de que ni siquiera el mar detiene este tipo de espanto) que en nerviosa confusión huyen a protegerse bajo la esperanza de no ser alcanzados (tú comiendo inmundicias y babosas pero con la mirada fija en esa otra puerta) entonces la noche una noche metálica atornillada por los cuatro testeros contra las paredes del mundo (si yo pudiera hacerte la lista de las cosas que verdaderamente necesitamos) conforma en un dos por tres el techo celestial de la celda (anotaría "estropajos": para por lo menos tener una desgracia definida) una celda con capacidad para varios millones de seres empeñados en la quimérica labor de sobrevivir (fideos: es inconcebible tener que acudir a un pariente emigrado para conseguir unos fideos) por supuesto que irrumpirán aplausos y cantos en medio de la gran celda tapiada (una camiseta de farol chino) los cantos y el estruendo de promesas hechas a dioses altísimos que tienen en sus manos el destino de millones de gargantas (un ñame: ¿habrá ñames allá donde tú vives?) la intensidad de los aplausos creciendo con la intensidad de la asfixia (una latica de bija) las aves postdiluvianas se apresuran a recorrer los cielos tapiados (maíz: necesitamos diez mazorcas de maíz para hacer unas arepas) son ellas las encargadas de recoger la intensidad de los aplausos colectivos (tía Ino: aunque te parezca mentira necesitamos azúcar: no te aparezcas sin un saco de azúcar prieta) las vibraciones en los pechos emotivos (yo me pongo a mirar las cañas y las miro y las miro y no hay modo de transformarlas en azúcar) los colores de las mejillas amaestradas (azúcar: ven a ver esto: azúcar) que los dioses se encargarán de registrar y clasificar como las emociones correctas (tú no te imaginas lo que se siente cuando bebemos refresco de limón al tiempo sin limón y sin azúcar) y habrá recompensas si los pechos cimbran y se estremecen (tú no te imaginas lo que sienten las ratas escogidas para experimentos de laboratorio) entonces tal vez los dioses corran las cortinas y permitan el paso de la luz hasta el piso de la celda (tú no sabes lo que se siente debajo de los cordeles de púas arrente al piso de esta celda) tú ni nadie que no seamos nosotros se lo imagina...

El monumento

El mismísimo Ministro de Cultura había llamado al escultor Anselmo Zulueta para encargarle el diseño y construcción de una gran obra que, según palabras del propio Ministro, "recogiera sin objeciones las distintas definiciones del espíritu nacional cubano". La pieza se erigiría a la entrada del puerto de La Habana, recreando con ello la idea de la estatua de la libertad en Nueva York.

Anselmo, un escultor caído en desgracia aunque de merecida fama internacional, aceptó el reto ministerial "para el que había todo el dinero que fuera necesario". Su mayor dificultad fue dar con una idea que aglutinara en un todo las distintas versiones del espíritu nacional cubano. Empezó por estudiar los símbolos que tradicionalmente se asocian con la isla: palmas esbeltas y voluptuosas, cornucopias tropicales, heroicos mambises en lujosísimos caballos, centrales azucareros con cabelleras de humo al viento... pero ninguno le pareció captar lo suficiente el concepto de cubanidad de los tiempos modernos. Por lo que Anselmo decidió partir de la nada, o sea, de sus propias conclusiones.

Sus primeros esbozos mostraban a una joven mestiza, tal vez una Cecilia Valdés quien, con una botella de ron bajo el brazo y una bandera cubana empuñada, miraba hacia el horizonte. La idea se le acercaba muchísimo a su concepto de Cuba, pero también a ésta le faltaba algo, le faltaba música, tambores, ritmo, el estruendo de una conga reventando en la noche... cómo podría dar él la sensación de sonido, de bachata, de relajo, en una obra a esculpirse en la piedra. Y además, cómo enlazar los conceptos chota-patria-alcohol-rumba en una sola pieza... El diseño lo llevó a Europa y a varios países africanos.

Tras mucho viajar llegó a la conclusión de que el espíritu nacional cubano era la intrascendencia, la ligereza, el relajo, el deleite sensual y poco complicado, la bobería, la falta de objetivos superiores, una radical carencia de memoria histórica, idea que por supuesto molestaría al Ministro de Cultura y a toda la camarilla gobernante. Para encubrir su verdadero propósito decidió valerse de un estilo abstracto que se pudiera interpretar de mil formas diferentes, pero que insinuara de alguna forma su propósito sin comprometer demasiado su seguridad personal: la pieza sería un ciclópeo monumento circular, el globo terráqueo tal vez o un enorme huevo prehistórico, en explosión. Alrededor del globo se agrupaban varias figuras humanas que se besaban y otras que se empinaban varias botellas de ron sin percatarse para nada de la explosión. La construcción de la obra le tomó varios años.

Cuando el monumento fue develado en un apoteósico acto de masas, Anselmo comprobó que su obra no sólo había captado su atrevido propósito sino que también daba la sensación de sonido, de ruido o de bachata: desde ese día el pueblo la bautizó con el nombre de: "el Monumento al Peo".

* * *

—Hijo, te he traído hasta este corral para enseñarte esta puerca tan buena. Y para que te la tiemples. Súbete en la cerca que ya te la arrimo. Ya te la trabo con esta cruceta.
—¡Ni muerto!
—¡Si no te tiemplas la puerca, te mato!
—Trato hecho.
—Súbete y cáele encima.
—Papá: esa puerca está enferma.
—Más enfermo estás tú.
—Papá: yo no puedo.
—Súbetele y agárrala por las orejas. Ahora que está quietecita. Ya ella sabe lo que viene...
—¿Y si me orina?
—¡Súbetele!

Me subo a la cerca de alambres. La puerca recula sin que nadie la obligue. El lomo le brilla como un espejo. La enorme cueva parece una herida, una boca que musita vocablos. Dios mío, que de repente pase algo. Que la puerca se muera de pronto de un infarto. Que empiece un incendio en la casa que nos haga correr. Que un ciclón arremeta de alguna parte... La puerca se ha quedado tan quieta que es inútil sujetarla. Y nada pasa en el mundo. El día no puede ser más claro y caluroso. Parece que ella está muy acostumbrada a estas peripecias. Seguro que papá se le ha subido cientos de veces. Y seguro que me tengo que bajar los pantalones. ¡Y los calzoncillos! Ay, Dios mío, manda una tormenta de algo. Y la puerca, que ya sabe que no va a llegar ninguna tormenta, se escarrancha a todo lo que da. Dios mío, asómate por esas nubes y mira dónde me tienes: subido a unos alambres para ensartar a una puerca horrorosa. Me parece estar escuchando las risas de Dios. Si no fuera porque lo estoy viendo todo, no hubiera podido creer que soy yo el que está trepado a una cerca para templarse a una puerca inmunda.

—¡Que la puerca se va a cansar!

Que se canse. Que se muera. Esta puerca jamás se cansará de estar escarranchada. Ella parece saber que de este acto depende su vida. Y la mía. Dios mío, y que todo siga tan normal como si nada estuviera ocurriendo. Estoy a punto de subirme encima de un monstruo redondo. Y la puerca suelta como unos líquidos de la enorme raja. Y le entran como unas hormigas. O serán garrapatas. Ay, Dios mío, por esa herida cabe una persona entera. Yo, pensándolo bien, no puedo. Yo, no puedo. Si él quiere matarme pues que lo haga. Porque le tengo, además, miedo. Un miedo a que me piquen todos esos bichos. Y ella sabe que le tengo un miedo horrible. La puerca se recuesta más a la cerca y se empieza a rascar contra el poste donde yo estoy subido. ¡Me va a tumbar! ¡Puercaaaaa! Y voy a caer enredado en estos alambres de púas. Y seguro que me voy a sacar un ojo. Los líquidos que constantemente le salen de la cueva han formado un patiñero horroroso. Entonces la puerca coge y me mira: vuelve la cabeza y me mira. Y empieza a pestañear como con un nerviosismo. Y saca la lengua y se ensaliva aún más sus partes. Y entonces coge y se echa de las patas delanteras y levanta el enorme culo hasta donde yo estoy subido. Dios mío, qué puerca tan inteligente. Si tú no bajas adonde ella está, ella sube a alcanzarte. Tengo el culo de este animal a dos centímetros de mi cara. Y nada pasa en el mundo. No tengo ni que bajarme de esta cerca. Al contrario, lo que voy a tener que subirme en alguna mata para alcanzarlo. Nuevos líquidos han comenzado a salirle por la descomunal papaya como si salieran por una manguera rota. Y estando así, echada como una mujer, la puerca empieza a zarandearse toda. Y estremece toda la cerca. Unos mareos me vienen y me van. Y papá ya está enfureciéndose de nuevo. Y la puerca se ve que está, como quien dice, desesperada. Se lame toda y me mira. Y sube tanto las patas de atrás que parece que está subida en unas plataformas muy altas. Esta puerca debe estar loca. Debe estarlo porque me he podido percatar de que los demás puercos ni caso le hacen. Y todos la han visto cómo se ha acuclillado en una forma tan incorrecta y ellos ni para acá miran. Ni le dan importancia. Parece que ya ellos la conocen porque siguen comiendo catibía. Y se aburren a más no poder. Por ellos como si la puerca se muere. Y los verracos, menos importancia le dan. O será que son unos verracos muy liberados...

—¡Tíratele! ¡Tíratele ya que se te va espantar!

Esta puerca no se mueve de esta orilla ni aunque le den candela. Algo tiene que pasar de repente en alguna parte que nos haga correr. Yo lo sé. Y otras puercas que se han percatado de mi demora acuden al lugar de los hechos y enseguida todas hacen lo mismo: se echan de las patas delanteras y levantan los culos. Esto es como un bayú a nivel porcino. Qué horror: todas las puercas esperando ser entolladas por mí. Los dos verracos viejos que también viven en este corral parece que están curados de espanto porque ni siquiera abren los ojos. Y papá se remuerde los hígados porque yo todavía no me le he subido a la puerca mía. Y yo le grito que estoy esperando a que unas hormigas que vienen saliendo del bollo se acaben de ir. Y él me dice que las hormigas no hacen nada. Pero cómo no van a hacer nada si yo las estoy viendo que son hormigas bravas... Y entonces él me dice que me fije en cómo él le va a hacer a otra puerca idéntica a la mía que está a su lado para que yo le haga lo mismo a la mía. Le digo que está bien. Y papá se sube a la acerca de alambres de púas con tanta facilidad que se ve que ya ha trepado estas cercas infinidad de veces. Y coge y atrabanca su puerca con sus piernas. Y me grita que atrabanque mi puerca con las piernas mías. Y papá se desabotona la portañuela y me grita que me desabotone la mía. Y papá se saca una picha gigantesca que nadie sospechaba que tendría. Y yo hago por desabotonarme la portañuela, pero no puedo porque con las dos manos me estoy sujetando del poste de la cerca. Y papá me dice desde el lomo de su puerca que le ande, que no me demore más, que acabe de metérsela. Y la picha de papá es tan grande que hasta los verracos viejos abrieron los ojos y se pusieron a mirársela. Y yo hago por imitar a papá y aunque no he podido desabotonarme la portañuela hago por metérsela al pobre animal. Y en ese instante me empiezan a picar unas hormigas que dice papá que no pican. Y yo le grito a papá que si quiere venir a templarse la puerca mía también lo puede hacer pues es evidente que está, como se dice, desesperada. Y él me grita que no, que ésa es la mía y que la va a chequear para ver si es verdad que me la templé. Dios mío, qué horror. Y aunque desde lejos parece que se la estoy metiendo de verdad, la puerca sabe muy bien que es de mentira. Porque las hormigas no hacen otra cosa que joderme. Y picarme. Y lo que quieren es hacerme la vida imposible. Y papá resopla desde el lomo de la puerca suya como un puerco más. Y otras puercas empiezan a interesarse por lo que está pasando entre papá y la puerca suya. Y decenas de lechonas, cochinatas, puercos y puerquitos le hacen un coro a papá como si estuvieran en un cine viendo una película. Y los dos verracos viejos se han levantado del fanguero y van y se echan de las patas delanteras, frente a papá. Y todos los puercos empiezan a soltar unos chillidos de lujuria que parecen calentar más y más a papá. Y yo miro esta escena aterradora desde el culo de la puerca mía sin llegar a creer lo que estoy viendo. Y una cochinata muy flaca pasa y le da un beso a papá. Y le lame toda una oreja. Y como que le susurra algo al oído. Y otra puerca que se ve que está más muerta que viva se acerca a papá y le acaricia el pecho y los muslos. Y uno de los dos verracos viejos saca un pomito de vaselina y se embadurna todo el culo. Y la puerca mía, viendo que la verdadera función está en la otra orilla del corral, se enfada, tira unas patadas al aire y sale huyendo hacia donde está mi padre. Ya terminé, le digo a papá. Y él me dice: ¡búscate otra! Y yo le digo: ¡ni una puerca más! Y él me dice: mira ese verraco. Y yo me pongo a mirar el verraco, el cual tiene una mirada muy triste. Y él me dice: súbetele a él. Y yo le digo: ¿y por qué no te le subes tú? Y el verraco me da una lástima tan grande que me parece que voy a llorar. Y en eso siento unos pasos que se acercan al corral. Y veo que es la madre que viene a ver cómo van las cosas. «¿Reaccionó bien el niño, viejo?», le dice la madre a papá quien se ve muy ocupado sobre el lomo de una puerca muy vieja. Y yo miro a la madre como con una gran pena, como rogándole que me libere de esta vorágine porcina. Y como papá, para no defraudarla, no le responde, la madre le hace la misma pregunta a un grupo de puercas jóvenes que se revuelcan en el atolladero. "Su hijo se ha portado como todo un verraco", le dicen las puercas jóvenes. Y yo miro a la madre una vez más para cerciorarme de lo que he visto. Y veo que, en efecto, la madre es una puerca más del corral, que se diferencia de las demás puercas sólo por unas hermosísimas pezuñas blancas. Ella sube por los alambres de púas del corral, asoma el hocico por entre la alambrada y me dice: «¿y tú de qué te quejas entonces, hijo mío?» Y yo la vuelvo a mirar, ya reconociéndola, y entonces ella me dice: «¿es que todavía no te has podido dar cuenta de que tú y de que yo y de que tu padre y de que todos los vecinos y los bodegueros y de que los curas, los borrachos, los maestros y la estrella del carnaval y de que hasta los recién nacidos somos todos puercos de una·misma familia que vive encerrada en alguno de los dos lados de este intolerable corral?" Y susurrándome en el oído, agregó: "ya a tu edad yo lo había sospechado".

Busqué desesperadamente a papá para decirle lo que me había dicho la madre, pero papá ya se confundía entre los miles de cochinatos, cochinitos, cochinetas, verracos y puerquitos que se revolcaban sin preocupaciones en el atolladero del corral.

Las condenas

Se levantó de madrugada y fue y marcó en la cola del yogurt, detrás de una anciana ciega. Y cogió el primer yogurt. Después se puso una peluca rojiza traída de Bulgaria, unos espejuelos oscuros y un reloj de pulsera y cogió otro yogurt. Después salió corriendo, se enganchó una minifalda entallada, se levantó un moño alpino, se pintó las uñas con violeta genciana y se enganchó al cuello varios collares de santajuana y cogió un tercer yogurt. A esa hora de la mañana y con aquellos atuendos, nadie hubiera sospechado que se trataba simplemente de Manuel

Rodríguez Rodríguez, un diseñador mediocre del Instituto Cubano del Libro.

Cuando fue arrestado trató de disculparse con los policías ensayando un ligero acento argentino. Lo acusaron de acaparador, de transvestista y de haber robado un pomo de violeta genciana al Estado. El día que le celebraron el juicio público, la anciana de la cola testificó en su contra y dijo que sí, que sin lugar a dudas, aquél era el sujeto.

Lo condenaron a cinco años de privación de libertad, los cuales pasaría en una gigantesca plantación de pangola. Una vez cumplida su condena, el único empleo que el Estado le ofreció fue como camarero de la cafetería "La Pelota", sitio donde cinco años atrás había sido arrestado. Tenía que vender un yogurt por persona.

Caras, cachetes, bollos y lentejas

Entonces vinieron las lluvias. El día amanecía lloviendo y enseguida tuvimos el patiñero frente a la puerta de la sala. Llovía, aunque a ratos, sin saber nadie cómo, salía un sol más endemoniado que el anterior a la lluvia, un sol asesino que cuarteaba la sabana y doblegaba las tunas, un sol que hacía olvidar lo reciente de los blancos aguaceros, neblinosos y parejos, con goterones como calabazas, que hacían crecer los ríos y desbordar las cañadas, ahogando reses, gallinas y bichos en la corriente revuelta. Entonces, sin una zona intermedia donde se supone debía escampar poco a poco, salía el sol otra vez, un sol reverberante, propio más bien del Sudán, del desierto, un sol rojizo que lanzaba llamaradas de fuego contra el batey y sus alrededores, llamaradas que perseguían a las jutías (y a las arañas), a las aves (y a las arañas) que trepaban los palos en busca de un refugio menos cruel, y a toda criatura que respirara. Un sol que acribillaba las piedras, las hortalizas y el guano. Y de pronto rompía otra vez la lluvia. Y el agua era tanta que hasta las ranas morían ahogadas a los pocos minutos de haber comenzado el aguacero. Y una corriente de agua sucia entró de pronto en la casa y se llevó la lata de manteca y la mesa que Gregorio había hecho de un cedro. Entonces venía la seca, también de pronto, como jugando a pasmarnos. Ni siquiera nos habíamos acostumbrado a los extremos de la humedad cuando la seca empezaba a crepitar en las zanjas que unos camiones habían abierto en el atascadero. Llovía y como también había seca, no era mucho lo que podíamos hacer. Fue cuando a Reginito se le metió en la cabeza la idea de las emisoras de afuera.

    Se quedaba lelito oyendo lo que unos viejos, que ni él mismo conocía, decían por las emisoras de afuera. ¡Y lo que aquella emisora decía! ¡Y lo que no decía! Y él oyendo. Y yo: Reginito, cambia esa emisora. Y él: esa emisora está diciendo la verdad. Y yo: ¿y a ti qué te importa cuál es la verdad? Y él: que estamos en el primer país libre de América. Y yo: como si estamos en el último: cambia la emisora. Y él: de eso nada. Y hasta yo oía lo que decía la emisora de afuera. Y yo, que no sabía nada, sabía que esa emisora tenía que estar prohibida. Pero como afuera lo mismo empezaba a llover que salía un sol horrendo, yo lo dejaba. Y hasta yo misma a veces le ponía atención a la condenada emisora. Y nos entreteníamos oyendo lo que la emisora de afuera decía de nosotros. Y a veces la emisora de afuera decía cosas tan horripilantes de nosotros que yo no lo podía creer. Entonces, cuando las cosas eran ya de tapar boca, yo decía: dejen ese radio en el 54.4. Y nada. Y como si nada. Y nadie me hacía el menor caso. Y yo: ay, quiten la emisora de afuera. Y entonces, para mortificarme, la ponían a todo volumen. Y quisiéralo o no, la emisora de afuera se me empezaba a meter muy adentro. Y yo: ¡ay, Dios mío, quítenla! Y la emisora entrando y hablando, conversando y discutiendo. Y un día Reginito, sin que nadie lo viera, escribió una carta a la emisora de afuera. Y una noche estábamos oyendo la emisora, cuando de pronto dieron el nombre de Reginito: Regino Díaz Cabrera, dijeron, "un joven cubano que solicita correspondencia con otros jóvenes del mundo". Y no lo podíamos creer. Y Reginito se puso de lo más contento. Pero a mí se me subió un mareo a la vista y empecé a dar gritos. Porque yo sí sabía las consecuencias de aquella carta. Y a las dos semanas empezaron a llegar miles de sobres, cartas que ni él mismo entendía, en lenguas rarísimas, en papelitos color rosa, color malva tostado, color negro, en sobres aéreos, en sobres marítimos, en bultos de a diez mil setecientas, a las cuales él contestaba presuroso.

    Nadie en nuestra casa sabía lo que le mandaban a decir a él en aquellos sobres, y mucho menos lo que él les mandaba a decir a ellos. Nadie sabía nada. Y escribe. Y dale. Y cartas van y cartas vienen. Y papeles. Y a veces recibía unas cartas tan extrañas que yo estaba segura que tenían que provenir de otro imbécil igualitico a él. Cartas en chino, en jeroglíficos, en cosas que el padre llegó a decir que no venían escritas en idioma alguno sino en claves o sencillamente garabateadas y embarradas, rasgadas y pintorreteadas, al menos no fueran bromas de quienes las enviaban. Y cartas. Y sellos. Y escribe. Y las cartas llegaban todas a la tienda, que es adonde llegan aquí las cartas, por lo que había que ir a pedírselas a Álvaro El Bodeguero. Y ya no teníamos cara para ir a pedirle las cartas a ese hombre. Y no podíamos pasarnos un día sin recogerlas porque entonces se acumulaban dos días de cartas, o sea que había que ensillar la yegua para irlas a buscar. Y a veces Gregorio las traía en una carretilla por la loma de los Píos. Y no lo veíamos detrás de aquella montaña de sobres. Y se le caían infinidad de ellos. Y a veces, para mi alivio, el viento se llevaba unos cuantos miles hasta las nubes. Y así y todo y las que llegaban a la casa daban para cubrir el potrero de las reses de punta a cabo. Llegaban más cartas que las que nadie pudiera imaginar, más que las que nadie podría escribir en tres vidas. Yo no podía comprender cómo había tanta gente en el mundo con tanto tiempo libre para dedicarlo a tanta escribidera. Y empezábamos a abrir aquellos sobres en un recodo de la casa que el viento no conocía. Y no venían cartas solamente en aquellos sobres sino hasta fotografías de mujeres desnudas y de otras excesivamente abrigadas, fotografías de hombres llenos de pelos y de otros sin un pelo en todo el cuerpo. Cartas con fotos de chinos, de negros, de árabes, de albinos, enseñando la cajeta llena de dientes, con caras de idos del mundo, todos desesperados por entablar amistad por escrito con él y hasta con nosotros. Y yo abriendo sobres como una limosnera y pensando en lo que diría Álvaro El Bodeguero de semejantes catervas. Correspondencia fue la palabra que más se utilizó por aquellos días en aquella casa. Ya todo el mundo sabía que las cartas iban todas para nuestra casa, para él, por lo que a veces se confundían y nos entregaban algunas que no venían dirigidas a ninguno de nosotros, y él, a veces, hasta esas respondía y la persona enseguida le contestaba dándole las gracias por haberle respondido y así se iniciaba otra amistad por correspondencia. Y hasta los centavos que Gregorio había hecho vendiendo viandas se fueron en menos de dos meses en sellos y en cartas. Y yo un día le dije a Reginito que le pidiera algo de comer a alguno de aquellos señores, una col o algo, algo que por lo menos nos proporcionara algún beneficio. Y un día abrí un sobre grandísimo que había llegado hacía como un mes y que nadie había tenido tiempo ni de mirar, y me di un susto horroroso porque se infló de pronto una lechuga enorme delante de todos nosotros. Y entonces yo, para entretenerme y para ver si podía conseguir una camiseta de farol chino, me ponía a leer algunas de las cartas que por casualidad pasaban volando sobre el fogón de leña. Y un día leí una tan linda que cogí y la contesté. Yo, que no veo, cogí y contesté aquella carta tan linda. Y fui a la oscuridad que hay detrás del fregadero y eché la carta allí en la oscuridad que es el buzón que nosotros utilizamos. La carta venía de una pobre viejita chilena, una viejita que, a juzgar por su discurso y por su escritura visiblemente artrítica, debía estar rayando en los noventa años. Y me contestó al otro día y le contesté al día siguiente y al otro día ya tenía su carta al lado del fogón de leña, volando entre los tiznes. Y a veces ni le había contestado y ya tenía su carta de respuesta. ¡Y yo que pensaba que Chile estaba muy lejos y que las cartas tomarían varios años en llegar! Pues nada de eso: las cartas llegaban tan rápido como la voz, como si la viejita viviera debajo de la mesa. Parecía tratarse de una viejita muy necesitada de comunicación, de alguien con quien hablar, de alguien que por lo menos la escuchara. ¡Imagínense como la pobre sufrirá en Chile! Y le cogí gran estima. Y a veces soñaba con verla. Y a veces me la imaginaba trepando por esa cordillera tan alta que ella dice que hay en su país y se me partía el alma. Pero un día ocurrió lo que nadie pensó que ocurriera. Estaba yo echándole el maíz a la paloma, a una paloma que llega a esta casa completamente sola, nadie sabe ni de dónde, de madrugada, siempre antes de que el sol la sorprenda. Y estando así, con la mazorca en la mano, me llegó la carta de la vieja. La abrí y empecé a leerla allí mismo, a pesar de que era de madrugada y de que no se veía nada. Y cuando la leí casi me da una cosa, un síncope o algo todavía peor, una especie de desmadejamiento y de flojera. ¡Se murió!, gritó Gregorio. ¡Cogió una pulmonía en las montañas!, dijo Reginito desde el pajonal. Nada de eso. Algo todavía peor: la viejita me decía que vendría a verme al otro día para organizar la guerra de guerrillas. Me di un susto tan grande que me oriné toda. ¡Y al otro día ya llegaba la vieja a organizar conmigo la guerra de guerrillas! ¡Ay, Dios mío!, dije entrando en la casa. Y cuando entré en la casa ya tenía, sobre el fogón de leña, otra carta de la vieja. "Ya estoy al llegar", decía. Y venía en ésta el retrato de la anciana. Y a mí me dio por gritar. Y Gregorio, para consolarme, me decía que no me atacara de los nervios, que a lo mejor se arrepentía a última hora. Y salí al patio a ver qué había sido de la paloma, y allá me llegó otra carta de la vieja: "La llamaremos Simón Bolívar", me decía. Y salí corriendo con las manos en la cabeza y me metí debajo del fogón. Y estando allí agazapada, entre las brasas, llegó otra carta: "trata de conseguir municiones", decía. Y todo era por culpa de ese hijo nuestro, por haber mandado aquella carta a la emisora de afuera. Y ya no teníamos salvación, pues aunque la vieja no llegara como estaba previsto, ya las cartas lo habían hecho. Y seguro que el gobierno estaba al tanto de esa mujer. Y al tanto de esas cartas. Y en la casa nadie me podía ayudar porque todo el mundo tenía sus cartas que responder y nadie podía perder el tiempo con mis amistades epistolares, que es como se llama ese tipo de amistad. Y yo, que padezco de los nervios, atacada. Y cogí y le escribí una carta a la vieja corriendo: «aquí no la quiero», le decía. Y fui y eché la carta en la oscuridad. Y aquello fue mucho peor porque entonces la vieja me dijo que yo había traicionado la libertad y la democracia. Yo, que ni veo, de traidora. Yo, que no sé ni lo qué es la democracia, traicionándola. Y entonces me llegaron como quinientas cartas seguidas de la vieja: «traidora-traidora», decían todas. Y fue una racha tan dura que hasta desatendí mis labores en la organización campesina. Y mis reportes no llegaban a tiempo o los mandaba por equivocación para el Estrecho de Magallanes, sitio donde la vieja vivía. Y entonces abrí un hueco en el patio, tan grande que hubiera cabido un camión de volteo o una mata de mango parada de punta y cogí y enterré todas las cartas de la vieja. Y dice Gregorio que eso era malo, que eso era como enterrar viva a una persona. Pero a mí eso no me importa porque viva estoy enterrada yo y no me he muerto. Y ahora dicen los vecinos que en las noches de luna ellos han visto una aparición en el patio de mi casa. Dicen que han visto a una anciana que levanta un fusil con una mano y con la otra, una niña muerta. Yo, sinceramente, aunque me he puesto a mirar y a mirar y aunque he velado noches enteras para ver si veo a la vieja, no he visto nada. Eso puede ser mentiras de la gente, para asustarme. Y mi experiencia no sirvió para que Gregorio y Reginito dejaran aquella escribidera. Se escribió incluso más y según ellos, se divertían mucho.

La estrategia

Los Borrotos eran dos viejos profundamente religiosos, cuyo único pecado era el de ser dos infatigables fumadores. Un cigarrillo perpetuo en aquellos labios regordetes era la mejor prueba de la existencia del Diablo y a la vez, el único hábito que compartían con los vecinos. Leían la Biblia entre grandes humaredas. A veces, los viejos dormitaban con la Biblia abierta entre las manos con los cigarros encendidos sobre las páginas. Entonces las columnas de ceniza se encorvaban sobre los párrafos cansados del Libro Sagrado, el que mostraba ya innumerables quemaduras sobre su piel blanquísima.

Los Borrotos salían los domingos a predicar el Evangelio. Tocaban en las casas y si se les invitaba a entrar, hablaban y fumaban en una especie de delirio alucinador. Nadie los tomaba muy en serio pero no era fácil escapar a sus sermones dominicales. El Partido los había amenazado con la cárcel si seguían con sus actividades proselitistas. Pero, ¿no hablaba la Biblia misma de los sufrimientos que implicaba pregonar la palabra de Dios? ¿Se iban a intimidar ellos ante la furia pagana que hasta el mismo Jesucristo había sufrido en carne propia? De ningún modo. Por lo que el acoso del que empezaban a ser víctimas estaba plenamente justificado. La primera vez que fueron detenidos, ellos mismos sugirieron a la policía que los podían, si querían, fusilar. Que ni ellos mismos podían hacer nada por dejar de predicar. Ante semejantes salidas, los Borrotos fueron dejados en libertad física pero sobre ellos se cernió la vigilancia más escrupulosa.

Los dos viejos seguían saliendo los domingos con la Biblia bajo el brazo y sendos cigarros en las bocas. Las quejas de los vecinos provocaron nuevas amenazas y nuevos arrestos. Los Borrotos llegaron a convertirse en un verdadero dolor de cabeza para las autoridades municipales, quienes habían agotado ya su arsenal de medidas represivas contra los viejos. Casi renuncian a desactivarlos cuando el Partido supo, a través de sus fuentes de información, que los Borrotos no podían funcionar sin cigarros. Por lo que un plan se puso en marcha inmediatamente: el médico familiar prohibió terminantemente la venta de cigarros a los dos viejos alegando que ambos estaban a punto de contraer una extraña y peligrosa enfermedad pulmonar. Los Borrotos emitieron sucesivas quejas a las autoridades competentes pero siempre recibían la misma respuesta: «mente sana en cuerpo sano», «nuestros ancianos ostentan los índices más elevados de longevidad del continente americano gracias a nuestra preocupación por la medicina preventiva». La falta de tabaco había recogido a los viejos de un modo sorprendente.

Y entonces ocurrió el milagro. Al principio, sin que el viejo se enterara, la vieja arrancó dos hojas del Libro Sagrado, ideales para fumar, y enrolló con ellas varios cigarros. Después, pidiendo permiso al Señor, arrancaron varias hojas al Génesis y, prometiéndose no volverlo a hacer, enrollaron con ellas otros cigarros. Al mes faltaba el Libro Segundo de Moisés y el Levítico.

Después, siguiendo una tabla de prioridades, fueron mutilados el Deuteronomio, los Salmos, y los Hechos de los Apóstoles. En seis meses, la única Biblia en todo el vecindario quedó reducida a sus dos tapas.

Los Borrotos dejaron de salir los domingos a predicar el Evangelio.

* * *

escúchenla. Ya llega. Ahí viene, con su exagerada puntualidad y los pasitos breves. Es ella, la realidad, que llega al amanecer y se cuela por todos los respiraderos: ella, mírenla, en puntillas atraviesa las tinieblas del cuarto. Es ella, la realidad. Sin tener que verla veo que es ella. Se desliza como una sucesión interminable de seres. La veo, tendida a la larga sobre las yertas superficies, repartiendo las formas sobre las cosas muertas, esa fetidez que se apodera del viento, esa claridad que pone al desnudo cada uno de sus tumores. Ya la huelo, reventando en la hediondez de las fosas y en las aguas podridas. Ya la escucho, en el trajín repetido de una yagua cansada. Es ella, milenaria y vulgar, inevitable y horrible, a tientas se desploma sobre los árboles del mango, sobre los acribillados terraplenes, sobre las cañas y las cercas. Dónde me podré meter; dónde que no la sienta adentrárseme en la carne. En unos segundos la realidad construye la casa, las viejas paredes arrasadas, el techo de zinc donde se hospeda una delegación de alacranes, cada una de las heridas del entablado de palma, el intolerable estruendo de la luz, la madre, el pozo, la colchoneta podrida, o sea la plataforma donde se exhibirán algunas de nuestras miserias más evidentes. La realidad me mira y hace cantar a los gallos. Ya es hora, me dice. Y me tira del mosquitero. El quejido de los gallos inunda la casa. Ya es hora, repite. Ya lo sé. Y ya tengo que levantarme y empezar a padecerla. Pero escúchame, le digo, tú sólo tienes sentido en la medida en que yo te perciba. Y hoy no me voy a levantar de este pajonal encabritado. ¿Me oíste? Levantarme sería reconocerte en el fondo de los calderos tiznados, en el rencor de una mata repleta de espinas, en las muelas cariadas de una mujer abnegada. Escúchame bien: no me voy a levantar nunca. Vete y déjame. Ay, yo quisiera arrastrar esta vida por medio de un espacio invisible. Y la realidad se sienta en mi cama y me lanza un bostezo de calor. Levántate, me dice. No podrás aguantar por mucho tiempo el calor y la fatiga que produce esa colchoneta pestosa. Tú sabes bien que no me voy a ir nunca, dice todavía. Espero lo mismo un minuto que veinte años. Y hasta hago horas voluntarias. Mira, dice, coge y levántate, que ya te preparo un sitio para que vivas, o sea para que sufras. Porque hasta el dolor requiere de ciertas condiciones que lo produzcan. Ya está todo preparado, levántate y mira, aunque tampoco tendrás que levantarte para saber que ya todo está esperando por ti... Me levanto y miro. La realidad ha seguido hablando boberías. Miro a mi alrededor y lo primero que veo es el patiñero en que he dormido. ¿No es algo grotesco?, dice ella. Sí que lo es, le digo. ¿Y no te dan ganas de morirte? Ojalá pudiera, ojalá. Ya tienes los zapatos más incómodos del mundo amarrados a los pies. Míralos y camina. Es verdad que son insoportables, le digo. Yo te lo dije, dice ella como mostrando una delgada sonrisa. De rozarlos nada más las ampollas me han quedado todas en carne viva. Camina. Camino. ¿Puedes decirme lo que estás viendo? Un horcón erizado de clavos. Colgando de uno de esos clavos hay una camisa. Sí, mi camisita blanca. Póntela y sal a la claridad y mira: el sol, efectivamente, ya encorva las yerbas, el sol como un incendio inextinguible. Allí tienes la palangana agujereada y taponeada con fango donde te lavarás la cara, me dice ella. Pero apúrate que se le sale toda el agua y el pozo está seco. Me apuro; me restriego las manos en los últimos remolinos de agua fangosa. La verdad que has preparado un contexto siniestro, le digo a ella que ya está por todas partes. Y ella me dice: ideal para sufrir. Y tiene toda la razón porque siento el sufrimiento atravesándome el pecho, la garganta y las axilas. Y la realidad me coge de la mano y me lleva hasta la cocina y me enseña el fondo de los calderos y los vasos hechos de cáscaras de güiras. Un enjambre de moscas revolotea sobre el fogón. Apenas me ven se me vienen encima como si yo fuera un pellejo más. Lo eres, me dice ella que se ha quedado observándome. Un pellejo ambulante, dice. Ay, Dios mío, necesito con toda mi alma un lugar donde por lo menos descansar estos ojos. Lo hay, dice ella. Y me lleva hasta la ventana y me dice de pronto: ¡mira! Y veo el fanguero carmelita que rodea la casa, que se extiende hasta el horizonte. Sobre el fanguero veo a la madre y al padre, sembrando las posturas de ajos porros. El sol cae a plomo sobre sus lomos encorvados. Siento que me abandonan las pocas fuerzas que me quedan. Desfallecido, corro hasta el excusado y cierro la puerta. Y paso el pestillo. Y rompo a llorar. Aquí no vas a entrar, le grito a ella. Y me recuesto a la puerta cerrada. Y empiezo a temblar y miro al fondo del excusado y veo la otra parte de la realidad que habita en la fosa, revolcándose entre los gusanos brillosos. No hay escapatoria a lo que es inevitable, me dice ella desde la fosa. Y tiene toda la razón. Cubro la boca del excusado con el leño que le sirve de tapa para que no hieda la mierda. Y después me le siento encima para que se ahogue allá abajo, para que se muera. Miro por las hendijas de la puerta del excusado y veo la otra mitad de la realidad allá afuera, o sea el mediodía con cada uno de sus tumores al aire, con todas las arrugas de La Gran Miseria Iluminada. Tú sólo tienes sentido en la medida en que yo te perciba, le digo a ella que ha empezado a dar unos gritos horrorosos. Tú no vas a acabar con mi vida, le grito. Y siento los golpes que ella está dando desde el fondo del excusado para salirse de la fosa y caerme encima. No vas a salir; yo soy el que va a salir de ti de una vez y por todas, le digo. Y entonces se me ocurre olvidarme de ella, dejar de percibirla hasta que ya no se oiga nada, dejar de pensar en ella que es la única manera de verdaderamente aniquilarla. Y lo hago. Pero todavía puedo escuchar la agonía de la realidad ahogándose en mierda. La realidad se desespera al ver que he podido deshacerme aunque sea de gran parte de ella. Déjenla que grite; déjenla que reviente. Sus estertores y gritos estremecen el excusado. Pero yo sé que se trata de la realidad que está a punto de morirse. Siento los bandazos y los ahogos y los golpes que tambalean el excusado. Dios mío, qué fuerzas. Se estremece el excusado desde abajo y desde afuera, como si varios terremotos lo embistieran, como si la otra mitad que está afuera hubiera venido en su auxilio. Los golpes amenazan con echar la puerta abajo. Pero yo no abriré esa puerta ni aunque me lo pida suplicando. ¡Abre esa puerta!, dice ella. ¡Ábrela o echo abajo el excusado!, dice todavía. Por fin parece que he triunfado en esta batalla contra la realidad cuando un golpe rotundo echa la puerta abajo y me lanza contra la pared del fondo...

—¡Hijo! ¿Pero qué hacías tú encerrado tanto tiempo en este excusado? ¡Sal de ahí ahora mismo! ¡Ay, si hubiera sido mejor seguir cagando en las maniguas que en ese rancho de mierda! ¡Sal de ahí y ven a ayudarnos a recoger los ajos porros! ¡Gregorio, corre! ¡Ven y sácalo de aquí! ¡Que este niño se ha vuelto loco!

La promoción

Julio Casal era el director de la D.I.S.C.C.A.P.A.B.O., o sea del Departamento de Información Sobre la Calidad, Cantidad y Costo del Pan de Bodega, una subsección del Ministerio del Interior creada con la finalidad de detectar, combatir y erradicar los focos contrarrevolucionarios que se manifestaban en contra de nuestro pan, así como los comentarios públicos y las habladurías que el producto generaba entre la población y en el exterior, las bolas que echaban a correr éstos y otros elementos antisociales cuyos verdaderos propósitos eran desestabilizar el socialismo, la paz y la solidaridad internacional. La labor de Julio se centraba en identificar los grupúsculos, en infiltrarlos después para combatirlos desde adentro, y concluía llevando a las lacras a los tribunales revolucionarios.

En su relativa corta vida, la D.I.S.C.C.A.P.A.B.O. se había anotado grandes victorias: logró desmantelar una microfracción de delincuentes que se la pasaban hablando horrores no sólo del pan de bodega sino también de las galleticas "María" y de los bizcochos de fabricación nacional. Cuando lograron capturarlos les ocuparon tres hornos, una sartén descomunal y medio saco de harina, evidencias todas que fueron presentadas en su contra en los juicios sumarios a los que fueron sometidos antes de ser ejecutados. Ante semejante victoria para nuestra organización y nuestro pueblo, el compañero Casal fue nombrado Embajador Plenipotenciario en la República Popular de Corea del Norte, cargo que actualmente desempeña.

La Organización y el Ministerio del Interior lamentan la pérdida de ese combativo compañero...

* * *

—Gregorio: ya le llegó la citación del Partido. Ahora tiene que presentarse en el núcleo del Partido. Yo te dije que ese niño nuestro se iba a meter en un lío. Y en el lío que nos va a va a meter a nosotros.

Pero ya yo no tenía forma de decírselo. Y él: que lo que yo quiero es ser escritor. Y yo: deja esas escribideras. Y él: que es un libro que estoy haciendo que se llama *La venganza*. Y yo: venganza es la que te van a dar a ti cuando te echen garra. Pero es como hablarle a la pared. Pero él sabe que yo lo ando velando para ver dónde esconde los escritos, pero no los suelta; a veces hasta duerme con el manojo de papeles. O se encierra en el excusado a escribirlos. Son como historietas que él mismo inventa, pero si tú escucharas las palabras que utiliza, palabras que aquí nadie sabe lo que quieren decir... ya yo no tengo resuello de advertirle que deje esas boberías. Y mira la citación que le ha llegado del Partido. Ya le echaron el guante. Y él sin darse cuenta. Yo le robé uno de los cuentos el otro día, que lo dejó por casualidad encima de la cama. Y lo escondí en el potrero. Y te lo voy a leer ahora, para que tú veas a qué se dedica ese hijo tuyo y mío. Para que veas porqué lo mandan a buscar del Partido. Escucha uno de los cosos que tu hijo escribe. Escúchalo para que te mueras de tristeza:

El experimento

A cierto tipo de monos de laboratorio se le extirpó una glándula cuya función era la de segregar, entre otras cosas, el miedo. Sin sentir miedo, una defensa natural del cuerpo contra los peligros, sus cuerpos parecían estar hechos de plastilina. Era común verlos lanzarse desde lo alto de los andamios o acercarse a lamer la llama azulosa de los sopletes de soldadura.

Otros monos no intervenidos quirúrgicamente se maravillaban al verlos realizar sus supermánicas peripecias. Estupefactos por lo que los monos operados podían hacer, quisieron imitarlos. Trepaban a las lámparas del laboratorio y se despachurraban contra el piso, arremetían contra los espejos y bebían el agua hirviente de las calderas. En pocos meses ambos grupos realizaban las mismas hazañas al punto de ser imposible diferenciarlos a simple vista.

El hecho de que el miedo se podía vencer por imitación pasó a ser un secreto de alta confidencialidad para la seguridad de aquel país.

※ ※ ※

—¿Qué te parece? No creas que no dice nada, porque sí dice. Hay que ser un bobo para no darse cuenta de lo que él quiere decir. Fíjate bien: que unos monos tenían miedo, y que otros no. Y que los que no tenían se contagiaron con los que sí, y que eso resulta un secreto para la seguridad del país, pues se trataba de un experimento. Como que a uno le puede pasar lo que a esos monos, ¿no? Eso es lo que yo creo que quiere decir. Y que es un secreto para la seguridad de aquel país, ¿de qué país? No hay que ser un licenciado para saber que él se refiere a este país. Pero ya le llegó la citación del Partido. Por falta de decírselo no ha sido.

Tres hombres y un buró. Una lámpara de buró encima del buró. Un cenicero en una orilla del buró. En la esquina, otro buró más pequeño con una lámpara más pequeña sobre éste. Podría ser el hijo del buró principal. Sobre ambos burós, papeles, carpetas, lápices y utensilios de buró. En la pared detrás del buró, una foto enmarcada de un hombre con una mirada serena. Detrás del buró principal, un hombre vestido de militar se mece en una silla giratoria. Libros y estandartes a ambos lados de ambos burós. Encima del segundo buró, una máquina de escribir "Underwood". Llevas tres horas detenido. Te dicen que te sientes. Te sientas en la única silla disponible. Los otros dos hombres permanecen de pie y marciales a ambos lados del sujeto más importante. Te sube un escalofrío detectable a simple vista. La piel no se te ha puesto de gallina sino más bien de iguana. El hombre del buró principal sigue girando en su silla giratoria; enciende un tabaco y te da la espalda. El humo del tabaco y el miedo te sacan la primera tos detenida. Uno de los dos hombres marmóreos se agacha, registra el interior de una gaveta y extrae un manojo de papeles que pone sobre el buró principal. El hombre principal lee uno de los papeles del manojo y se empieza a reír a carcajadas. Qué podrán decir esos papeles de cómico. No tienes la más mínima idea de lo que quieren de ti estos tres hombres. Avanza un silencio que deja escuchar los latidos del miedo. El hombre lee los papeles y los pasa con furia. De pronto el militar te mira fijamente y te pregunta tu nombre. Le dices tu nombre. Después te pregunta si sabes porqué estás detenido. Le dices que no. Y el hombre agrega: «ah, no lo sabes». Le dices que no una vez más. Y acto seguido te menciona varios nombres: ¿no los conoces?, te pregunta. No los conoces. Y el hombre agrega: «ah, no los conoces». Y te lee otros nombres.

—¿No los conoces?

No los conoces y así se lo dices.

—Yo te los voy a recordar uno por uno.

Y el hombre empieza a leerte los nombres de los amigos por correspondencia. Tiene no sólo los nombres sino hasta las direcciones y las fechas exactas de cuando recibiste sus cartas. Y los países en donde viven. Ay, y tú pensando que vivías en el Primer País Libre de América. Tú, inocente, creyendo al pie de la letra lo que decían los periódicos. La Madre tenía razón. Te van a meter en un lío. Cuando el hombre termina de leer la lista infinita de nombres, sin hacer una pausa, apoya los codos en el buró y te dice:

—Interesante Radio Swan, ¿verdad?

Qué sentido podría tener responder esa pregunta. En estas condiciones ya nada tiene el menor sentido. Pero tú eres menor de edad: tú no tienes catorce años todavía para que ya tengas un expediente político. Tú le dijeras que disfrutas de la libertad del Primer País Libre de América para escribir y recibir cuantas cartas te plazcan; que si él no lo sabía. Pero no se lo dijiste porque el hombre seguía hablando, enfureciéndose y hablando, soltando unas salivas y hablando, retorciendo los ojos y hablando, paseándose por la pieza y hablando un millar de cosas diferentes. Y enseguida te mostró la carta que tú habías enviado a la emisora de afuera. Y te la enseñó para que vieras que sin lugar a dudas era la misma. Y no sabes qué hace ese hombre con esa carta tuya que no se la escribiste a él sino al locutor de la emisora de afuera. Razón tenía la Madre de que no se podía confiar en esos viejos de las emisoras de afuera. Seguro que ellos mismos le entregaron tu carta a la policía. Y para colmo, el hombre ha empezado a leer en voz alta tu carta a la emisora de afuera. Y tus propias palabras te empiezan a sonar huecas, vacías, desprovistas del amor con que las escribiste. No tienes catorce años y ya eres un preso político, te da por pensar. Y a medida que el hombre lee tu carta te da por imaginarte una cola de países en medio del mar que se agolpan frente a una pequeña bodega batallando por coger un poco de libertad que han sacado al mercado de productos normados.

Chucho La Aurora, 14 de marzo

Una algarabía de islotes, penínsulas y de enormes países esperan en la cola por la libertad que, además, se pierde en el horizonte. A la cabeza de la cola ves a Cuba en chancletas y con rolos puestos en los pelos, acorazada frente al mostrador donde se venderá la libertad por libras. Inmediatamente después vienen varias naciones negras que se le quieren meter delante. ¡Atrévanse!, las desafía Cuba y les lanza una dentellada. Las Naciones Negras tratan de cambiarle a Cuba su puesto en la cola de la libertad por un gigantesco queso amarillo. Cuba recapacita: ¿entero?, pregunta. Las Naciones Negras le dicen que la libertad no tiene mucho sentido si no se tiene un pedazo de queso que comer. Es verdad, les dice Cuba. Y Cuba les dice que lo va a pensar, que cuando empiecen a vender la libertad ella les dará una respuesta...

P.O. Box 4849
Washington, D.C.
Mi estimado Juan Sagranichini:

Se forma de repente un empuja-empuja desde lo último de la cola, donde han marcado decenas de países del Tercer Mundo. ¡Ay, no empujen! ¡Ese es el Alto Volta!, dice un país muy feo que parece ser una de las tres Guyanas. ¡No rempujen!, dice Egipto. ¡Tenía que ser la piara!, agrega Finlandia. ¡Dios mío, pero si lo que parecen son bestias!, dice un país desconocido que está casi en la mitad de la cola. Y se forma de repente una riña entre varios países que están al final de la cola porque ellos saben que no van a alcanzar nada. México tiene cogida a Guatemala por los pelos y Honduras, aprovechando que Guatemala está en esas condiciones, salta desde el final de la cola y muele a Guatemala a golpes... Varios países católicos renuncian a la agresividad de la cola y se retiran en silencio. Entre los que se marchan se puede distinguir uno inmenso y aburridísimo, Francia, que cree tener más clase que los allí presentes.

Soy un joven cubano de trece años de edad, nacido y criado en el campo pero con un gran espíritu solidario y con unos deseos ardientes de conocer el mundo...

Muy cerca de la cabeza de la cola y con el número cinco en la mano, viene un país jorobado y sucio, lleno de cicatrices (pues es un país dividido) y que sin lugar a dudas se trata de España. España se agarra del brazo de Cuba para que las Naciones Negras no le quiten su turno. Cuba le grita que la suelte, que le está rompiendo su única blusa. Pero España, que lleva varios siglos en aquella cola sin coger ni una onza de libertad, le dice a Cuba que de eso nada, que si sus habitantes la ven llegar sin una libra de libertad que fuera la molían a palos. Cuba le sugiere que les diga a sus habitantes cualquier cosa, que las Naciones Negras y las Graves Potencias se le metieron delante y que la bloquearon. No falla, le asegura Cuba. En este mundo no se puede ser tan boba...

disfruto de vivir en el Primer País Libre de América por lo que escucho la programación de su emisora todos los días. Y los domingos nos sentamos frente al radio mucho antes de que su programa, mi preferido, salga al aire...

El número 27 en la cola lo tiene un país muy pobre, alargado y enfermo, muriéndose de hambre, el pobre, lleno de llagas y de llanos, que tiene que ser un país del Tercer Mundo pues ha sacado una hornilla y una sartén y se ha puesto a freír croquetas para vendérselas a los países en cola. Es la Argentina, pero viene tan despeinada y empercudida que todo el mundo la confunde con Albania. Y las Naciones Saludables le huyen como si se tratara de una vieja con lepra. Malasia la llama y le pide dos croquetas, una para ella y otra para las Filipinas que las dos están muertas de hambre. La Argentina se las vende a un precio razonable pero Malasia se queja de que están podridas y las lanza al mar, de donde las recoge y las engulle Yugoslavia. En ese instante un país pálido y ciclópeo, con más ganas de morirse que de otra cosa, se tira un peo. ¡Ese peo se lo tiró Canadá! dicen las Naciones Moradas. ¡Puerca!, le dice Brasil que está detrás de ella. ¡Puerca!, le grita la Arabia Saudita. ¡Puerca!, le gritan al unísono Burundi y el Vaticano...

nuestros corazones se llenan de alegría cuando nos saluda y cuando nos dice Bienvenidos al Club de Oyentes. Nada comparable con la dicha de poderlo oír, de saber que en tierras del Norte no sólo hay gente que nos detesta sino también alguien que nos ama...

En ese momento, el bodeguero se asoma a la cola rugiente y cuelga un cartel enorme sobre la entrada de la pequeña bodega: "ningún país podrá hacer su compra sin la libreta de productos industriales". Y varios países que no trajeron la Libreta de Racionamiento empiezan a retirarse. Entre los que se marchan se ve a la República Popular China que sale diciendo palabras en chino, pero que todo el mundo comprendió como las peores palabras. Inmediatamente sale el bodeguero una vez más y pone otro cartel sobre el anterior: «los países esclavos, las mancomunidades, los protectorados, los estados libres asociados, o sea las colonias, no podrán hacer ninguna compra». Y Puerto Rico sale de la cola llorando que parte el alma...

El objetivo de mi carta es hacerle saber a usted y al mundo que solicito correspondencia con todos los jóvenes de la Tierra para que ellos sepan que estamos todavía, aunque en silencio, vivos y esperanzados...

El bodeguero dice que si no se arreglan, no hay venta. ¡Si no se organizan le vendo toda la libertad a Islandia!, dice. Y eso sería lo peor que pudiera ocurrir porque todo el mundo sabe que ese país la quiere para tirarla al mar... Y la cola quiere hacer por ordenarse, pero enseguida empieza un sandungueo, un aplastamiento, un empujón, una molotera y el bodeguero (que dice ser un país neutral) dice que así sí que no, que de eso nada, que hasta que no se organicen, nada. Y que cuanto más se demoren peor para ustedes porque la libertad ya se está pudriendo... ¡Señores!, grita desde lo último de la cola la República Árabe de Yemen del Norte. ¡Me van a matar!, dice un país muy joven y sin dientes que parece ser Moldavia. ¡Ampáranos, Dios Todopoderoso!, dice Pakistán quien ha empezado a ponerse otro tipo de argollas en la punta de la nariz. A un país horrible le ha dado un ataque, se tira al mar y se empieza a morder la lengua... ¿Es Japón?, preguntan las Naciones Serviles. No, es Laos, responden las Naciones Indígenas. ¡Qué horror!, dicen las Naciones Caníbales. Quién iba a pensar que ese país era epiléptico, dicen las Naciones Hinchadas. A nosotras nos habían dicho que ese país vivía con un trauma, dicen las Naciones Saladas...

En nuestra casa ésta es la emisora que más escuchamos porque, afortunadamente, nunca menciona la macarela...

Cuba ha marcado en lo último de la cola, detrás incluso de Bulgaria, quien no ha logrado siquiera ver la fachada del local donde se venderá el producto. Se ve comiendo un pedazo de queso amarillo y le dice a Bulgaria que si quiere un pedazo. Soy alérgica, le dice Bulgaria. Y entonces Cuba se sienta en el piso, se quita las chancletas y el trapo y se queda dormida sujetando el queso con ambas manos...

Aquí tienen mi nombre y dirección: Regino Díaz Cabrera. Chucho La Aurora. Cuba. Un fuerte abrazo para usted, su colectivo y sus oyentes. Desde la distancia, Regino.

Y entonces lo entendiste todo. El hombre te dijo, con tu carta en sus manos, que cómo era posible que un joven formado por la revolución se expresara en esos términos de ella. Le dijiste que te perdonaran, que todo había sido una inmadurez, por no hacerle caso a la Madre... Y el hombre te miraba a la inmensidad de tus ojos como lagos abriéndose al mundo. Que te levantaras, te dijo y que firmaras un documento con el cual renunciabas a todo tipo de actividad epistolar con el exterior. Lo firmaste. Un sudor frío te inundaba las manos. Que no pensaras que la revolución era mala, te dijo finalmente. Que te podías ir.

Ya te marchabas cuando el militar abrió una gaveta secreta del buró, extrajo de ella un queso amarillo enorme y justo delante de ti, empezó a roer.

El plan económico

El plan económico para el próximo quinquenio ha sido ultimado hasta en sus detalles más periféricos, por lo que podemos asegurar que será un éxito rotundo. El mismo consiste en vender a España los siete millones de toneladas de azúcar a producir en cada una de las zafras venideras. Con ese dinero compraremos equipos pesados a Japón. Venderemos los equipos pesados a Brasil y con ese dinero compraremos materias primas a Alemania. Venderemos esas materias primas a la Argentina y con ese dinero compraremos piezas de repuesto a Inglaterra. Venderemos las piezas de repuesto a México y con ese dinero compraremos petróleo a Venezuela. Venderemos el petróleo venezolano a Marruecos y con ese dinero compraremos azúcar a la República Dominicana...

* * *

Una isla: porción de tierra rodeada de agua por todas partes
Una isla: un toque de queda en la costa
Una isla: principio y fin del mundo
Una isla: brisa estival y encierro infinito
Una isla: lugar donde el culipandeo es un modo de vida
Una isla: y la monstruosidad
Una isla: reducto milenario de la infamia
Una isla: vengan a verla
Una isla: caras, cachetes, bollos y lentejas
Una isla: estropajos, bugarrones, una iglesia
Una isla: fanguero, fandango, fantoches
Una isla: un mismo espacio para héroes, canallas y mariquitas
Una isla: espérate que te estoy buscando una definición
Una isla: mil islas
Una isla: olas que, deliberadamente, la apartan de las tierras gloriosas
Una isla: viejo infierno tropical

Una isla: en ella vivo
Una isla: y tú
Una isla: y tú
Una isla: ya veo que te parece hermosa
Una isla: ya lo veo
Una isla: todavía crees que la isla es buena
Una isla: pero no lo es
Una isla: como isla al fin contiene millones de otras islas como celdas insulares
Una isla: el martirio de saber que en todas partes queda la isla
Una isla: el martirio de saber que el mundo verdaderamente existe
Una isla: se dice y a uno le da por estrangular a una anciana
Una isla: se dice y a uno le da por perseguir unos culos
Una isla: y qué otra cosa se podría hacer en este desamparo
Una isla: en esta isla
Una isla: el calor haciéndonos la vida imposible
Una isla: blanco de auras, turistas, dictadores y demás alimañas terrestres
Una isla: una picazón en las verijas
Una isla: salpullido, rabia, dolor de muelas
Una isla: horror cercado por los mares
Una isla: yo te escupiera
Una isla: sitio donde puedes perder la vida sin un ventilador
Una isla: sitio donde los condenados claman
Una isla: sitio donde podrían reimplantar, en cualquier momento, la esclavitud y el grillete
Una isla: sitio aparentemente hermoso hecho para que el resto del mundo pueda vivir en paz
Una isla: sitio pródigo en criaturas infernales
Una isla: sitio donde hasta la Madre Teresa podría enseñar, en el mismo centro de la plaza, sus blúmers rotos
Una isla: sitio donde resulta imposible sobrevivir sin unos espejuelos ahumados
Una isla: sitio donde hasta el Papa sería una lacra más

Una isla: sitio donde podrías enloquecer si descubres de pronto qué cosa es una isla
Una isla: sitio más o menos conocido lleno de goteras
Una isla: en ella vivo
Una isla: en ella
Una isla: ¡ay, muchacho, una isla!
Una isla: sitio donde una palabra puede adquirir hasta 50,000 significados diferentes
Una isla: sitio donde a Alfonsina Estorino se le prohibiría, terminantemente y para que sufra, la reventazón de tortillas
Una isla: una especie de bloqueo espiritual
Una isla: sitio donde de rodillas se le ruega a Dios que nos dé más fuerzas en la tarea de asesinar más gente cada día
Una isla: sitio donde lo más trascendente y valioso es precisamente la intrascendencia
Una isla: un sitio real donde habita la irrealidad
Una isla: sitio fabricado por Dios para encerrar a las ratas
Una isla: sitio donde moriremos a cabezazos
Una isla: una quemazón y unas tetas
Una isla: lo último después de lo último
Una isla: yo: mírenme: una isla
Una isla: un sitio donde puede nacerle a una señora del interior un hijo egipcio
Una isla: un sitio que tenemos que llamarlo patria
Una isla: un sitio que toda criatura inteligente tratará de abandonar a cualquier precio
Una isla: una erisipela en la mano
Una isla: sitio rocoso y puntiagudo que no va a desaparecer nunca
Una isla: la fatalidad de una isla
Una isla: respiro y me nutro de la isla
Una isla: si cojo un mango es de la isla
Una isla: si bebo agua es agua de la isla
Una isla: lo que pasa es que tú mismo eres la isla
Una isla: ¿y podría desaparecerme de esta isla?

Una isla: no podrías
Una isla; ¿y por qué?
Una isla: porque una isla es un círculo perfecto: dondequiera que te encuentres estarás a la misma distancia de su centro, que eres tú mismo
Una isla: círculos...
Una isla: concéntricos y cada vez mayores
Una isla: sólo en una isla pudiste haber nacido tú
Una isla: te lo digo yo que soy la isla
Una isla: ¿y si salgo huyendo y me escondo en Abisinia?
Una isla: serías la misma isla en Abisinia
Una isla: Dios mío
Una isla: no es cosa de juego
Una isla: es una isla...

La edad peligrosa

El niño nació y su nacimiento fue comunicado a los cincuenta ministerios, departamentos y subsecciones que de alguna manera tendrían que ver con su vida. El Ministerio del Interior le sacó copia de las huellas digitales, de las cuerdas vocales y de los pliegues del culo. El Ministerio de Transporte avisó a todos los conductores de ómnibus y trenes que había nacido otro individuo que intentaría por todas las vías no abonar su pasaje en los medios de transporte público. El Ministerio de Obras Públicas anotó el nombre del individuo en la lista de los que no obtendrían vivienda, notificándolo a la vez al Departamento de Parques y Sitios Públicos, así como a la Seguridad del Estado. El Ministerio de Educación y Cultura notificó a las instituciones culturales y a las aduanas del país que había nacido un individuo con intenciones de sacar manuscritos al exterior, por lo que los exhortaba a estar muy alertas y a mantener la guardia en alto. El Ministerio de Turismo y Recreación ordenó que se ampliara el penal del municipio donde el individuo residiría pues para la fecha en que el individuo fuera arrestado ya no habría cupo para un delincuente más en las prisiones municipales. El Ministerio de Salud Pública propuso que sus familiares en el extranjero pagaran en dólares el tratamiento a las innumerables heridas que recibiría.

Cuando todos los departamentos fueron debidamente informados, la madre envolvió al hijo en el largo trapajo y ambos salieron, bajo un cielo impecable, del Hospital de Maternidad hacia la calle.

A ver si se mata

La huella

Lo más difícil de conseguir fue la bija, de donde se saca un extracto rojizo que le da coloración al preparo. Pero yo me enteré de que en la finca de los Mirabales había una mata de bija todavía en pie y hasta allá me lancé: me trepé en la cerca y aunque me arañé todas las piernas, logré conseguir varios racimos maduritos. Después conseguí cundeamores y un poco de alcohol de 90 en casa de unos vecinos que me consideran mucho. Y empecé a mezclarlo todo: de allí sacaría el tinte que desde hace años me quiero dar en este pelo.

Pero el tinte que yo quiero tiene que ser un tinte verdadero, como los de afuera, como los de marca, que nadie pueda distinguir que es un preparo de aquí, que ni siquiera se pueda sospechar que tengo un tinte dado, sino que así es mi pelo natural, como era mi pelo de joven. Porque así eran los tintes de allá afuera, del Norte, los tintes buenos que se vendían muchísimo aquí antes, antes, cuando a mí no me hacían ninguna falta. Yo sé que ellos preparan sus cosméticos y sus tintes con esta cosa roja, con bija, por lo que yo partiré de la misma fórmula que ellos partieron y con la cual triunfaron. Porque yo no me voy a dar un tinte con borra de café como los que dan en el salón de aquí: de-eso-nada. Prefiero seguir con mis canas al aire a pensar que tengo algo barato en la cabeza, una melcocha roja y dulzona en la cabeza que las moscas enseguida van a descubrir y atacar. Este tinte tiene que ser superior a los de afuera: la envidia de la mismísima Sofía Loren.

Mezclo todos los ingredientes naturales en la enorme caldera, incluyendo por supuesto un poquito de sal de higuereta, agua de coco como fragancia y resina de bienvestido como fijador. Lo bato hasta que quede espeso y harinoso. Ahora lo pongo a hervir a fuego lento y después espero a que se asiente. No se puede dejar enfriar del todo para que no coja la consistencia del chapapote. Con una paleta, todavía tibio, me lo empiezo a poner en la cabeza, restregándolo bien en todas direcciones, hasta que todo el cabello se me enchumbe en el compuesto. Acto seguido, me lo cubro con una sobrecama vieja y me encierro en el cuarto durante setenta y dos horas para protegérmelo de la luz. A mí me han dicho que si me le da un rayo de luz que sea durante estos tres días de encierro, se me cae todo el pelo. De aquí no saldré ni a hacer comida, así que se las arreglen ellos como puedan.

Y encerrada estoy, esperando porque el tiempo pase. Y esperando porque el tinte coja, me he puesto a pensar que si el producto es un éxito me puedo hacer hasta famosa, millonaria, vendiendo mi tinte, el cual se llamará «Miranda», como mi segundo apellido. Y hasta una carta le voy a mandar a los productos de marcas para que ellos sepan que he logrado un tinte maravilloso en medio de la nada, con ingredientes exclusivamente naturales y sin el menor efecto nocivo. Y que yo, Barbarita Fernández Miranda, soy la inventora del tinte, sobre el cual tengo derechos mundiales. Que aunque aquí no me lo permitan, yo quiero patentizar el producto. Y que pondré varios anuncios en la televisión para aumentar las ventas. Y ya me imagino el anuncio de la televisión de afuera: «ah, sí, señora, pero se nota que ese pelo suyo no ha sido tratado con «Miranda». Mire usted la diferencia...» En varios idiomas y a todo color. Y les diré a las compañías de marcas que podríamos llegar a un acuerdo: ellos proporcionan la publicidad y yo el producto, el cual yo puedo entregar cada tres meses por un tercer país...

Esta tarde a las tres me quito la sobrecama de la cabeza. Parece que me ha cogido bien porque me pica muchísimo y no me le ha dado ni un rayo de luz. Después de todo, no ha sido tan desagradable pasarme estos tres días en estas tinieblas. Los ratones han salido todos a verme y a inspeccionarme. No pueden creer lo que han visto: una mujer que parece una momia envuelta en trapos. Pero que esperen y que miren. Ya me lo quito. Ahora saldrá a la luz la otra yo, aquélla que vivía debajo de aquel pelo tan feo.

Me cogió maravillosamente. Miren esos tonos, miren ese brillo, miren esa sedosidad. ¡De primera! Porque ese pedazo de espejo no puede estar mintiendo: ésa soy yo, Barbarita Fernández Miranda, que ha vuelto a nacer. Valió la pena el sacrificio y el encierro. Lo único que no me gusta es que me ha quedado un poco carmelitoso, con vetas oscuras aquí y allá... ¡Cuando me vean en la tienda! Lo único que me molesta es que de ese color es casi todo en esta casa y en estos maniguales: es del mismo color de los pantanos y de los árboles: color piso, color tierra arada, color tinaja. Me pongo directamente al sol para ver si la luz me lo aclara un poquito. Nada. Es del color de todo lo que me rodea. ¿Me lo deberé cubrir otro poco con el sobrecama? Imposible. Dios mío, pero si ha cogido el mismo color del brocal del pozo. Si salgo así tendré que hacer algún ruido para que quien pase se dé cuenta de que Barbarita viene llegando. Y lo más terrible es que este tinte es irreversible. Dios mío, que se me aclare, o que se oscurezca. Si no puedo alterarlo soy capaz de cambiarle el color a las cosas. Pero uno de los dos tendrá que ceder. Ahora todo lo que existe, existe con el mismo color cartucho. Lo peino y lo peino. Nada. Lo enjuago y lo enjuago. Nada. Lo peino, lo enjuago, lo estiro y lo amarro. Nada. No tiene remedio. Ahora todos somos pedazos de una misma pieza prieta...

Pero eso está bien que me pase a mí. Para que sufra y me joda. Porque eso me pasa nada más que a mí, que se me olvida de un día para otro el color de la miseria.

* * *

Ijo aqi te dejo eta nota polqe no se ala ora qe llo bire cuando te lebante te calienta la leche qe eta en el pomito platico el asuca eta en la cacharrita asul el cafe me qedo echo sanbunbia pero no buelba a sel tu qe tu no sabe aselo y qeda poco si qiere te puede comel un mango qe ay en la depensa si algien pregunta pol mi tu le dise qe no sabe ala ora qe llo bire no te balla a tiral decalso

sí, se ha ido, dices y ves la casa vacía. La madre ha salido a llenar las planillas. Y el padre debe estar en la palmichera de los Píos. Un instante de privacidad en medio de este universo vigilado. Un instante tal vez irrepetible a lo largo de lo que dure tu existencia. Un instante que apenas comience a transcurrir ya ha finalizado. Cómo pensar, cómo meditar, razonar, cómo vivir, en medio de este infernal cacareo. Hay que ver adónde has venido a caer. Para siempre aquí, irremediablemente aquí y sin salida, tal vez el único rincón del mundo donde no cabes. De este lado del entablado de palma, tus dos padres, paternales y tiernos, protectores y amorosos, elementales y nobles, quienes en nombre del amor, de un amor sin condiciones, te resguardan del mal y de los caminos errados, por lo general los únicos que vale la pena transitar. Padres que a toda costa persiguen que te conviertas en uno de los modelos grotescos que ellos pacientemente han fabricado. Padres que en nombre del bien y del amor no persiguen otra cosa que tu destrucción, pues todo ese amor demanda el sometimiento del hijo al modelo por ellos seleccionado. Padres que en última instancia no persiguen otra cosa que los complazcas. Y del otro lado, las bestias, los vecinos, los habitantes de las otras comarcas, los de las ciudades más distantes, los de las urbes y los del resto del mundo, gente que también te detesta, pero por lo menos desde cierta distancia. Seres también insoportables, sin duda, pero sin el sentido de vergüenza que tu conducta y tu vida depositan en tus padres. Y en ese mundo has venido a carenar. Intolerable universo, se te ocurre pensar, dividido tan sólo por una frágil pared de tablas de palma. Por fin solo, dices, y enciendes el radio de pilas. ¡Qué murmuración de emisoras locas porque tú las sintonices! ¿Y qué estación vas a poner? Ya ellos deben estar captando con unas antenas muy largas las emisoras que vas a sintonizar.

Y las que no has de sintonizar. Dios mío, pero qué emisora pondrás si todas están hablando de la macarela... música, sí, pondrás música moderna. ¡Qué música escuchas! Pero hasta la música instrumental menciona, de alguna forma, la macarela. O que está en falta. Mueves el dial en todas direcciones. Oyes «Panorama de la Moda» anunciándose. Lo dejas ahí mismo. *Para ti, mujer,* dice la radio, *que te sacrificas en los tres campos: como madre, como revolucionaria y como soldado de la patria.* Lo dejas: van a dar la orientación de la moda. *Este verano la ropa se usará muy ligera, con faldas por encima de la cadera pero sin cubrir el tobillo.* Traes el vestido de la madre: ¿así? *No, córtale ese vuelo tan feo.* Espérate, dices, déjame ver dónde encuentro yo un machete con filo en esta casa... Ya, ¿así? *Más corto, más corto...* Espérate que este machete ni corta, dices. *Y la blusa se usará este año sin mangas, de colores tropicales, recomendamos el violeta.* Ay, pero la madre lo que tiene es una blusa negra de cuando su padre murió, dices. *No importa, puedes teñirla con violeta genciana.* Ay, sí, aquí hay un pomo lleno: espérate. *Y le abrirás un hueco en el centro, encima del ombligo.* ¡Ay, si la madre me agarra haciéndole esto a su único vestido! *No le hagas caso: es evidente que hasta ella saldrá ganando.* ¿Ustedes creen? *La madre se viste estilo años cuarenta, siglo V.* Tienen razón: ya está el vestido teñido. *El hueco del centro debe ser más ancho, que muestre el nacimiento de las tetas.* Ay, sí, las tetas, espérense, espérense... *Ahora debes abrir la falda desde el muslo izquierdo hasta la cintura.* ¿De arriba abajo? *Sí, desde la cadera hasta el piso.* Espérense... ¿así? *Cometimos un lamentable error: no es por el muslo izquierdo por donde se abrirá la falda este año sino por el derecho.* ¡Pues ya yo lo abrí por el izquierdo y ya no tiene remedio! *Pues entonces ábrelo por el otro testero también...* Dios mío, pero si este vestido ya lo que parece es una capa... *La abertura debe llegar al broche superior y debe morir en el zípper.* Espérense que yo creo que este coso ni zípper tiene. *Sí, sí lo tiene, detrás, por el culo.* Ah, sí, aquí está. Pero, señores, esa abertura me parece demasiado grande; ya este vestido no aguanta un destripajamiento más. Así, así... y ahora, el peinado y el maquillaje: *el peinado se llevará este año formando guedejas —luengas y asimétricas— que caigan a ambos lados de la cara. Y el cerquillo deberá caer a chorros sobre la frente...* Espérense que yo no sé hacerme esas guedejas muy bien. *Tienes que conseguirte una cuchilla de afeitar.* Sí, espérense. ¿Así? *Sí, así, pero el cerquillo debe ser todavía más pronunciado, que te cubra los ojos y parte de la nariz.* Espérense, ¿así? *Así mismo: ¡ni te lo toques!* Pero con este pelo encima de los ojos no veo. *No importa: siempre tendrás algo que sacrificar. El resto del pelo irá recogido en una inmensa cola de caballo que soltarás sólo en los días de mayor ahogo...* Espérense que este pelo no tiene acotejo y además, el cerquillo no me deja ver bien. ¡Ay, y apúrense que el calor me está destiñendo lo que queda del vestido de la madre! Y ellos ya están al llegar. *Ese cerquillo debe ir todavía más largo...* ¿Más largo? *Sí, que te cubra la nariz y la boca.* Dios mío, ¿pero no les parece a ustedes que ya eso es demasiado...? *No, en lo absoluto. El año pasado se usó muy corto y era horrible. Cuanto más largo se lleve, más destacará la ausencia de tus ojos.* Sí, ya: qué más falta ahora... *El maquillaje. Este año el Buró de la Moda informa que se usarán colores intensos en la moda facial.* ¿Negro? *Bien podría ser el negro cenizo o el azul intenso. Recomendamos el negro por ser éste más fácil de conseguir.* Espérense que por aquí tengo yo un tizón. *Se recomiendan amplias vetas de color por las mejillas y el cuello.* Dios mío, pero si lo que parezco es una bruja. *Es así: ésa es la novedad: que te puedas distinguir en una reunión o un mitin.* Bueno, con este tiznero no es difícil que lo confundan a uno con un guacamayo. *Los labios se llevarán encendidos, casi rojo sangre, casi rojo bermejo, casi rojo ladrillo.* ¿Así? *Otro poco, otro poco. Y a diferencia de años anteriores, el Buró de la Moda recomienda que se pinte un labio de un color y otro de otro.* Dios mío, cómo ha evolucionado la moda. *El labio de arriba te lo puedes pintar, como dijimos, de negro y el de abajo te lo puedes dejar sin pintar.* Ah, mira, esa idea no es mala. *Los aretes se llevarán muy largos, que caigan sobre el busto pero sin que llamen demasiado la atención.* ¿Así? Y las cejas... Ay, sí, verdad, las cejas... *Las cejas se llevarán muy finas, más allá del cerquillo.* Un momento: ¿por dentro o por fuera del cerquillo? *Hacia adentro, hacia afuera, hacia el cerebelo...* Dios mío, este año la moda viene matando canallas... *Y en la espalda se llevará un bolso sin boca o alguna guindajera de cera para aliviar los destellos enceguecedores del negro. Y en la mano* se llevará algún tipo de pulso, color vino, que produzca unos golpecitos con los aretes de alambre... Espérense que algo circular sí que no lo hay en esta casa. *Puedes utilizar el aro de un colador viejo de café. O una arandela de camión.* Espérense que yo vi una tuerca de lo más buena por el patio... Aquí la tengo. *Y el calzado, porque el calzado no podrás descuidarlo, se usará de tacón muy alto. Los zapatos normales los puedes transformar en zapatos altos con puntillas de doce pulgadas.* Ay, espérense. *Las cabecitas de las puntillas quedarán siempre hacia abajo, hacia el centro de la Tierra.* Ya, aquí tengo los zapatos altos. *Y se volverá a usar el abanico.* Aquí está. *Y resaltarás ese lunar del lomo con un poco de maquillaje.* Así, así, sigan. Ahora lo único que me falta es alguna loción de algo que huela a limpio. *¡No! Terminantemente prohibido: este año el Buró de la Moda recomienda que no se utilice ningún tipo de loción.* ¿Ni un olorcito a limpio? *A nada: es a la mujer proletaria a la que estamos vistiendo, no a las viejas de Miami.* ¿Y ahora qué me hago yo con todos estos andariveles? *Ahora vas a tener que salir.* ¿Salir con este disfraz? *Claro: todo te queda, además, muy bien.* ¿Y no me parezco a una mascarita del carnaval? *Tonterías: la belleza se hizo para ser compartida. Saldrás a mostrarla a ese pueblo que aguarda allá afuera.* ¿Y si la madre me agarra con su vestido y trepado en estos tacones? *Nadie te reconocerá tan fácilmente. No tiene sentido que te hayas puesto todo ese atuendo para quedarte encerrada. Tienes que salir ahora mismo. Asómate y míralos por la hendija. ¿Los ves? Si te demoras medio minuto más, te vendrán a sacar a palos. Son tus vecinos, ¿no los ves?*

Polifemo

El niño había nacido con un extravagante defecto físico: tenía un ojo de más, convenientemente ubicado en la parte posterior del cráneo. Al principio, los médicos trataron de extirpárselo pero el tercer ojo estaba conectado a los demás ojos por el mismo nervio óptico: arrancárselo hubiera sido dejarlo ciego, por lo que se le dejó su ojo de más mientras se le observaba periódicamente. Los padres del niño eran dos campesinos que se habían hecho hasta famosos con la anomalía de su único hijo varón.

Los médicos estudiaron el caso durante varios años hasta que pudieron comprobar que la visión del tercer ojo era incluso mejor que la de los ojos faciales. La única inconveniencia que el tercer ojo le había traído era un incómodo apodo que le gritaban los muchachos y los vecinos del barrio: todo el mundo lo conocía por Polifemo y así lo recogieron los textos de medicina del país, el único en el mundo que contaba con tan extraño ejemplar. Por lo demás, el tercer ojo (sin párpados y permanentemente abierto como los de un pez) le era en extremo útil: el niño andaba siempre prevenido, alerta ante la menor canallada, incluso cuando dormía. Su pasatiempo favorito era atrapar las moscas que, distraídas, revoloteaban a sus espaldas. Era prácticamente imposible que sus padres lo sorprendieran con una imprevista bofetada. El ojo de más llegó a convertirse en su mejor defensa contra la traición y el odio.

Sin embargo, el caso de Polifemo dejó de ser célebre años más tarde, cuando nacieron las primeras remesas de niños con terceros ojos, terceras orejas y hasta con branquias. La única explicación coherente a estos fenómenos la brindó un viejo científico darwiniano: la naturaleza se estaba ajustando genéticamente a las necesidades de la nueva sociedad.

* * *

...sí, los ves, los ves. Son ellos, tus vecinos. Ahí están todos. Todos esperando a que asomes algo para cortártelo. Todos esperando a que levante el sol y la asfixia para que salgas. ¿No los ves cómo se impacientan? Te están esperando. Un grupo de ellos ha trepado ya a la mata de las carolinas. Y otros ya suben al techo de zinc del secadero. Más allá otro grupo de bichos también espera. Una manada de pavos reales ha empezado a graznar. Todo lo que quieren es verte pasar. Dos mil caimanes han salido de las ciénagas de los Píos. Con las fauces abiertas se tienden al sol a esperar porque pases remeneando la cintura.

Ya hay un grupo de querequeteses subido a una palma. Todos están plenamente convencidos de que no podrás aguantar por mucho tiempo el calor del mediodía. Vas a tener que abrir una ventana para que te refresque aunque sea el polvo. Cuanto más demores en salir, más alimañas se irán congregando. Aunque ya es una multitud la que aguarda. La única forma de que termine este martirio es asumiéndolo. Entonces, sin pensarlo otra vez, coges y sales...

—No lo voy a creer aunque sepa que es cierto, dices. Y ya estás en el portal con el radio de pilas. Hiciste bien en salir. Ya te deslizas por entre las bestias echadas con tu vestido a la última moda. Una algarabía de graznidos, rugidos y aletazos ha salido a recibirte. Te están saludando. Entonces los miras, pero no los ves. Los sientes como si sintieras una mañana ventosa. Pero no los ves. "Lo que no puede ser cierto es que nadie sepa que vivimos en el infierno", dices. Y das otro paso. Pero el estruendo se hace entonces irresistible. No te detengas. Para ti ellos no existen, y como no existen, lo único que pueden hacer es gritar. Ni les hagas caso: ya te gritan cosas menos amargas. Te he puesto en este contexto, pero tú no los oyes. Ellos no existen sino como bichos. Así es que sigue avanzando. Ya apenas te gritan...

Hasta ahora todo bien. Parece que sólo quieren verte pasar y burlarse de ti. Es un precio muy alto el que has de pagar por tu autenticidad. Ellos sienten envidia de saber que de verdad eres un ser humano. No tengo agallas, dices. Pienso. Sueño. Sufro. Fui hecho para señorear en los peces de la mar, y en las aves de los cielos, y en las bestias, y en toda la tierra, y sobre todo animal que se ande arrastrando sobre ella, como lo leí en el Génesis. ¡Eso está muy bien! Distingues los primeros pares de chimpancés en celo. Y la primera piedra no tarda en estrellarse en tu rostro. Dios Todopoderoso, dices. Pero la algarabía sube hasta los cielos ahogando toda frase coherente. El calor se espesa en el aire que sube. ¡Por ahí viene!, gritan las cacatúas. ¡Mírenla!, se oye clarito. ¡Qué apestosa!, gritan. ¡Parece una calamidad!, grita un grupo de jirafas trepadas a un pino. *Pájaro*, te grita un pájaro. Señor, ampárame, gritas. ¡Trae los fondillos zurcidos y se contonea como las putas!, gritan. Y avanzas sin detenerte por entre las bestias echadas. ¡Camina!, te grita un camaleón muy largo desde una cerca. ¡Silencio, que ahora va a marchar!, te grita un enorme tocororo Yo no puedo más, dices. Yo, marchando para el disfrute de estos monstruos. Has estado muy bien. No les hagas el menor caso. Sigue. Dios mío, detrás de qué mata te has escondido, dices entonces. Porque todo esto tuvo que haber sido preparado por un ser todopoderoso y siniestro, dices todavía. Aquí, aquí, te contesta Dios desde la cerca. Dónde, pero dónde... Y Dios se asoma al camino hasta que lo puedes ver a simple vista. ¡Ya voy hacia ti, Señor!, dices. Pero Dios recula. ¿Hacia mí?, te dice, ¡de eso nada! Mira, reza, dicen que rezar es bueno. Y la respuesta de Dios te ha dejado muy mal. No le preguntes más nada. Pero, venga acá, ¿y usted no es Dios?, le preguntas. Y Dios te contesta: por supuesto que sí. ¿No te das cuenta de que esta conga no hubiera sido posible sin la intervención del poder divino? Y debe ser cierto porque esto es realmente intolerable. Y escuchas de pronto los primeros tambores que ya estremecen la conga. Dios Todopoderoso: detén esa conga, dices. Pero ya Dios ni responde porque al sonido de los tambores han empezado a arrollar y a desfilar cientos de bestias pardas, ratas amaestradas, caimanes y orugas con colas plateadas, culebras bípedas y yeguas aladas, manatíes, jutías, innumerables jirafas acéfalas, rana-toros semivenenosas y cerca de dos mil arañas peludas teñidas de rubio que eran ya indetenibles. Son tus vecinos. Y te pone muy mal el ver a Dios dirigiendo la descomunal comparsa de bichos. Pero tú avanzas delante del tumulto que grita. Y sin darte cuenta metes un pie en un fanguero. Si este fanguero fuera un pozo insondable, dices. Y sigues invocando a Dios y a los santos, pero Dios ni caso te hace. Y sientes como te empieza a invadir una rabia de origen desconocido. Y con esa fuerza que sale del odio te diriges a Dios nuevamente: Dios mío, ahora sí que es inútil el tratar de invocarte. Pero Dios no te hace el menor caso. Y te vuelves de pronto y ves, en medio de la multitud arrolladora, a tu padre y a tu madre también practicando unos pasillos. Son ellos, Señor, mis padres, también formando parte de mi conga-castigo, dices. Y la conga revienta. Dios va al frente, sin siquiera advertirte pues es evidente que se está divirtiendo muchísimo. Y entonces escuchas a tu propio padre repitiendo el estribillo de la conga infernal:

tírala por el balcón
a ver si se mata
a ver si se parte un pie

Y tu padre tampoco te presta atención. Y mucho menos tu madre, quien se desplaza en la conga abrazada a un gorila muy grande. El escándalo se escucha a cien leguas. Todos se están divirtiendo. Diviértete tú también. Y no molestes más a Dios. ¡Señor! Y vuelves: ¡Padre! Y Dios ido del mundo, borracho como un perro, arrollando en la conga que avanza... Yo he venido hasta aquí con el único propósito de que Usted me mande la muerte. Tus palabras hacen que a Dios le dé por reírse. Y las carcajadas del Señor llueven. ¿Pero es que no sabes que tú ya estás muerto?, te dice Dios. ¿Pero esto es la muerte?, le preguntas. Esto es, te dice Él. Y rompes a llorar allí mismo porque no puedes creer que la Muerte, tu única salvación, sea todavía peor que la Vida. ¿Y ahora qué yo me hago?, le dices. ¡Si me molestas otra vez, te mato!, te dice Dios. Y agarras a Dios por el cuello de la camisa para comértelo vivo. Y Dios forcejea para que lo sueltes, pero no logra zafarse de tus dos garras. ¡Tú me tienes que escuchar un momento, Dios Todopoderoso! Y la conga enardecida se arremolina a tu alrededor para disfrutar de cerca de tu espectáculo. Si ésta es tu creación, viejo sinvergüenza, me sacas de ella ahora mismo. Si todo este martirio ha sido creado por ti, Padre Nuestro que estás en la conga, ahora mismo me eliminas. Escúchame bien porque te voy a caer a palos: de toda la bichería que tú has creado, yo he sido la más sufrida, la más odiada, la más acosada y reprimida. Y que ante semejantes palabras al Creador, la conga paró de cuajo. Fíjate bien, Dios mío: no te lo voy a permitir, le dices sin soltarlo. Pero Dios se te viene arriba y te pone una llave de judoka en el cuello. ¡Oye! —y te agachas y coges una piedra muy grande— suéltame y mátame como matas a todo el mundo. Y la multitud empieza a lanzar unos rugidos de ¡pégale ahora! ¡diez pesos al pájaro! Y tú, empuñando el seboruco con una mano le das un golpe enorme al Señor en las verijas. Y Dios te suelta del dolor tan grande que sintió. Y Él da un respingo y cae a dos varas de ti, en medio de un charquero. Y Dios parece una calamidad enfangada. Y lo sacas del charquero y allí mismo empiezas a darle de taconazos por el hocico y por la barriga con los altos tacones de clavos que orientó el Buró de la Moda. Y Dios llora y sangra como una mujer. Y le gritas: ¡para que veas quién soy yo, cabrón! ¡Para que veas que a mí también me tienes que escuchar! Y Dios sin poderse levantar del charquero. Fíjate bien, Dios Santo: yo lo único que te pido es que me mandes la Muerte. Y Dios embarrado de fango y mierda hasta los dientes. Y la algarabía de los animales adquiere nuevas dimensiones. Y los chimpancés empiezan a emitir unos grotescos rugidos nupciales. Y cuando menos lo esperabas, Dios se incorporó del charquero y te metió los dedos en los ojos. Te quitas el cinto de cuero que orientó el Buró de la Moda y le das de fuetazos a Dios por el lomo. Y Dios resbala otra vez en el charquero y se le rompen los pantalones, dejando al descubierto un par de testículos enormes, divinos y redondos. Y viéndole aquellos *güevos* tan grandes, te has puesto a pensar que bueno, después de todo, *Dios es también amor*. Y Dios empieza a rascarse los testículos delante de ti. Se incorpora y te dice en un tono muy tierno: Hijo mío, tú no necesitas la Muerte, tú lo que necesitas es la Vida. Y yo te la voy a dar toda. Y Dios se acerca a ti más todavía y te toma de las manos yertas. Y en ese momento los animales hacen un silencio cósmico. Y en silencio forman una orgía caliguliana donde se pueden distinguir los más célebres entollamientos: rana con chimpancé, lagartija con jirafa, caimán con manatí... Ves a tu madre y a tu padre siendo penetrados por una especie de gorila. Y Dios, borracho como una uva, te conduce por un sendero verdísimo salpicado de flores amarillas. Y caminas, junto al Creador, por un largo pastizal, cogido de la mano del Señor, por entre las bestias echadas aunque fuera del tiempo. Y entonces ves las aguas putrefactas de la laguna, las que habías extraviado con el aspaviento y el polvo. Y Dios se desnuda en la orilla, quedándose en cueros, como Dios lo trajo al mundo. Y tú ves que Dios está poseído de una rotunda y enorme belleza. Te deshaces de los trapos que había orientado el Buró de la Moda. Y te quedas desnudo frente al Creador, quien también lo está. Dios y tú se lanzan al centro de las aguas podridas del charco...

Nada hubiera ocurrido de no haber escuchado nosotros cuando él le preguntó a Dios si había traído la vaselina...

—Yeya, Vieja, lo de Reginito se nota ya a la legua. Hay que apurarse con él. Los vecinos no hacen más que comentar. Yo no creo que este hijo me vaya a salir pájaro. ¡Y si sale pájaro es porque tú le has enseñado el camino! Porque él aquí no ve a nadie con esas mañas. Lo tienes metido debajo de la saya. Este domingo me lo llevo para casa de las putas. Este domingo sale y no regresa hasta que la puta lo haga un hombre. Esa puta es de lo más buena: con ella me inicié yo. Se llama Georgina y es puta desde que nació.

...sigo aquí, en medio de este campo, en estos zarzales, a un palmo de la yerba de Guinea y el fango, arrente a la tierra que terminará por tragarnos. Sigo contemplando la lluvia que restalla sobre los lomos planos de las piedras más grandes, con ese chín-chín fatigoso, con esa aparente nobleza. Sigo mirando este paisaje invariable, fijo y verdusco, irremediablemente conocido. Sigo viéndolo. Respiro profundamente; dejo que el viento retoce en estos pulmones vírgenes; que las yaguas se despedacen y caigan sobre la hierba culpable. Sigo aquí (aquí mismo), recostado a esta ventana, impasible, viendo, esa neblina tortuosa que ha empezado a apoderarse del potrero y del palmar de Eduviges; esa neblina levantándose como una columna impenetrable, esa neblina, obstruyendo la visión, diluyendo las luces insostenibles de Escocia, las naves que nos llevarán lejos (¡a Birmania!), adonde sea pero siempre "más allá de las chimeneas que se derrumban"[1]. Aquí siempre, escuchando esos sonidos monocordes que sólo la soledad sabe emitir, el palpitar de la piedra, ese ruido de gallos y de mangos de injerto en la época de la maduración. Aquí, sí (ya lo dije), siguiendo el curso de lo inevitable, la desgracia de las tierras aradas, la crueldad de las aves que escapan, este aborrecible tiempo circular... Y vendrá la madre (ya debe estar a mi lado), a decirme, a encojonarme diciendo: «Aquí tienes la camisa almidonada». Y ella (la camisa), vendrá también, llegará, almidonada y filosa, dispuesta a abrazarme, a llenarme de salpullido, a quemarme las axilas, la respiración y estas ganas de huir. Vendrán también las calamidades de la tierra (si escampa ya todas estarán aquí), la recolección de las viandas, los ajos porros, los horrores que impedirán, a duras penas, el no morirnos de hambre. Vendrá también el padre, el inevitable padre de las familias (mi padre, una mezcla de fango y tiempo) a decirme, a rejoderme diciendo, a reventarme diciendo que las siembras, que el arroz, que la yuca (la más odiada de todas las palabras) ya está florecida, que ya hay que recogerlas y almacenarlas y pelarlas y sancocharlas y comérselas corriendo pues nuevamente hay que sembrarlas, ay, que siempre hay que sembrarlas, que llega la noche que ya hay que comérselas corriendo... Cómo explicarle a ese padre mío, cómo decirle (cómo) que todo lo que nos rodea es algo sencillamente execrable, que las yucas sólo perpetuarán nuestra miseria, que sólo acrecentarán estas furias y estos deseos, estas rabias por desaparecer una mañana y estallar en el viento... cómo decirle (que alguien me ayude a decírselo) en una lengua sin odio, que siento lástima por él y por nosotros y hasta por la yuca misma que nos ofrece (tal vez sin maldad) un blanquísimo almidón como yuca al fin, para una camisa que odio, para una camisa que apenas puesta funcionará como una etiqueta que anuncia, a todas voces, nuestra mejor definición, la más vergonzosa por certera: *por ahí va una rata parda y local*, parece decir. Cómo hacer de este padre un cómplice contra la barbarie si él es su apóstol, su

---

[1] Rafael Alberti, *Los ángeles muertos*

agente voluntario y puntual, su ejecutor natural y leal... cómo decirle a este viejo que algo hay que hacer (que hacer reventar), estallar o quemar para librarnos de este destino miserable; cómo convencerlo de que la yuca y la belleza son los adversarios de una guerra sin tregua, de que la felicidad jamás asomará por entre estas hierbas tan altas, por entre estas nubes de mosquitos y estas picazones insoportables; cómo explicarle que estamos condenados a estos matorrales chatos y espinosos... cómo siquiera insinuarle mi objetivo si es mi objetivo el que precisamente lo justifica y lanza. Cómo hacerle ver que el mundo canturrea, grita, padece, se entra aunque sea a tiros o sencillamente toma cervezas y grita por las calles de Irlanda, pero que de alguna manera vive... Pero algo hay que hacer, le voy a decir. Algo contigo, sin ti, a pesar de ti o contra ti mismo, le voy a decir; algo que nos saque de este orificio del tiempo, una bomba o un salto mortal, una bomba o un estruendo de garzas y metales, una bomba o una fotografía de Bélgica, una bomba o plasmar este horror en un libro titulado *La venganza*, una bomba o una camiseta traída de Luisiana, una bomba o decir "Iberia, mi línea favorita", una bomba o un temblor de tierra, una bomba atómica o algo atómico... sigo aquí, prisionero de esta ventana y del otro espacio, uno que ni siquiera puedo definir. Un olor a frijoles sazonados me llega, un olor delicioso que ha frenado siempre mi urgencia, mi prisa, mi desesperación, mi alma encharcada. Me llegan los ruidos del monte que anuncian, despiadadamente, la noche. Los chirridos que integran la soledad, la Nada, los que verdaderamente me fulminan y matan, los viejos chirridos, los nuevos, inevitables seres...

—Hijo, aquí tienes la camisa almidonada.

—¡Quince años cumple hoy esta botella de Materva! ¡cállate que no se oye bien el radio! *porque no podíamos seguir soportando la explotación capitalista* (eso sí es verdad: yo ya no podía más) quince años y se ve como en la hora ¡cállate que ya las pilas están muy malas! *ni los abusos de la dictadura contra nuestro pueblo* (verdad, aquí dicen que al hijo de Marco Antonio la dictadura le metió una rama de bienvestido por el culo) esta Materva gigante me la regaló el Lolo el día de su boda con Marta ¡y dale con la Materva! ¡si no te callas me tendré que llevar el radio de pilas para la colmena y lo oiré yo sola! *y nuestro pueblo empezó a decir basta desde 1953* (yo lo había dicho desde muchísimo antes) y me dijo cuando me la regaló: la abres cuando tengas el primer hijo varón (pues ábrela ya porque ya tuviste el primer hijo varón y además ya el Lolo se fue del país) *con el asalto al cuartel Moncada* (si vas a hablar habla bajito que seguro que va a hablar del picadillo) ¡lo tuyo es devorar, arrasar, exterminar lo más rápido posible! (¡y qué sentido puede tener guardar una botella de refresco por casi un cuarto de siglo!) *donde los hijos más valientes de la patria* ¡eres un monstruo! (¡cállate, por Dios, que ya está al decir lo que pasa con el picadillo que hace más de dos años que está en falta!) *perdieron sus preciosas vidas* yo había ido a esa boda con la guayabera rosada y con un pantalón de paño oscuro que nunca más he vuelto a ver (si la vas a abrir, ábrela, y me das un poquito) *en una acción suicida que sólo un grupo de jóvenes soñadores eran capaces de acometer* (ábrela ahora que empezó a hablar de unos jóvenes suicidas: del picadillo nada todavía) imagínate que cuando la gente me vio llegar enseguida surgieron comentarios y cuchicheos de lo elegante que yo iba (¿ésa no fue la fiesta a la que se invitó a un hospital de locos?) *contra ese cuartel militar que no era sólo un cuartel sino una fortaleza enemiga* y parecía que quien había llegado era un doctor (esa chapa tiene que estar herrumbrosa) un marqués un empresario (tienes que abrirla con mucho cuidado) *y aunque la acción militar fracasó* y había hasta un periodista del diario de La Marina tomando fotos (yo, que ni me acordaba ya de las Matervas y tú a estas horas con una en la mano) *la dictadura supo muy bien que su final había comenzado* y los invitados me saludaron muy cortésmente como se saluda a un caballero de la aristocracia (ya yo ni del gusto de las Matervas me acuerdo) *que este pueblo no resistía ya más aquellas injusticias y que estaba dispuesto a darlo todo* entonces se me acerca el Lolo muy elegantemente vestido aunque el que parecía el novio era yo *incluso la vida si fuera necesario* (Dios mío, nada de la carne) y entonces yo le dije al Lolo (¡cállate que hizo una pausa!) ¿dónde está la novia? la están vistiendo, me dijo (acaba de abrir esa Materva, viejo comemierda, que dicen que las Matervas conservan el espíritu por dos siglos) *por romper las cadenas de la opresión, de la injusticia y de la farsa* y yo le dije: cuida esa hembra que eso es un pozo de dinero (¡cállate que yo creo que ya lo dijo y tú con ese hableteo no dejas oír nada!) *lo que más ayudó al ejército rebelde fue la corrupción de la dictadura* (¡cállate que yo creo que mencionó la raspadura!) como a la niña de mis ojos, me dijo él *una dictadura corrompida desde sus simientes* (a ver, tú, viejo bobo, que dices saber tanto: qué significa la palabra simientes...) los padres de la pichona tenían tierras y ganado, una tremenda posición *y no tenían un principio de dignidad que defender* (¡pero ábrela si la vas a abrir!) (ya yo estoy loca por probarla) *una dictadura que sostenía lo insostenible* (Viejo, yo no entiendo lo que este hombre está hablando) y estando allí el periodista me pidió que le permitiera sacarme una fotografía a mí también y yo le dije sí, hombre, cómo no y me sacó dos en vez de una *y esto hacía que las tropas del tirano se entregaran sin la menor resistencia* (ay, cuando la dictadura había mucha corrupción pero no faltaba la carne en las bodegas) y estando allí conversando con los invitados la hija de José María no me quitaba los ojos de encima *y hasta pasaban a integrar las fuerzas del ejército rebelde* (¡tú sabes lo que es que yo me tenga que disparar todo ese discurso para ver lo que este hombre va a decir del picadillo!) enseguida la invité a bailar y ella me dijo cómo no Gregorio no faltaba más *desmoralizado era lo que estaba el ejército del tirano* (igualito que yo: no, más desmoralizada y desesperada que yo, nadie) *y la lucha en las ciudades se había intensificado* (carne, carne, carne, di carne, dilo, di qué es lo que le pasa, ya está bueno de esas boberías) y salimos a bailar, me acuerdo, un mambo (¡no me hagas dispararme todo ese discurso!) y después que bailamos, estando yo en el patio, la hija de José María se me acercó y me dejó caer un papelito en el bolsillo de la guayabera *hasta que el primero de enero el tirano huye dejando el país endeudado* (nunca va a estar más endeudado que nosotros) y cuando lo leí me quise morir del susto: que la esperara en el seboruco de los Fuentes (¡cállate, guanajo, que nadie te está oyendo ese cuento tuyo!) *dejando una nación en ruinas donde todo estaba por hacer* a las seis en punto me decía (es como si le costara trabajo pronunciar la palabra morcilla) *y que se ha venido a empeorar con el criminal bloqueo al que el imperialismo yanqui ha sometido a nuestro pueblo* (¡cállate que ya lo va a decir!) y cuando llegué al seboruco de los Fuentes la que estaba esperándome era ella *pero nuestro pueblo no le teme a los bloqueos* (yo le tengo pánico) *¿le teme nuestro pueblo a los bloqueos del imperialismo yanqui?* (un miedo que me cago) y me salió de una rajadura que el seboruco tenía y venía como Dios la trajo al mundo *nuestro pueblo no le teme al criminal bloqueo del imperialismo yanqui* (a mí me parece que él habla por todos nosotros sin siquiera habernos consultado) *porque nuestro pueblo es un pueblo con una alta conciencia* (¡Gregorio, corre! ¿tú estás oyendo lo que este hombre ha dicho?) *de principios* (¡de principios dice, Gregorio!) *un pueblo capaz de sacrificios incalculables* (¡corre, dice que éste es un pueblo de sacrificios incalculables!) *de indoblegable espíritu* (¿tú lo oyes? ¡pero si este hombre lo que está es equivocado de pueblo!) *de altos principios morales* (ay, pero ya eso es demasiado) *de incomparable humanismo* (óyeme: él lo que se está es burlando de uno porque aquí todo el mundo sabe que este es un pueblo lleno de putas) *con una sólida ideología* (¡escúchenlo!: ¡dice que este es un pueblo con una sólida ideología no sé qué cosa!) *un pueblo de un ilimitado coraje* (¡él se cree que este pueblo es como China que come bolas de arroz crudo!) y la yegua se me quiso espantar cuando la vio acercarse completamente desnuda (¡cállate que yo creo que este hombre se ha vuelto loco!) *un pueblo con un increíble fervor patrio* (¿pero de dónde este hombre sacará todas esas cosas?) y empezó a llover como hacía años que no llovía *un pueblo de insospechados niveles de resistencia* (eso es lo único que ha dicho que es cierto: quien aguante más que nosotros, nadie) y el agua le corría por el pelo negro como un azabache y las gotas se lanzaban desde el trampolín de los senos *un pueblo que no tendrá grandes recursos ni riquezas pero que le sobra dignidad y honradez* (¿pero este hombre no sabe que este es un pueblo lleno de bandidos?) *con un alto concepto de la solidaridad* (¡yo eso sí que no lo resisto! ¿ese hombre no sabe que este pueblo ha sido siempre un pueblo lleno de delincuentes?) desnúdate tú también, me dijo, que nadie nos va a ver en esta cueva *y con un pueblo como este no se puede jugar* (ay, Virgen Santísima, diciéndole esas cosas a un pueblo lleno de bandoleros) y me tomó de la mano y me llevó al final de la cueva *porque primero comeremos polvo* (¡ay, cállate, que ya lo va a decir!) *antes que claudicar* (¿lo dijo?) y la besé y la mordí y ella me decía dámela dámela y estaba tan desesperada que arrancó unas hierbas malas con la boca *antes que negociar nuestros principios* (yo cambio todos mis principios por media libra de picadillo fresco) y nos quedamos allí tendidos por más de dos horas mirando la oscuridad del mundo *y hoy otros pueblos del mundo necesitan de la solidaridad del nuestro* (ay, Dios Todopoderoso, yo esperando que diga lo que le pasa a la carne y no dudes tú que nos vaya a quitar otra cosa) *necesitan nuestra ayuda en África* (¡no puede ser cierto lo que yo me estoy imaginando!) y esta botella de Materva vio todo aquello desde el piso de la cueva (¡cállate, imbécil, que seguro que nos va a quitar algo nuevo!) *en Asia y en América Latina* (¡pero si aquí no estamos para dar sino para que nos den!) y ella me susurraba no sé qué gemidos y se acurrucaba en mis brazos y yo quería que aquello no terminara nunca *en el Tercer Mundo* (¿qué será ahora, la pasta de dientes?) *y esos pueblos podrán contar con la ayuda desinteresada de la revolución cubana* y empezó a llorar de alegría porque dijo que yo la había hecho mujer (la pasta de dientes no puede ser porque esos países ni dientes tienen) *con la ayuda internacionalista de la revolución* (frijoles no puede ser, ni jabón, ni aceite de comer) *del valiente pueblo de Cuba* (si no es bacalao debe ser arroz) y después la seguí viendo a menudo pero yo le veía algo raro *porque si pensáramos en nosotros solamente no seríamos un pueblo de gigantes* (calabaza no puede ser, ni fideos, ni sal, ni azúcar, ni café) *entregado a la noble tarea de construir el socialismo* (ni tomates, ni boniatos, ni refrescos de limón porque es que aquí esas cosas están en falta) *a sólo noventa millas* (¿noventa libras?) *del centro del imperialismo mundial* (ya está al soltar el bombazo) algo raro que me decía que aquella muchacha no andaba bien (¡cállate, que ésta es la parte más importante!) y después me enteré que lo que le pasaba era que estaba loca de remate *y hoy esos pueblos necesitan ayuda en muchos campos* (pan-ñame-malangas-leche-macarela-papas-chopos-dulce-deleche-cortada-ajos-porros-melón-amarillo-butifarras-quesito-crema-huevos-criollos-yucas-tiernas-culantro, ay, cosas que aquí no alcanzan, que aquí no hay, ya viene, ya viene) y al poco tiempo tuvieron que ingresarla en Mazorra (a quien tienen que ingresar en Mazorra es a ti) *y nuestro pueblo dirá que sí a esos gritos de hambre* (serán dos gritos de hambre juntos) y también supe que estando allí se ahorcó con una sábana (la que se va a ahorcar ahora mismo voy a ser yo) *y por eso nuestro pueblo enviará dos libras de su cuota mensual de arroz a las naciones del Tercer Mundo que sufren bajo el yugo imperialista...* (¡ya lo dijo! ¡corre! ¡arroz! ¿yo no te lo había dicho?, arroz que aquí no hay, que no nos alcanza, arroz, ¿ves?, y tú hablando fofolla, ¿ves?, ¿que qué dijo? arroz, simplemente, arroz, esta vez, y escucha a la gente como aplaude, escucha como parlotean, todos están felices de que nos quiten el arroz, dos libras de·las seis que nos dan al mes, todos están locos...) *¡patria o muerte!* (¡y ya va a terminar sin mencionar el picadillo!) *¡venceremos!* (¡cómo es posible que este hombre haya hablado tantas sandeces sin siquiera mencionar la carne!) (¿qué nación vendrá a darnos aunque sea un poco de tasajo?) (¿a quién habrá que escribirle para decirle que este hombre no sabe lo que está haciendo?) (arroz, ay, sí, arroz, que yo lo oí, chúpate ésa, dos libras menos, y la gente feliz de poder morirse de hambre, ay, antes, cuando la dictadura, eso no ocurría, ocurría todo lo demás pero no eso, ay, arroz, ay, arroz, ay, me muero) (ya lo dijo) (ya nada me importa) (apaga ese radio porque ahora, aunque esté podrida, vas a tener que abrir esa Materva)

Georgina bailaba cuando entraron por la puerta ennegrecida. Giraba como enloquecida sobre la barra de un bar improvisado que por el día hacía las veces de bodega y por las noches, de bar de campo. Un grupo de guajiros los vieron llegar y saludaron a tu padre con un familiar qué hubo, Gregorio, no se te veía por aquí desde que te alfabetizaron, ya pensábamos que te habíamos perdido... y la mujer giraba bajo la luz rojiza de unos bombillos pintados pobremente para la ocasión. El ruido de una planta generadora de corriente se mezclaba con la música que salía de un traganíquel iluminado. Es como la Historia, le dijo un guajiro a tu padre refiriéndose a la mujer que bailaba: cuanto más vieja más rica. Risas esperpénticas. El humo de los tabacos hacía muy difícil el respirar. Te cayó hipo. Le dijiste a tu papá que te había caído hipo. Tómate tres viejos en tres buches de cerveza, te dijo el amigo de tu padre. Te trajeron una cerveza. Gracias, no bebo, dijiste. Déjesela —dijo tu padre— que él sí bebe. Y tus manos se empezaron a diluir en unos sudores todavía más fríos que los de la cerveza. Qué amarga, dijiste. Y para terminarla lo más rápido posible, tragaste varios buches apresurados. Georgina ya entraba en uno de sus momentos de mayor delirio: se quitó una falda de vuelos y se deshizo un moño inmenso. Cambió la música. Ahora era una rumba. Sólo unas tiras envolvían el descomunal torso y una cinta violeta pasaba por entre las piernas como jamones, perdiéndose después en un nudo que moría bajo el cabello de su nuca oculta. La rumba hacía mover la flacidez de sus carnes herniadas haciendo que tomaran las más imprevisibles direcciones. Dios mío, dijiste, y llegaste a escuchar el ruido marino que emitía aquel paquete de carnes danzantes. Te seguía el condenado hipo y ya estabas a punto de vomitarte en el instante en que el maquillaje de aquella mujer empezaba a derretírsele en el rostro. Entonces le viste, en uno de sus más desesperados giros, la giba enorme que le salía desde el centro del carapacho y que también se movía al compás de la música, pero en sentido inverso a los movimientos del cuerpo.

—¿Otra cerveza?

—Sí, póngale otra que él sí bebe.

Las gotas de maquillaje caían sobre el mostrador y hasta sobre los allí presentes, cuyas camisas mostraban círculos grasientos de los más variados colores. La ballena giraba, se tendía a la larga sobre el mostrador, se incorporaba jadeante y asfixiada. Después se arrodillaba frente a los guajiros de la primera hilera y estremecía el busto por un cuarto de hora. Abría las fauces para intentar una sonrisa que ella sospechaba seductora. Risas. Gritos de ¡¿mamita y todo eso es tuyo?! Más que deseos aquella mujer lo que provocaba en uno era lástima. Levantó una pierna afeitada. Reculó y se deshizo de las tiras que embalsaban las cataratas de las senos: dos tetas ciclópeas rozaron el piso. Ahora todo giraba. Cada parte de aquella mujer parecía bailar al ritmo de melodías que sólo ellas escuchaban. El menor giro provocaba que una de las tetas buscara hacia el techo y que la otra se le enroscara en la espalda; la giba se movía entonces hacia afuera y la barriga hacia adentro mientras que sus brazos se extendían hacia la concurrencia. "Su marido fue fusilado por los comunistas", te dijo un guajiro para sacarte conversación. Y de pronto una de las tetas se detuvo misteriosamente. "Siempre fue puta", te dijo otro. "Su marido le aguantaba los tarros." Póngale otra cerveza a este muchacho, dijo tu padre, que él sí bebe. Las cervezas te empezaban a marear y querías que aquella sensación no te abandonara nunca. ¿Un aguardiente? Sí, póngale aguardiente. El ruido de la planta generadora de corriente se escuchaba con más intensidad cada vez y ya era imposible detectar si Georgina bailaba al compás de un zapateo, de una rumba o de una música que no se escuchaba. Entonces aquello empezó a dar unos brincos que estremecían no sólo el mostrador sino todo el bar-bodega. ¡Huí, huí, huí! gritos de la plebe. Era lo más cerca que ibas a estar de un terremoto. Y los rollos de grasa rozaban el techo. Apuraste el aguardiente y sentiste como si tragabas una navaja de afeitar. "Qué ganará en este trabajo", se te ocurrió preguntar. "Nada —te dijo tu padre— está loca de remate. A veces hay que bajarla a golpe limpio del mostrador. Ella cobra al final, a los clientes en la cama, si es que tiene alguno." La bebida te había hecho perder la noción de la fiesta para entregarte a una melancolía de origen desconocido. El hipo te seguía pero ya lo que hacía era entretenerte. "Quiero orinar", le dijiste a tu padre. Y te indicó la cortina de saco pardo detrás de la cual estaba el excusado. Empezaste a orinar como un tubo roto. Te sentaste en el cajón del excusado. Una tristeza incomprensible te caía de no sabes dónde. Enganchados en un clavo, pedazos del periódico Granma cortados tamaño pañuelo para limpiarse el culo. El primer pedazo decía: *"...chetero con una sola mano-héroe del trabajo/ Armando Arencibia perdió la mano derec...* (un roto) *trituradora de bagazos y derivados del papel "Empresa Consolidada La Limosnera" del municipio de Jagüey Grande en 19...* (un roto) *pero esto no hizo* (una mancha como de mierda) *vida se estancara* (un hueco) *y cuando el llamado de la pat...* (un rasguño) *que sí y se incorporó a la zafra azucarera a pesar de su* (una rotura) *20,000 arrobas diarias, por lo que fue propuesto* (una mancha como de mercuro cromo) *y hoy es Héroe del Trabajo. Reportó Aldo Lacón.* Y se veía hasta la fotografía del mutilado machetero. Una algarabía llegaba desde el salón. Había que salir de aquel retrete y volverse a sentar entre aquellos borrachos y frente a aquella ballena sudada. Sin haberte hecho falta te limpiaste con el pedazo de hoja con la noticia del machetero manco para expresar por lo menos tu inconformidad universal. Cuando saliste, en medio de unos mareos, la bestia ya estaba completamente desnuda. La cinta violeta ya estaba en manos de tu padre. "Te la guardé", te dijo él. "Engánchatela en el cuello para que ella vea que tú la tienes..." La mujer se bajó del mostrador y se acercó a tu mesa. Los guajiros empiezan a hundir sus manos terrosas en los hoyitos de las nalgas monstruosas. ¡Arriba!, te grita tu padre. La mujer te hala hacia ella tirando de las dos puntas de la cinta violeta y pone sus labios regordetes en forma de beso frente a los tuyos. Y después se vuelve y te muestra un trasero lleno de cráteres y pequeños montículos. Y tu padre te coge la mano y te la deposita sobre una de aquellas nalgas como almohadas. ¡Así no!, te grita tu padre delante de todo el mundo. Entonces tu padre te dice una barbaridad y te dice que se las toques como él se las va a tocar. Y él coge y tienta ambas nalgas con ambas manos y te dice que lo hagas tú ahora. Y tú lo imitas pero sin atreverte a presionarlas como él hubiera querido. Y las nalgas se engarrotan al roce con tus manos jóvenes. Y la mujer se queda en esa posición por muchísimo tiempo, conversando por el otro testero con unos guajiros machos. Y talmente parece que aquellas nalgas no forman parte del resto de aquella babosa anatomía. La mujer recibe todo tipo de caricias anales. Entonces cesa la música. Se encienden las luces del local. Y en la claridad pudiste verla bien y hubieras preferido que no encendieran las luces a chorros: aquella mujer era una vieja horrible. Entonces tu padre se levanta y sale a conversar con la mujer por el otro testero libre. Ella, sin incorporarse, dice insistentemente que sí con la cabeza. Y tu padre le entrega un billete. Y regresa a tu mesa.

—Ya, te dice tu padre.
—¿Ya nos vamos?, le preguntas.
—¿Irnos? ¡Estarás loco!, contesta tu padre.
—¿Y ahora qué hacemos?, le preguntas.
—Ahorita te ve, te dice.
—¿A mí?
—Sí, en su cuarto, te contesta.
—¿En su cuarto?
—Ya yo le pagué diez pesos, responde tu padre.
—¿Se los debías?
—Para que te vea.
—¿Ella, verme a mí?
—¡Pues claro! Fuimos los primeros, dice tu padre. Parece que tuvimos suerte...

—Pasen, pasen, los estaba esperando. Ya tengo las planillas llenas y el resumen de la radio. Poco a poco ha tenido que ser, pero al fin todo está terminado. Aquí lo tienen. Yeya: hemos venido a hablar con usted de un asunto muy importante. Pues ustedes dirán. Nosotros sabemos, mejor dicho, el Partido sabe, que usted es una compañera integrada al proceso revolucionario. Sí, yo sí. Y esto que le vamos a decir nos va a dar muchísima pena tener que decírselo. Ay, Jesucristo, no me asusten; díganme de qué se trata. ¿Está sola en la casa? Sola, como un alma en pena. Gregorio y Reginito están para Remate Arioza, que fueron a ver a una puta. Nos va a dar tremenda pena, pero los revolucionarios tenemos que discutir las cosas más graves hasta encontrarles una solución inmediata. Ay, díganmelo ya; no me hagan sufrir. Usted es una compañera ejemplar como le hemos dicho. ¡Ay, pero no le den más vueltas! Usted siempre ha dicho que sí a las tareas de la revolución. ¡Ay, si no me lo disparan de una vez me muero! Y la revolución sabe que con usted se puede contar. Me ha caído una flojera en las patas porque ya sé lo que me van a decir. Usted es un soldado de la patria. Yo no tengo la culpa. Porque usted es una compañera integral. Aquí nadie ha tenido la culpa. Porque los revolucionarios tenemos que ser los modelos de la nueva sociedad. Todas esas habladurías son falsas: eso fue una maldición que le echó Tula La Cagada. Y deberán sustentar los índices más elevados de moralidad proletaria. Esas son estas viejas que siempre están pasándose chismes. Nada de eso es verdad. Porque si los revolucionarios no damos el ejemplo, quién lo va a dar. Hasta a mí me han llegado los comentarios y todos son falsos. Qué diría el imperialismo de nuestra juventud... Hasta me han dicho que sale con los vestidos míos al campo abierto: mentiras, todo eso son mentiras. Yo hasta el remedio del búho le hice. Qué dirán las naciones burguesas de una juventud deformada. ¡Qué me importa a mí lo que digan de mi hijo las naciones burguesas! ¿Qué sentido podría tener construir el socialismo con una juventud desviada...? Miren, señores del Partido: hasta aquí llega mi paciencia. Si yo me he despatarrado por todas estas lomas detrás de los guajiros, con planillas y lápices, yo que no veo ni un caballo frente a mi nariz, ha sido para que ese hijo mío llegue a ser algo. Póngase usted a pensar: de qué nos valdrían nuestros próceres y nuestros mártires... A todos los mártires yo me los paso por el bollo. ¡Y pensar que hasta a ver una puta lo ha llevado el padre esta mañana! Porque la revolución no puede tolerar ciertas conductas desviadas de nuestra juventud. Una puta de lo más buena que Gregorio conoce hace más de cuarenta años. Porque de la juventud se nutre el Partido. Quién quita que esa puta lo coja y lo haga un hombre. Y el Partido, de la juventud. Toda mi fe depositada en una puta, quién lo iba a decir. Y los vecinos han denunciado la conducta de su hijo, que se les presenta a ellos como una aparición... Ustedes son peores que esas viejas: esa aparición que ustedes dicen que los vecinos ven, es mi hijo. Y usted sabe del prestigio de nuestra revolución en el exterior. Mi único hijo. Y qué van a pensar los países del Tercer Mundo. Mi hijo amado. Qué país querrá seguir el ejemplo del nuestro con una juventud desmoralizada. Mi hijo: salido de estas entrañas y de este bofe. Nuestra juventud será una juventud de vanguardia. A mí nada de eso que ustedes dicen me interesa: ése es mi hijo. Por encima de los países, de las juventudes y de las revoluciones. Una juventud consciente y digna del proceso que estamos viviendo. Mi hijo nació el mismo día que triunfó esta revolución. Los alzados no hacían otra cosa que dar carreras en pelo por todas estas lomas. Desde el pajonal yo los sentía. Y yo soñando que si esos alzados triunfaban a lo mejor nos hacían gente. Y he aquí los alzados triunfadores, hablándome de ese modo. Usted debe comprender: con una juventud desviada no iremos a ninguna parte. ¿Así que las naciones y los terceros mundos van a poner el grito en el cielo cuando se enteren de la existencia de mi hijo? Mejor ir al grano: la revolución lo va a internar en un reformatorio. ¡A mi hijo no lo interna nadie o me internan a mí junto con él! Compañera: nada podrá hacer por evitarlo. ¿Nada? ¿Nada podrá hacerse por evitarlo? Pues escúchenme bien, compañeros del Partido. No se pierdan una palabra de lo que les voy a decir porque hasta aquí llega mi paciencia. Ustedes están muy equivocados. Y escúchenme bien porque me ha llegado mi turno para reventar. Ya estoy harta de esas palabras. Por encima de mi cadáver me separan ustedes de ese hijo. Y se llevan todos estos papeles que sin poder he llenado yo para ustedes. Porque hasta hoy soy yo parte de esta revolución de mierda. Me da baja de todo ese martirio. Ya yo no soy ni revolucionaria ni contrarrevolucionaria: ahora soy mucho peor: ahora soy una fiera. Y si mi hijo no cabe dentro de esta revolución, con todos sus defectos, virtudes y características, vayan ustedes dos y la revolución a la mierda. Y díganselo a sus superiores. Y les dicen que yo, Mireya Cabrera, ha dicho que esto es una mierda. Y que me lo vengan a preguntar, si quieren, en persona, que entonces no sólo lo voy a repetir sino que lo escribiré en un cartel encima de mi casa. Porque lo único que yo tengo que perder es esta vida de trabajo y de miseria. Y les dicen a sus superiores que mi hijo es lo más hermoso que se arrastra sobre esta tierra. Y que, sea lo que sea, es lo que más yo quiero. Ah, y espérense que no he terminado: nos vamos del país apenas podamos. Que somos unos gusanos (que siempre lo hemos sido) y que no lo vamos a tolerar. ¿Me están escuchando? Y no se me acerquen más porque yo soy una fiera. Y que muerdo mejor que las fieras. Y corran a decírselo a sus superiores. Y les dicen que estos ojos se han carbonizado cuidando de ese hijo. Y que únicamente muerta podrán separarme ustedes de él.

Y que, desde la tumba, si puedo, saco una mano para cuidarlo y orientarlo. Que yo no veo, pero que muerdo a las mil maravillas. Y que no hay nada más importante para mí que ese hijo amado. Y me hacen el favor y se me van de este rancho que todavía es mi casa. Y que todas esas noches que yo he pasado en vela y rezando es para que mi hijo se encamine. Y ahora me lo quieren arrancar de mi seno. Y ahí sí que yo no transijo. Y me hacen el favor y se me largan de mi casa. Y no vuelvan más. Ya yo no soy la Yeya que ustedes conocieron. Ahora soy batistiana. Y ahora me voy del país. Y me llevo a mi hijo. Y si los batistianos tampoco lo quieren, nos iremos para otro sitio, para el país de los confundidos. Aunque no haga otra cosa que limpiar culos enfermos en ese otro país, pero con mi hijito al lado. Eso es todo. Y no quiero decir una palabra más porque no quiero llorar delante de ustedes...

La voz y la muerte

Había escrito un bello poemario que resultó ser premiado en un concurso nacional de poesía. Desde el poemario hacía algunas críticas al régimen imperante, lo cual le trajo varios contratiempos: fue arrestado y, según él, golpeado con un libro (tal vez con el manuscrito premiado) por la cabeza. También fue amenazado de muerte a menos que se retractara ante sus compañeros escritores, a quienes debía denunciar como enemigos del pueblo.

Y así lo hizo. En un mitin orquestado por el propio gobierno, el poeta denunció su promiscua labor intelectual, la de sus compañeros más íntimos y hasta la de su amantísima esposa, quien aparentemente no cesaba de hacer comentarios desfavorables contra la patria y contra el proletariado mundial. La noticia de su absurda *mea culpa* desató una protesta a nivel planetario en la que prominentes figuras de las letras condenaron el arresto del poeta, así como su delirante autoacusación pública.

Después fue perdonado y hasta se le permitió abandonar el país.

Muchos piensan que el caso dejó al desnudo la naturaleza opresora del régimen. Otros, que el régimen perdió mucha simpatía y apoyo en el exterior. Algunos se han atrevido a decir que el caso agrietó las estructuras del sistema mismo.

Pero lo que nadie ha llegado a decir todavía es el bien que el caso le hizo al país, a la cultura nacional y al mundo. Sólo la tiranía sabía que allí no había verdaderos intelectuales, ni una verdadera literatura, ni una tradición artística de peso, dispuesta a meterse en la quemazón por defender sus principios, sino medio centenar de seres enclenques y vacíos, incapaces de levantar su voz ante la infamia, y dispuestos a renunciar a su verdad tras las primeras escaramuzas... El mitin orquestado por las autoridades del país parecía delirante a los ojos del mundo porque en realidad se trataba de los funerales de la farsa que ellos mismos llamaban "la cultura del país". Gracias a la tiranía, y para el bien de la humanidad, el poeta le había despedido el duelo.

* * *

...que antes de ser lo que hoy es, fue varios tipos de monstruos. Que se refugió por cien meses en las cuevas de Dos Sierras, cuentan, y que allí se transformaba en cosas, en animales diluvianos, hasta en luces y en truenos. Que comía, según Lázaro Ramí, piedras. Que tomaba el zumo de amígdalas de murciélago como único líquido. Que hasta una vez estuvo, según Diosdado Pozo, muerta. Que Isabel la del Negro una noche la vio sentada en la ribera del arroyo. Que ella iba, dice, a buscar un viaje de agua ya cerrada la noche y que le pareció escuchar un grito como el de las vacas en celo. Que ella al principio no le dio importancia, dice, pero que cuando se agachó en el arroyo que metió las latas en la corriente, vio la cosa frente a ella, con una bolsa en el pecho (una teta dice ella) inflándosele y desinflándosele y que los rugidos venían de la respiración. Que dio un grito, ella, aún mayor, y que la cosa empezó a deformarse, a deleitarse, a formarse un mojón, a soltar una espuma que inundó el arroyo en medio minuto, desbordándolo y cubriendo todo el potrero de las reses de los Píos. Que huyó, ella, aterrorizada, y que se iba hundiendo en el espumaraje que crecía hasta las nubes. Que se arañó toda con las zarzas y que el coso le cayó atrás, dejando él, el coso, visibles arañazos en los troncos de las zarzas, hasta que llegó, ella, al rancho del maíz donde se encerró aguantando la respiración hasta que el coso pasara. Que estando en el rancho agazapada le vinieron unas cagaleras y que se orinó toda. Y que el coso pasó pidiendo amígdalas de murciélagos para aliviar la sed que tenía. Y ella arrebujada en el rancho del maíz sin menear ni una paja. Y el coso afuera gritando que amígdalas. Y ella adentro rezando. Al menos eso fue lo que ella, Isabel, le dijo a Nancy que el coso pedía solamente. Pero cuando me hizo el cuento a mí, me dijo que la aparición le había pedido una blusa malva. Por eso es que ya mucha gente no le cree su cuento, porque ella de pronto dice que el coso pedía amígdalas de murciélago y después que una blusa malva. Y hasta de otros colores dice a veces que el coso le dijo. A lo mejor todo lo soñó y ella lo cuenta como si le hubiera ocurrido en la realidad para darse importancia. Aunque el Negro, su marido, dice que cuando él se asomó a ver qué ocurría pues los rugidos eran ya intolerables, dice él que todo estaba cubierto de espuma como si los dioses estuvieran fregando la tierra. Que al amanecer, dice, la espuma ya había desaparecido. Y que ahora lo que él ve es una luz en las lomas de Dos Sierras, una hoguera es la palabra que él utiliza, y que le estuvo llegando un fuerte olor a amígdalas hervidas por más de un año. Yo eso no se lo puedo creer porque quién sabe cuál es el olor de esas glándulas al hervirse. Quién... pero lo que todo el mundo sí sabe es que allí empezó a transformarse en lo que es hoy. Dicen que no se le puede apuntar con la mano derecha porque te sale un familiar, un hijo, un sobrino, igual que él. Pero tú sabes como es la gente de aquí: también se corre que es realmente un informante del gobierno. Que las tetas, se comenta, son dos papas que se pone debajo de la camisa para simular que las tiene, pero que en realidad lo que anda buscando son inconformes y chivatos. No sé quién estuvo aquí el otro día y nos dijo que ahí donde lo veíamos, con todas sus pelotas y sus tacones, ya hablaba veinticinco idiomas diferentes, que se pasó esos cien meses en Rusia aprendiéndolos. Y Juliana dice que el gobierno mismo echó a correr la bola de que estaba en las lomas convirtiéndose en lo que es hoy para que nadie sospechara que estaba en Rusia estudiando para espía del gobierno. Yo no sé a quién creer. Todo el mundo se aparece con una versión distinta de lo que le pasó o que le está pasando. Pero Dios mío, cuando se asoma hasta mierda le tiran los muchachos y le corren detrás. A lo mejor todo es una habladuría de la gente. A lo mejor se viste y anda así, con sus labios muy pintados y sus fondillos empinados para darnos una galleta sin manos. A mí se me cae la cara de vergüenza cuando me tropiezo con Yeya y Gregorio. El, como quiera que sea, es su hijo. Aunque a lo mejor se burla de nosotros y nos llama miserables. Y a lo mejor nos desprecia tanto como nosotros a él. A lo mejor ni se ha movido de su casa ni se pasó esos cien meses escondido en ninguna parte y lo que le pasó fue que se cansó de este aparentar canallesco. A lo mejor no es un cobarde como todos nosotros. A lo mejor es un héroe porque para atreverse a andar como él anda, para contonearse como él se contonea, para atreverse a vivir así en este batey tan chiquito, tan feo y espantoso, hay que ser un remacho. A lo mejor él es el único ser valiente en medio de este pueblo tan mariquita y tan cobarde. A lo mejor todas esas historias las inventan para resistir el tamaño de su grandeza. A lo mejor es un mártir, el único con que contamos en estos arrabales achicharrados. A lo mejor es todo eso lo que nos está diciendo cuando pasa con sus fondillos hinchados y sus hermosas pestañas largas. A lo mejor no es de este mundo. A lo mejor sueña.

Una cortina de saco pardo una oscuridad soñolienta un bombillo coloreado de rojo disipándola una cama camera con una colchoneta de florones manchados un olor a orine unas botellas con un licor transparente un recorte de revista con un paisaje nevado una virgen de yeso de la Caridad del Cobre sobre un armario estrecho un reloj de campanadas más allá un tibor un trozo de espejo una ventana de barrotes un cenicero lleno de colillas muy pequeñas al fondo un escaparate desvencijado una única silla pasa pasa no tengas pena estás en tu casa ponte cómodo (un silencio) cómo te llamas Regino no te pongas nervioso no no estoy nervioso estoy de lo más bien yo conozco a tu padre hace mil años yo te vi nacer a ti y mira eso ya eres todo un hombre ¿quieres un trago? no no yo ya me di varios ¿verdad que no quieres uno nada más? no verdad que no pues hijo yo me desayuno con un palo de ron y mírame que parece que tengo quince tu padre tomaba mucho ya no ya casi nada pero si tú lo hubieras conocido en su mocedad ¡pero hombre que se le quite el miedo que aquí nadie le va a arrancar una posta! discúlpeme nada de disculpas hazme el favor aflójame el tirante aquí atrás enseguida señora trátame de tú no me gusta que me digan señora eso de señora me hace más vieja ¿y ya tienes novia? no señora todavía ¿con esa cara de pícaro? eso yo ni nadie te lo va a creer siéntate aquí en la cama que estoy muy cansada y apenas te oigo no que no tengo novia todavía señora ¿y por qué no tienes novia todavía? no sé no he visto ninguna todavía pues apúrate que debes estar haciendo llorar a las niñas usted baila muy bien señora ¿tú crees? sí señora ay no antes yo sí bailaba ahora lo que hago es dar brincos ¿y usted vive aquí desde hace mucho? desde que nací hijo mío y por lo que parece aquí mismo me voy a morir sobre esta misma colchoneta y ahora más rápido porque nos quieren cerrar el bar que en realidad es una bodega ¿y quién se las va a cerrar señora? ¡los comunistas! esos hijos de perra o es que tú todavía no los conoces o es que tú también vas a salir comunista ¡no señora no yo no! ¡es que de mencionar la palabra comunista mira cómo se me pone la piel! el infierno muchacho el infierno yo siempre lo dije esto es comunismo esto es comunismo esto es como el melón: verde por fuera y rojo por dentro ahí lo tienes y ya nos quieren cerrar el cuchitril o sea que estás delante de la última puta oficial y además viva del país ¿qué te parece? pero quítate esa camisa que te vas a asfixiar ponla encima de la silla señora que tengo frío ¿frío? ¿con el calor que está haciendo? yo estoy empapada en sudor tócame aquí para que tú veas como sudo aquí aquí pon tu mano aquí en mi pecho ¿ves? empapada en sudor no es para menos tú sabes desde qué hora yo estoy dando brincos en ese mostrador para ganarme la vida pero por Dios quítate los zapatos que yo no estoy para perder el tiempo ay perdón señora nada de perdones que yo puedo ser tu madre ¿no te ha dicho Gregorio que yo fui quien lo inicié a él? y míralo hoy que es una fiera dile que te cuente de mí que él sí me conoce de mis buenos tiempos cuando la clientela era toda rubia y yanqui ya no ya todo es miseria y desencanto antes no antes los americanos gozaban toda la noche y soltaban la plata por libras yo quisiera que tú hubieras visto aquello ay déjame contarte yo tenía un enamorado que venía de Pensilvania todos los años a verme a mí exclusivamente se llamaba yoni y cómo me quería ese hombre y me quería llevar para el Norte y yo no quería ir yo le decía que de Norte nada que aquí era donde estaba la calentazón y el repelleo y la sandunga de verdad y él a querer llevarme a toda costa y me dejaba los rollos de dólares americanos sin siquiera pedírselos y yo le decía yoni cómo no te mudas tú para acá y él me decía que no podía que tenía un buen negocio en el Pensilvania ese que me fuera con él que me iba a hacer una reina en Pensilvania que él tenía una finca y un bote y una casa a todo lujo y que andaba buscando una mujer buena para aquella casa para compartir todo lo que él tenía y yo renuente a dejar estos matorrales sin darme cuenta yo y un día me propuso matrimonio y todo y yo renuente a dejar este chiquero (yo nunca me podré explicar qué tenía este chiquero de maravilloso que yo no lo quería dejar) y en ese estira-que-encoge estuvimos más de dos años y yo dándole a ver si se quedaba aquí y él me decía que no hablaba el idioma que pasaría mucho trabajo que él tenía una fábrica de hacer no sé qué cosa en el Pensilvania ese de espejuelos creo yo que me dijo si es que lo entendí bien pero yo creo que la fábrica era de acuñar billetes porque cada año traía más y más por miles y aquí los dejaba todos con su yoryi que era como él me decía a mí y yoryi para aquí y yoryi para allá y cuando ese hombre asomaba por esa puerta yo sabía ya que había terminado mi función pública y hasta los demás clientes sabían que no se podían meter conmigo que el terreno estaba vedado porque yoni no le iba a permitir a nadie que me manoseara así como así delante de él y hasta ya yo empezaba a decir mis cositas en inglés y él se reía de mi inglés porque le sonaba cómico nada que lo hacía feliz muchacho qué tiempos aquellos qué tiempos por favor *arráscame* aquí en la espalda por la paleta que me ha salido como un salpullido un poquito más abajo así

así... ay, qué picazón ya ya ya pues niño sí yoni a querer llevarme y yo sin hacerle caso y mira tú el hombre estaba en lo cierto porque mira tú lo que venía y yo de comemierda aquí metida creyendo que si había un cambio era para mejor yo pudiendo estar hoy en Pensilvania rodeada de criados y de joyas y mírame donde estoy cogida por la rueda sin un marido y sin poder moverme y sin poder siquiera abrir un negocito en la capital como eran mis sueños y no le quise hacer caso le cogí miedo a salir de este cochino campo mira hasta un ventilador me trajo una vez mira la hélice del ventilador por allá que es el único recuerdo que me queda aquí de yoni no queda más nada todo avanza sin detenerse hacia la ruina ya nada tiene arreglo ya hasta nosotros mismos no tenemos arreglo quién lo iba a decir quién se iba a imaginar que de la gran vida se iba a pasar sin respirar hacia la miseria más perniciosa quién iba a decir que las cosas se iban a poner como están hoy si cuando aquello todo era alegría todo eran fiestas todo era vida y todos pensábamos que cualquier cambio hubiera sido para bien tú no conociste esa Cuba tú no sabes nada de la democracia porque apuesto a que ni esa palabra has escuchado nunca tú no viviste los salones de baile ni los clubes elegantes de la alta sociedad que eran copiados de los americanos con carteles lumínicos y todo tú no viviste nada de eso y es hasta mejor que no lo hayas vivido porque ahora estarías como yo muriéndote de la nostalgia y del dolor muriéndote de rabia tú por lo menos no tienes nada a qué echarle de menos pero yo que soy de esa época yo no puedo vivir yo ya no puedo vivir entre estas maniguas calurosas yo que estuve entre la crema entre los escogidos entre los grandes escogidos yo que era buscada como la miel que me solicitaban con anticipación yo no puedo vivir en esta cerrazón en esta pobreza que nos ha caído arriba de la nada de las nubes tú lo único que conoces es esta inmundicia de vida esta mierda tú no has visto nada nada nada tú eres un inocente a ti sí te pueden hacer cuentos ellos los que mejor les parezcan y como tú no puedes comparar sufres menos pero a mí que soy una cañampúa de siete espadas no hay quién se me acerque con cuentos con promesas y ahora no me dejan ni irme del país ahora no me dejan ni asomarme a la esquina ahora ya yo lo que estoy es traumatizada ahora todo lo que me queda es comerme este dolor toda esta manigua y resignarme y esperar como todo el mundo a ver si pasa algo si algo cambia pero nada va a cambiar ¿tú crees que algo va a cambiar? y aunque las cosas cambiaran ya el daño ha sido tanto que no retomaríamos la vida donde la dejamos no reconoceríamos ya el gusto del placer porque ya nosotros no somos los mismos ya nosotros estamos por estar yo le he escrito varias cartas a yoni y nada ni sujumbo de respuesta y le escribí también a una prima que yo tengo allá afuera y tampoco nadie contesta o las cartas no llegan nunca o ya se mudaron para otra parte o será que no quieren saber nada de mí o será que se enteraron de que yo estuve enferma porque una puta enferma es como un trago envenenado al que la gente le huye o yo no sé lo que será pero nadie contesta ni yoni ni mi prima y hasta yo he pensado que a lo mejor ellos dos se encontraron allá afuera y se casaron y se olvidaron de esta puta vieja que tú ves aquí y hasta a las naciones unidas le escribí yo una carta porque aquí se corrió que esa gente andaba tramitando un intercambio de putas en desgracia con el gobierno de aquí pero ni de las naciones unidas recibo respuesta yo creo que eso del intercambio puede que no sea cierto ¿tú crees que eso sea cierto? no sé señora no sé "¡no-sé-no-sé-no-sé!" eso es lo que te dice todo el mundo nadie sabe nada nadie te puede brindar la menor información la más leve esperanza porque todo el mundo tiene miedo a que los demás sepan que ellos saben pero a mí crica yo me limpio el culo con todos ellos yo no tengo nada que perder que ya no haya perdido yo tengo los hígados recomidos yo no me quiero morir aquí yo soy Georgina más conocida como Bollodemiel pregunta por mí si tu quieres yo no soy una cualquiera y escucha bien lo que te voy a decir porque a ti hay que decírtelo todo porque tú eres un ser que comienza una criatura sin infección sin ese rencor que nace con los años: vete de este país lárgate apenas puedas yo sí yo me moriré aquí sobre estos trapos porque nadie siquiera se va a molestar en venir a sacar a la yoryi de estas cuatro paredes nadie va a venir a sacarla de esta cueva maloliente nadie va a venir siquiera a decirle yoryi qué te duele nadie nadie ni un loco siquiera y menos mal que ya la muerte anda cerca que ya anda rondando por ahí que ya me da vueltas y vueltas todo el día ¿tú te imaginas que una tenga que estar viva en estas condiciones por mucho más tiempo? la muerte es mi salvación mi escapatoria y pensar que yo antes quería ser eterna le tenía miedo a morirme pero ya no ya lo que quiero es precisamente morirme y que no halla vida tampoco del otro lado no quiero ni siquiera el paraíso quiero sencillamente desaparecer para siempre escaparme para siempre como se pierde un grito en el cielo tú no sabes nada de este país tú no te imaginas la cantidad de bandoleros que tiene tú no sabes nada pásame el trago la botella pónmela aquí a ver si se me acaban de reventar las úlceras a ver si se me revienta alguna arteria a ver si me muero pásamela y bebe tú también porque vas a tener que aprender a escapar con el alcohol tú eres un bocado que la isla ha empezado a ensalivar desde temprano y que le está dando vueltas y vueltas antes de tragárselo tú eres un bombón que el país se va a engullir muy pronto pero yo te voy a abrir los ojos y te voy a enseñar un montón de cosas vamos a ser amigos ¿verdad que sí? claro que sí señora ¡no me digas más señora! quítate ese pantalón criatura ay señora el pantalón no ¡quítatelo! bueno el pantalón nada más los calzoncillos no yo te voy a entrenar entrenarte nada más yo no te voy a hacer daño dame esa boquita papito ay Georgina por su madre se lo pido ven acá no me huyas que te estoy haciendo un bien no me huyas cabrón acuéstate aquí a mi lado tranquilito que no te va a pasar nada pero los calzoncillos no ¡estate quieto que viraste la botella! Georgina por su amor se lo pido los calzoncillos no los calzoncillos no me los quite ¡está bien! los calzoncillos no te los voy a quitar gracias gracias yo nada más que te voy a pasar la mano por aquí suavecito no tengas miedo lo que te pasa es que estás nervioso pero eso se te quita enseguida quédate quietecito tranquilito así así nada va a pasar tú eres un hombrecito que hay que iniciarlo en La Gran Vida nada del otro mundo ¿ves? ¿ves que no pasa nada? méteme la manito aquí no pica ¿ves que no pica? qué sientes dime qué estás sintiendo ¿estás sintiendo algo? estoy húmeda de tener tu manito ahí puesta ¿ves? Georgina que ya me tengo que ir que ya está amaneciendo que papá ya debe estar impaciente allá afuera tu papá está encantado de la vida allá afuera esperándote él no se va a ir él es quien ha pagado por esto él sabe que tú lo necesitas él es muy buen padre así que no te preocupes más tómate un trago que esta noche será inolvidable para mí también a ver la morronguita ¡los calzoncillos no! venga acá el niñito de la vieja déjele tocar la morronguita del niño a la viejita acuérdate que todo deberá ser muy suave como si fuera en cámara lenta Georgina quíteseme de arriba que me ahogo que me asfixio ¡cállate que te van a oír en la bodega! que me falta el aire dame esa pichita linda dámela criaturita de la vieja que yo te la voy a acariciar nada más que yo te la voy a parar ¿tú quieres cogerle la morronguita que la viejita tiene? la viejita también tiene una morronguita aquí abajo mírala tócala no cierres los ojos amor mío no rehuyas las caricias de esta profesional del amor no me cierres esos ojitos corazoncito que me tienes desesperada aflójate los calzoncillos no te los tienes que quitar vírate si quieres vuélvete y dale esas nalguitas tiernas a la viejita así así a ver qué tiene ese culito de la vieja ¿de quién es ese culito lindo? ¿verdad que es de la vieja? ¿ves que no te duele? te estoy metiendo la perillita de la vieja en el culito y no te duele ni te molesta ¿ves que no duele? Georgina rápido rápido que me duele que me va a salir sangre que me va a cállate cállate que se van a enterar ahí afuera del espectáculo que estás dando dale todo el culito y la pichita a tu viejita a ver así así así que me mojo toda así así piensa en lo feliz que se va a poner tu padre cuando le diga del pedazo de macho que tiene por hijo...

El turno

Era cierto: ella muy bien sabía que ese mes no le tocaba grasa de freír ni arroz ni viandas, pero sí pepinos y su cuota de pan. Era el número 276 en la cola de la bodega, por lo que se sentó en el suelo a esperar que su turno llegara. Estando así, adormecida y remota, se puso a observar una hilera de hormigas que sólo Dios sabría adónde irían a estas horas.

En Tijuana, en ese instante, otra hilera de hormigas atravesaba en silencio la frontera norteamericana.

* * *

llega (penetra), se filtra, se desgaja y pasa (viene), desde los potreros baldíos y las tierras malas, desde las crestas de los celajes (y de las otras formaciones), se desprende y baja (por los jirones del tiempo), y avanza, camina, peinando cada palmo de territorio habitado, y llega a la casa. Atraviesa las paredes de yaguas (los horcones), la puerta cerrada (el techo), (los) espejos, l(a) sala, las dos tinajas y localiza el radio de pilas (las bobinas cansadas) y sube, trepa (¡cállate!), se desliza y se instala... entonces empieza a gritar, se encoleriza y estremece la casa, buscándome (buscándonos), averiguando por mí (averiguando por todos nosotros), hasta que por fin me detecta (hasta que por fin nos detecta a todos), roza el mosquitero y me mira (yo haciéndome la dormida), acuclillada en el pajonal, esperándola... Se mete la revolución, ese estruendo de clavículas rotas, ese rechinar de dientes contra el muro, se mete (se nos mete), por las hendijas del entablado de palma y por las losas del patio, por los tragantes tupidos del fregadero y por las bocas del pararrayos. Viene (con) la transparencia del viento, subida sobre el lomo de la luz, y llega (sin que nadie lo pueda evitar) a la cocina, a cada uno de los rencorosos calderos y habla y grita y me tira del pelo, como si supiera que no estoy dormida de verdad, como si supiera que la estoy velando... Y la siento retirarse en medio de sus discursos, en medio de sus enredillos, trasteando en la vitrina, destapando ambas tinajas, claveteando algún cartel en las paredes arrasadas, la siento desde el pajonal, sin tener que levantarme (la siento), haciendo promesas, con los himnos de fondo, lavándose las manos con tierra, "porque a falta de jabón usaremos tierra", dice, como si yo también compartiera su opinión (como si todo el mundo la compartiera), como si yo no fuera más que un apéndice insignificante de su vida. La siento desde el pajonal repasando sus huellas, sus aportes, los diversos estragos que denotan su existencia: la libreta de racionamiento, la media libra de chopos, el cartel de la zona 8 que yo misma he dibujado para ella, el ejemplar de la revista "Bohemia" que es desde donde más grita y corcovea. La siento, Madre Santa, desde el pajonal, mirando toda esta miseria, toda esta pobreza que tenemos incluso que proteger de la lluvia y de los soles y que tenemos que tragarnos y agradecer incluso a ella porque hasta esta miseria la podemos perder en cualquier momento... la veo como lee las planillas que yo misma he llenado para ella, para que se organice y se fortalezca ella, para que siga haciéndome este daño que me hace por mucho más tiempo. Tiene que haber una maldición detrás de todo esto; tiene que haber un diablo (o varios diablos disfrazados de insectos) vigilándome desde alguna esquina de esta casa... ¿cómo he podido yo proteger y hasta amamantar al demonio? Veo las hendijas enormes por donde ella ha entrado. Las veo como brillan desde la casa en sombras. Gregorio y el niño duermen. Me levanto en silencio. Algo habrá que hacer para que por lo menos ella se dé cuenta de que aquí no viven unos animales. La siento como trastea sobre la crueldad de los platos, como levanta la voz y como nos regaña desde el aparato de radio, desde las bocinas atornilladas... déjala que diga "nuestras mujeres"; déjala que siga prometiéndonos ajonjolí para el año que viene; déjala que se crea que ya me ha confundido con sus palabreríos y sus rabietas; déjala que diga "nuestro combativo pueblo". Ya lo ha dicho. Déjala que diga que nuestro futuro. Lo ha dicho. Aprovecho el silencio del amanecer y cojo el palo. Ella sigue desgalillada desde el aparato de radio. Camino en puntillas hasta la pared del comedor. Miro por la hendija: allí está, dentro del aparato de radio. Ha empezado a hablar de sus enemigos. ¿Ya ella sabrá que yo soy su mayor enemiga? Ahora ha empezado a mirar para acá. Ella no me pudo haber visto... me quito los zapatos para no hacer tanto ruido. Me envuelvo en el ripio de sábana para despistarla. Salto por la ventana del cuarto y me arrastro cuando paso por la ventana del comedor donde ella ha seguido hablando... no me ha descubierto porque ahora ha empezado a hablar del derecho a la vida... Me arrastro, me arrastro y llego hasta la cocina. Quito el clavo del cerrojo y empujo la ventana con mucho cuidado. Muerdo los extremos de la sábana y, sin soltar el palo, me arreguindo del horcón del alero. Sujetándome con una sola mano avanzo por el abismo sin soltar ni el palo ni la sábana. Y en ese momento ella se pone a cantar. Interrumpe el canto y hace un silencio. Entonces yo dejo de moverme. Inmediatamente ella dice que todos tenemos que estar muy alertas. Y se queda como escuchando lo que pasa a su alrededor. Me detengo y tranco la respiración. ¿Me habrá sentido? Y vuelve a sus habladurías: ahora ha empezado a hablar sobre la emulación socialista. Y yo aprovecho y avanzo y avanzo por el alero.

Ahora dice que el enemigo asecha. ¿Cómo ella lo sabrá? En ese instante pongo una mano sobre un alacrán enorme que dormía en el alero. Resisto las picadas del bicho sin dejar de morder la sábana y sin dejar de aguantar el palo. Ella dice que el enemigo asecha en todo momento y que por eso ella tiene que interrumpir el canto, para ponerse a vigilar... Pero cuando ella se pone a vigilar, yo dejo de moverme. Ahora le ha dado por decir que quien quiera apoderarse de su tierra recogerá el polvo ensangrentado de sus hijos si no perece en la lucha. No es de la tierra de quien yo quiero apoderarme sino de tu pescuezo. Me deslizo a toda velocidad por el horcón central. Agarro bien el palo. La veo desgalillándose, pero ahora de espaldas a mí. Por fin la tengo en el blanco. Ella parece presentir algo porque constantemente carraspea y tose y le ha caído como un nerviosismo. Suelto la sábana y, desnuda, avanzo con el palo. Y empiezo a velarle la cabeza para tener que asestarle un solo golpe. Y en ese instante que la tengo al alcance del palo, me empieza a caer una gran tristeza. Y entonces me doy cuenta de porqué ella puede triunfar entre nosotros; porque nosotros somos unos pajuatos. ¿Cómo puedo yo sentir tristeza por alguien que nos quiere hacer la vida imposible? Y ella parece adivinar mis pensamientos porque se ha puesto a cantar una canción muy triste que me forma un patiñero en los ojos. Con el moño hacia mí, ha seguido vigilando y cantando. No espero más: descargo el palo infinidad de veces arrente al moño; la sangre salta manchando el mantel y el almanaque, el zinc del techo y la mañana... ella casi dice otra bobería, pero cae abatida sobre el hule. Gregorio acude horrorizado a la cocina preguntándose qué ha sido esa explosión...

El premio

Tras ocho años de prisión y de enloquecedoras torturas, padecidas por intentar sacar del país los manuscritos de una novela, a René le había llegado el permiso para abandonar definitivamente la isla. En esos ocho años había perdido no sólo parte de su vida sino también la cordura y su talento creador. Por fin partía rumbo al exilio, esa misma noche, con el ligerísimo equipaje de las ropas que llevaría puestas.

Pero René había escrito en sus años de presidio una voluminosa obra poética que no podría dejar atrás ni aunque ello implicara su regreso a los calabozos. En las dos horas que lo separaban del vuelo, se entregó a la tarea de enrollar cada uno de los finos pliegos donde residían aquellos versos transformándolos en delgados tabaquillos. Y enseguida pasó a insertarlos, uno a uno, en su culo. Cuando logró introducirse el último, el reloj ya marcaba las siete de la tarde y un taxi lo esperaba a la puerta de su estrecha habitación rentada. Cogió el avión sin mayores contratiempos y en unos minutos era un hombre libre, feliz casi.

En el exilio, René no volvió a escribir ni una sola palabra, ni siquiera un solo verso. Su gran orgullo era saberse pionero de un género literario que se conocería más tarde con el nombre de "literatura anal".

* * *

29 de marzo (URGENTE)
Regino Díaz Cabrera
Chucho "La Aurora"

Presentarse 8 de abril del corriente 7: 00 a.m. con cepillo pasta y jabón Unidad Militar "LINDO PRIETO" municipio Centro Habana sito. Málaga 54 reclutamiento servicio militar obligatorio

Revolucionariamente,
Teniente Mauricio Zarragoitía
Reclutador Militar Nacional

...que la Vieja salió bien temprano esa mañana del telegrama con una maceta, una alforja y un viejo dolor a cuestas. Que los que la vieron pensaron que iba a tumbar algún jiquí pues ya les llovía más adentro que afuera. Y que nadie le dio, al principio, la menor importancia. Que iba, dicen, con unas hojas papel en una mano y con el telegrama en la otra. Que iba ensimismada en lo que leía y que leía en voz alta. Que a intervalos se detenía y que a intervalos daba otros pasos. Que las hojas eran listas interminables de nombres enumerados. Y que leía los nombres en riguroso orden, sin saltar uno, y que acto seguido, dictaminaba sentencia. Que todo el mundo la vio detenerse frente al corral de los puercos y que fue cuando dijo:

—Acusado número 1: corral de tablas de palma. Delito: cárcel de animales. Y de gente. Culpable.

Y que mucho se sorprendieron cuando la vieron descargar infinidad de macetazos sobre el entablado de palma. Que nadie lo podía creer, pero que a continuación roció gasolina sobre las tablas y que les dio candela. Y que los lechones huían de las llamas hacia las arboledas vecinas. Y que entonces se dirigió hacia la mata de níspero y que se detuvo frente a ella. Leyendo del manojo de hojas, dijo:

—Acusado número 2: mata de níspero. Delito: árbol de aparente dulzura. Sin duda, culpable. ¡Culpable!

Y que después de leída la sentencia pasó a ejecutarla inmediatamente: que asestó un sólo golpe pero superior a sus fuerzas rajando el tronco de la mata en dos. Y que entonces le pasó por al lado a José María que estaba por allí sin tan siquiera mirarlo. Que iba como en un embeleso, musitando breves nombres y adentrándose por entre las reses echadas. Que se arañaba toda con el marabú y que las vacas se le apartaban cuando ya era evidente que de no hacerlo se les subiría encima. José María, quien la siguió de cerca, dice que le preguntó si ella iba para la tienda, que si quería él la podía llevar a la zanca. Que si ella lo oía. Pero que ella no le contestó ni media palabra. Que sangraba de las piernas y la cara. Y que él trató de alcanzarle un pañuelo para que se limpiara aquella sangre, pero que la potranca le dio un respingo y que casi se le espanta. Que lo que la vieja daba era grima. Y que siguió adentrándose en el monte, ella, con la vista en blanco y el bozo azul, hasta que remontó el arroyo de la finca. Que entonces se detuvo frente al colmenar y sacó el listado. Que José María no podía creer lo que estaba viendo y que para cerciorarse de que no estaba soñando se escondió entre la yerba de Guinea cerca de los cajones enfurecidos. Y que era inútil gritarle que se alejara de allí, que las abejas se la comerían viva porque venía armada...

Primer Aviso (URGENTE)
9 de abril
Compañero: Regino Díaz Cabrera. Chucho "La Aurora"

Presentarse urgentemente en Unidad Militar "LINDO PRIETO" con cepillo pasta jabón orden de arresto inmediato de no presentarse en próximas 24 horas.

Comandante Julio Piña

...y que al principio hasta las mismas abejas quedaron muy sorprendidas porque no podían creer lo que estaba pasando. Que, como no podían creerlo, muchas de ellas tal vez pensaron que se trataba de una fantasía. Y que estando allí, de pie frente al tormento, la vieja sacó el manojo de hojas y que sin importarle para nada la furia arremolinada de los insectos, dio como una especie de discurso. Que todas y cada una de aquellas abejas había cooperado con la barbarie, decía. Que no se creyeran ellas que ella era boba. Que ellas eran doblemente culpables no sólo porque detrás de aquellos cajones se habían ocultado todos ellos sino porque con esa miel se habían alimentado y se habían fortalecido todos ellos. Y que cuando terminó de dar ese discurso casi imperceptible (que en realidad lo que hizo fue murmurarlo), pasó a la sentencia cuya fatalidad era de esperar: ¡culpables! ¡culpables! decía a medida que descargaba la maceta sobre los cajones ennegrecidos. Que la miel saltaba por los aires endulzando aquella agonía. Y que los bichos se le vinieron arriba con la furia de todos los demonios. Y que ella ni siquiera se los espantaba. Que sufría su martirio con la convicción de saberlo inevitable. Y que, cubierta por aquella nube de abejas rabiosas, se encaminó temblorosa hacia las hortalizas de su propio marido y que, siguiendo procedimiento similar, dictó sentencia sobre las posturas de ajos porros que el viejo había sembrado con las primeras lluvias. Y que en medio de gritos de ¡culpables! ¡culpables!, arrancó todas las matas que pudo y que destrozó los canteros. Y que las abejas no se le iban de encima y que llevaba la cabeza tan hinchada como un globo y que las manos ya estaban abofadas y que los ojos se le salían de las órbitas como buscando aire y que la figura toda empezó a extraviársele detrás de una monstruosidad neblinosa...

Último Aviso (URGENTE)
10 de abril
Ciudadano: Regino Díaz Cabrera
Chucho "La Aurora"

    orden de disparar contra Regino Díaz Cabrera aprobada por Consejo Militar
                  Raúl Castro Ruz
                  Comandante de las Fuerzas Armadas

Y que entonces se desplomó como un árbol milenario. Que José María corrió hasta ella y que gritó y que cuando llegó adonde ella estaba, estando todavía viva, ella le dijo:

—No te me acerques.

Y que él se le acercó a pesar de que ella le había dicho que no lo hiciera. Y que muchísimas abejas lo picaron a él también. Y que él la cargó y que gritó todavía más en busca de ayuda. Y que la vieja no soltaba las listas de cosas culpables. Y que cuando llegó al hospital, ya iba muerta. Y que estando ya muerta, todavía no soltaba las listas con los nombres enumerados. Y que las hojas se las arrancaron a pedacitos de los puños cerrados pero que todo el mundo sabía que en ellas estaban nuestros nombres y nuestras casas y nuestros hijos. Y que los telegramas que el hijo iba recibiendo para que se presentara en la unidad militar quedaron todos regados por el campo. Y aquí dicen que la van a velar nada más que unas horas. Que está descompuesta. Yo vine al mortuorio porque la verdad que yo la apreciaba. Y viéndola en esa caja no se me puede olvidar el día que me dijo: "Mariana, le vengo a pedir que me acompañe mañana a coger un búho".

SEGUNDA PARTE

La Habana: nuestra única ciudad; ciudad-estado, ciudad-país, ciudad-mundo, pensaba mientras la guagua lo acercaba a la urbe insular. No sabía cómo había tardado tanto en descubrirla. Y aunque verdaderamente no la había visto nunca, todo le empezó a parecer familiar, todo como él esperaba que iba a ser, todo lleno de luces, postes, maniguas y calles asfaltadas. No concebía que fuera ésta la primera vez que veía una ciudad tan amada, tan hermosa y conocida. Y lo que en realidad había amado de ella eran sus historias, los cuentos fabricados por media docena de almas apabulladas que culpaban a la ciudad de sus perversiones impublicables, las exageraciones de siete lenguazos reventando en la noche de provincia, las frustraciones de los que lograban conquistarla sólo a través de la imaginación y de una coloreada fantasía. Había amado un espacio urbano altamente indefinido, estropeado por infinidad de interpretaciones traumáticas, cambiantes y erizadas de conclusiones libidinosas y falsas. Para él ya La Habana no sería nunca más ninguna de aquellas definiciones nebulosas, irreales, donde los monstruos y las putas de carrera se adueñaban de tu vida como de un abrigo, donde los automóviles último modelo pasaban a velocidades astronómicas con numerosos cuerpos desangrándose en las golillas, donde cada noche los delincuentes se entregaban a la tarea de asesinar las enanas capturadas durante el día. Sabía que tampoco vería el edificio que describía el guajiro, con dos mil pisos apuntalando el cielo, ni el tiburón que velaba a los transeúntes que paseaban por el Malecón para arrebatarles la pizza. Era el fin de aquel espacio y de aquellos colores metafísicos que ocuparían su mente durante casi dos décadas. La Habana era lo que él estaba viendo en este instante, aquello que se transfiguraba en la distancia, el fantasma de unos edificios reverberando en la distancia, de aristas e intenciones furiosamente verticales, las plazas cuadriculadas y los lotes abiertos... ¡A lo lejos, a lo lejos! La urbe insular, la capital del mundo hasta ahora conocido, la metrópolis de los parias, un espacio indudablemente feliz por el hecho de habitarlo millones de rostros desconocidos... Desde el fondo de su ser le llegaban voces que le informaban de la llegada de su instante en el tablero universal, del milagro de aquella conjunción estelar perfecta que acoplaba su vida con el sitio, su edad y el justo momento, milagro que ya le pertenecía con la llegada de su turno en la cola del destino, un pequeño escenario o recodo divino donde el podría por fin disfrutar de aquellas merecidas plenitudes que como ser humano sabía que le correspondían ya a niveles cósmicos... Aunque por primera vez veía la ciudad, todo le era en extremo familiar y conocido, tal vez de otras vidas, tal vez de otras épocas. Pero también era una sensación de descubrimiento, de astrolabios y conquista. A medida que el ómnibus lo acercaba a la capital, era como si un navío lo acercara a las Indias, a un mundo virgen y todavía sin dueño, donde todo estaba por poseer y nombrar, un espacio respirable que no había sido tocado todavía por las emanaciones del odio... Qué podía importarle que su viaje tuviera como destino el presentarse en una unidad militar tal vez monstruosa si allí estaba la ciudad para recoger y aliviar los nuevos padecimientos que sin duda aquí también le corresponderían. Qué podría importarle que dentro de unas horas vistiera un uniforme militar y unas botas rusas insoportables si allí estaba la ciudad para consolarlo en las nuevas jornadas del dolor. Además, por terrible que fuera el servicio militar, el mundo no podría ni siquiera igualar la desesperación, el tormento y la rabia que llegó a padecer en aquel hueco de provincia, donde había nacido por crueldad de los dioses y de la época. Y para hacer suya aquella ciudad (y por tanto aquella isla sin nombres), se dio a la tarea de nombrarlo todo por vez primera, convencido de que sólo así llegaría a hacerla suya y a amarla.

Y dibujó mentalmente los primeros mapas de una isla barrigona y salpicada de cayos, los ríos poco caudalosos que recorrían las tierras como una hinchada nerviosidad, las brevísimas playas que desaparecían tras los rompientes enormes, los macizos puntiagudos como senos de mujer, las tierras cenagosas y las tierras bajas, los grandes bosques y la laguna central. Pasó entonces a ubicar, como un Diego Velásquez, los pequeños pueblos y hasta las comarcas que bordeaban la Gran Ciudad Aborigen, los caseríos acribillados y los villorrios en ruina, asediados por un sol perpetuo y por las diversas pestes que el frenesí desata, arrabales de los cuales huía la guagua como aterrorizada por una monstruosa fealdad. Nombró un diminuto promontorio del litoral habanero que aprovechaba la ocasión para subirse, también él, al centro del paisaje y del mundo. Entonces apareció el mar, vasto y sereno, reciente y morado, fabricado a la par que aparecía La Vía Blanca, extendiendo sus brazos sobre las rocas en carne viva, la enorme quemazón de la calcinada superficie. Era sin dudas El Mar de la Vitalidad. Y enseguida el ómnibus se detuvo en una rampa atendida por obreros febriles. Era el túnel de La Habana, un submarino de concreto que conectaba los dos extremos de la bahía. Al salir al otro boquete, el mar había desaparecido y la guagua se precipitaba ya por estrechas callejuelas repletas de gente y de basura.

Ya era la capital o sea, su última posibilidad. Y en eso pensaba cuando escuchó una algarabía del otro lado de la ventanilla. Y vio desde su asiento las multitudes aglomeradas a ambos lados de una calzada anegada por la neblina. Y escuchó las sirenas y los altavoces pidiendo el paso, y los gritos y las bendiciones, y vio, más allá, a una señora que trepaba a un jeep desarbolado para besar la mejilla de uno de aquellos barbudos hermosos, y vio la alegría y los carteles de bienvenida con caracteres espontáneos y ridículos, con alegres faltas de ortografía y con la pintura chorreada. Y vio entonces, al centro de la planicie pero ya casi sobre la guagua, al Máximo Líder saludando las multitudes rendidas y pronunciando un discurso. Y vio cuando una paloma mensajera se le subió al hombro divino (y cuando lo cagó) y escuchó las risas y el cacareo que desde la calzada subía y escuchó también una tupida ovación que rellenaba los huecos de la noche. Y veía el flash de las cámaras restallando sobre la figura del Máximo Líder como si una tormenta de relámpagos se hubiera detenido en su rostro. Y entonces comprendió que frente a sus ojos estaba desfilando la Historia de la ciudad, única en el mundo capaz de brindar su pasado al visitante más inoportuno. Y la energía que brotaba de la calzada congestionada lo impulsaba a bajarse allí mismo para unirse a aquellas multitudes que protagonizaban uno de los momentos más lúcidos y sublimes de la ciudad. De buenas ganas se hubiera quedado en esa Habana efervescente y feliz, en esa Habana soñadora y barbuda. Y también alcanzó a distinguir, más allá pero al alcance de su imaginación, a los demás líderes, a las demás víctimas y a más de un millón de exiliados. Y sintió la metralla enterrándose en aquellos pechos jóvenes y vio los riachuelos de sangre saliendo por las heridas inmensas. Y entonces comprendió que la ciudad podía mostrarle tanto un rostro feliz y dichoso como un cuerpo mutilado y podrido, lo mismo un gesto humano y memorable que la crueldad suprema, tanto una fogosa y aclamada vedette nacional como un náufrago a la deriva, todo con la misma frialdad e indiferencia con que lo expone un periódico de mala muerte, con sus noticias del último crimen en una página y la boda de una dignatario pudiente en la otra. Y comprendió también que esta ciudad había sido el centro de operaciones de millares de delincuentes convertidos, de la noche a la mañana, en presidentes y en ministros, en magistrados y embajadores, en curas de sotana y en reyes. Una ciudad, pensó, con sus propias reglas, con sus propias leyes, incomprensibles para el extranjero, una ciudad como una gran hembra que se deja poseer por el que más pueda sin necesidad de ser violada, apta para recibir, en cualquier momento de su devenir, a los nuevos líderes triunfantes, a los machos que de verdad la reclamen, al indiscutible triunfador. Y a pesar de ello, a pesar de que la conocía en sus intimidades más execrables, él se sentía feliz de poder asumirla y abordarla. Porque la ciudad también lo conocía a él hasta en sus detalles espirituales, de modo que se quedó dormido sabiéndose en el interior de una vagina descomunal y cálida, en brazos de la única Madre que le quedaba. Abrió los ojos en un andén iluminado y estrecho donde decenas de guaguas idénticas se amontonaban. Los viajeros empezaron a moverse. El viaje había terminado, pero él sabía que otro más incierto justo comenzaba.

El polizón

"Escríbeme pronto. Necesito tus cartas. Quien desea más que escribirte, besarte, tu hijo, Ismael" fue todo lo que escribió como despedida a aquella carta. Dobló la hoja en tramos longitudinales y la introdujo en el sobre de fabricación casera. Dolorosamente anotó la dirección en el sobre, con trazos fuertes e-irregulares que revelaban su profunda nostalgia. Colocó el sello en la esquina superior derecha y engomó el cierre sin llegar a cerrarlo.

Entonces se extendió a la larga sobre el sobre, introdujo las piernas, las manos, el esternón y su lacerante fatiga. Cerró el sobre engomado y esperó en silencio aguantando la respiración. El camión del Correo Aéreo pasaría a las cinco de la tarde a recoger las cartas.

* * *

...que su madre se quitó la vida sin cumplir una promesa que le había hecho a la Virgen de la Caridad del Cobre. De eso nos enteramos. Que la madre le había prometido a Cachita ir a pie y descalza desde su casa hasta el Cobre. Que hizo la promesa antes del triunfo de la revolución en la que ofreció la caminata si su hijo se le salvaba en el parto. Y que el hijo se le salvó. Y que cuando triunfó la revolución, todavía creyente y en pie todavía la promesa que había hecho, y sin cumplirla por supuesto, la ascendieron a Jefa de Personal de la Unidad Productora 0108-9 donde la vieja trabajaba. Pero que antes de ser ascendida a esa posición tuvo que denegar públicamente de haberla hecho. Dicen que en un acto de masas la obligaron a mentarle la madre a la Virgen "para estar convencidos de que usted no tiene esas creencias del pasado". Y que ella cogió y se la mentó no sólo a la Virgen sino también a los ángeles y a los arcángeles, a los dioses, al Santo Padre, al Papa y hasta se mentó la madre a sí misma. Que le mentó la madre a todo el mundo, incluso a los que estaban allí presentes pues nadie (se suponía) podía creer en eso de las madres mentadas o por mentar. Y que ella, mienta-madres, mienta-madres. Hasta una mujer del Partido se levantó enfurecida porque la vieja olvidó mentársela a ella. Y que entonces ella no sólo se la mentó sino que se cagó en la madre de esa mujer del Partido, quien quedó complacida y fervorosa. Condenó ella, su mamá, el oscurantismo y la religión y alabó la explicación científica del mundo. Dio varios discursos seguidos, sin dejar de mentarle la madre a la Virgen entre respiros, y terminó explicando la necesidad de la revolución mundial. Y miren cómo le ha salido el hijo. Miren lo que tiene por hijo hoy día. Miren si la Virgen existe o si no existe. Se lo salvó en el parto por la promesa que le hizo, pero mira ahora cómo se lo está cobrando. Miren cómo le ha salido ese hijo que ya no se sabe ni qué cosa es. Y para colmo, antes de suicidarse, a la vieja la expulsaron de Jefa de Personal de la Unidad Productora 0108-9 pues la agarraron llevándose dos botellas de Viña 95. Eso le pasó por poner lo material por encima de lo espiritual. Ella misma se lo buscó. Se pensó que la Virgen no se lo iba a cobrar. Se pensó que a la Virgen ya se le había olvidado. Pero mira tú si lo tenía presente: mira cómo se la está cobrando. Miren ese hijo de ella por el cual una vez ofreció una promesa. Miren cómo da pena mirarlo. Ese es su hijo.

La fuga

El pequeño bote con siete tripulantes a bordo, incluyendo un niño recién nacido, saldría por un punto equis en la costa sur del país. El sitio escogido para la huida era apenas vigilado por los guardacostas debido precisamente a su ubicación geográfica: el país más cercano, las islas Caimán, estaba a más de doscientas millas del litoral cubano. Las posibilidades de tropezarse con esas tierras eran verdaderamente remotas para cualquier embarcación primitiva e insegura.

Partieron una noche de luna con proa a lo que se pensó fuera el camino hacia Caimán Grande. El motor de la lancha ronroneaba como un viejo padecimiento. Al amanecer comprobaron que ya no se divisaban las costas del país del que huían, por lo que seguir hacia adelante se convirtió en la única alternativa. El mar dibujaba extraños surcos que parecían indicar el camino hacia Caimán Grande.

La primera tormenta se instaló en las aguas oscuras poco después del segundo anochecer. El bote empezó a hacer agua a los pocos minutos. Con una linterna de las que los médicos utilizan para revisar las gargantas, localizaron la avería: el agua entraba por un hueco del tamaño de un puño, localizado justo debajo del motor. En minutos, el bote se hundía con el peso de los pasajeros más con el del agua que entraba a raudales. La decisión fue unánime y radical: había que deshacerse del motor para sellar el orificio. Desprendieron el pesado motor Diesel, lo lanzaron al agua y taponearon el hueco. Ahora viajaban sin averías pero a la deriva por el Mar de Las Antillas.

Pasaron once días danzando sobre aquella cáscara de coco cuando fueron rescatados por un barco mercante de bandera desconocida. Casi todos llevaban varios días inconscientes, aunque permanecían atados con cintos y sogas al cuerpo de la lancha. Tenían quemaduras de primer grado y el niño recién nacido faltaba.

Cuando el primero de los náufragos recobró el conocimiento en el hospital donde habían sido internados, miró en todas direcciones tratando de reconocer, por el contexto, el país que los alojaba. Desde su camilla de convaleciente el náufrago se dirigió a la enfermera que lo atendía, en estos términos: *"nurse, nurse, please..."* La enfermera se acercó a aquel patético esqueleto aún con vida y le dijo: "nada de nurse, gusano, que estás preso en Isla de Pinos".

—¡La ciudad!, dijo. El sitio fantástico para desparramarnos y perdernos. ¡La ciudad!, pensó, reventando en su desolación, concibiendo un misterio detrás de cada escombro, detrás de cada puerta, un pequeño dragón que se nos vendrá encima en el primer descuido. ¡La ciudad!, volvió a decir pero esta vez en un tono francamente literario, diseñada para encubrir y liberar mil ansiedades desesperadas. La ciudad, enrollándose en este instante en una enorme cola alrededor de sí misma, respirando por las branquias de esa cola en espiral. La ciudad mediando entre Dios, el hombre y los fantasmas. Este momento, el mundo y la ciudad de La Habana, dijo todavía. ¡Nuestra única ciudad!, gritó y esta vez echó a correr por la acera repleta de viajeros, tropezando con ellos, abriendo ambos brazos al cielo. Estoy en tiempo para que me fulmines, dijo. Y una señora que lo escuchaba le ofreció una limosna. He hollado la primera y única ciudad del país, o sea del mundo. Ah, ladronzuelos y embaucadores, mirahuecos y rescabuchadores, he llegado. ¡Vengan a hundir el filo de sus navajas mortales en estas carnes jóvenes! Apretújenme; átenme a un poste y pídanme que les entregue hasta el último centavo...

Acarició otras ideas que por lo imprecisas no podrían transcribirse. Subió a una guagua que le habían indicado unos transeúntes amables. Depositó varias monedas en la alcancía a pesar de que unos muchachos le dijeron que no lo hiciera. Alcanzó un asiento vacío que cedió a una mujer joven quien le dijo, rechazando con un gesto su oferta, que no cediera nunca su asiento ni a la vieja más vieja. Porque esa puede ser la peor, le dijo. Las casas pálidas y aglutinadas parecían competir en un concurso de desgaste. No sabía adónde lo llevaría la guagua pero tampoco le interesaba, por lo que decidió observar con esmero bovino. El viento capitalino lo despeinó por primera vez. La guagua enfiló Carlos III, precipitándose con furia contra la calzada de lo que parecía ser Infanta. Calles con nombres que ya él se sabía de memoria sin haberlas visto jamás. Calles que de tanto imaginárselas ya las conocía como la palma de su mano. Calles, sabía, en las que nunca se extraviaría aunque perdiera el rumbo. Calles sucias y viejas por donde circulaba la vida. Y en eso pensaba cuando divisó un molote frente a una pequeña bodega, una riña, de donde salían ancianas golpeadas y tintas en sangre, hombres mutilados y hasta decapitados, niños ensangrentados y en carne viva y hasta mujeres envueltas en llamas, por lo que sintió deseos de comerse un tamal.

Se apeó de la guagua; caminó por entre la gente y marcó en la cola. Una señora todavía olorosa tenía que ser la última. El duelo comenzaba a cincuenta varas de donde él había marcado. La señora olorosa le dijo que su esposo había muerto el día anterior en esa misma cola, sitio donde había sido estrangulado. Pero que había logrado sacar más de cincuenta tamales sin el menor rasguño. Que no volviera, le había dicho ella. Que con ésos tenemos. Pero que el esposo seguía marcando y cogiendo, marcando y llevando, pugilateando y comiendo. Y que ella ya lo que quería era que se acabaran de una vez "para no verme en la obligación de venir a cogerlos". Y que además, ya los tamales se le habían terminado porque debió mandar a hacer con ellos unas coronas de flores para su esposo muerto con un hombre que le cobró cincuenta y dos tamales por pucha. Que ella estaba allí por una necesidad, por una deuda, pues todavía debía doscientos tamales a ese hombre tan bueno. Que vivía orgullosa de su esposo, dijo, pues éste había muerto peleando. Tenía un ideal, un compromiso con su familia, dijo. Y mostró una pequeña fotografía del difunto, la cual acompañó de unos brevísimos griticos. Se levantaba a la una, decía entre llantos. Y marcaba en esta cola. Y yo venía a las dos. Y marcábamos para diez personas que vendrían al amanecer, decía ya a moco tendido. Y que al mediodía ya iban de regreso a casa con más de quinientos tamales distintos. Que los tamales ellos los cambiaban por petróleo y por jabón. Que no les faltaba nada desde que esta bodega vendía los tamales por la libre. Que su esposo llegó a hacerse de un Toyota nuevecito. Y el llanto la envolvía, le sacaba virulencias y mocos. Pobre viuda, pensaron los que la escuchaban. Pobre mujer en esta cola perpetua, noche y día, hasta el año 3000, hasta que ella a su vez muera y otro miembro de su familia ocupe su puesto, pensaron los que la escuchaban. Porque lo único que su rostro no dejaba de manifestar era su perseverancia y su consistencia de principios, la solidez ideológica, su dedicación canina tras el único objetivo. Enfrentó al enemigo, dijo. En nuestro país y en el exterior. Y no murió. Guerrillero, llegó a decir. Y no murió. Y no moría. Peleó, dijo. Se arriesgaba mucho más de lo que lo hacía en esta cola. Y nada. Y como si nada. Y balas y obuses y bombas que le pasaban silbando. Y nada. Nada lo mataba. Nada le hacía nada. ¡Era inmortal! Y regresaba de las tareas internacionalistas lleno de medallas, lleno de condecoraciones en idiomas cada vez más raros, repleto de diplomas y de grados. Y mire usted dónde vino a morir. ¡Vino a morir a manos de este puñado de monstruos! Vino a morir por un tamal. Mi esposo, sí, el héroe del tamal. ¿Cómo lo recogerá la Historia? Porque ya a nadie le importa que haya estado combatiendo en los países. Ya a nadie le suena su nombre en los campos de batalla. Lo recuerdan como el estrangulado de la tamalera de Infanta. Un hombre como él, asociado para siempre a un pedazo de harina. Un hombre como él, que dejó el pellejo en tantos sitios inhumanos: en Angola, en Etiopía, en Checoslovaquia. Pero él no ha muerto en vano porque aquí estoy yo para mantener con vida su ideal: ¡no menos de veinte tamales al día! Y si no puedo coger ese número de tamales, los robo. Pero yo me encargaré de que su nombre sea respetado. Y los ojos se le llenaban de lágrimas y parecía como si mirara la cola desde una gran altura. Pensar que mi esposo murió en este espanto. Pensar que las generaciones futuras lo recordarán como el Héroe de Maíz. Pero Roberto no ha muerto en vano, dijo ya a gritos. El vive en el corazón de esta cola desesperada. El vive en medio de esta quemazón y de esta locura vegetal. El vive, dijo, y ahora un grupo de más de dos mil personas la escuchaba, en esos cartuchos que sacan el producto por el que él murió. Y si alguien me preguntara mañana cómo quisiera yo que fueran los hijos que él dejó, respondería: como él, con la destreza con que se fajó y evolucionó lo cogido. Un hombre de verdad. Mi esposo muerto. Mi marido combatiente. Y empezó a lanzar unos rugidos que se confundían con los que emitía la cola. Por último cayó al piso y murió delante de los que allí estaban. Una anciana recogió los tamales que le salieron rodando desde los senos. Murió y se la llevaron unos hombres que sabían de antemano que iba a morir sin que le llegara su turno. La cola se enderezó pero resultó muy difícil encontrar el último esta vez, por lo que Regino decidió retirarse. Se comió un bocadito de queso proceso que nadie quería en el bar de enfrente. Habían transcurrido tres horas, tres días o tal vez tres años. Se enganchó a la primera guagua que pasó por su lado, la cual traía un cartel con un letrero indudablemente glorioso: en letras rojas, sobre los cristales enormes, sin que nadie pudiera advertir su importancia, decía: «Rampa».

La Rampa. Es verano. La brisa estival sube por la empinada calle habanera levantando una nube de polvo, papeles y hojas secas. Se ve mucha gente en las aceras. Una ruta 132 pasa rugiendo como un tanque de guerra en Praga. Pasajeros enganchados en puertas, ventanas y en toda la periferia del ómnibus que se inclina con el sobrepeso. Hay también, a ambos lados, algunos árboles.

Es hermosa esta calle. El sol la castiga con tal furia que el asfalto adquiere una visible condición sólido-líquida. Las huellas de los transeúntes quedan marcadas en el chapapote como si pisaran en un fanguero. Modernos rascacielos a ambos lados de un tráfico discontinuo y rugiente. Se forma, de repente y como obedeciendo una orden emitida con un silbato divino, un tumulto frente a una pequeña quincalla. Una cola. Otra cola. No me muevo de esta baranda donde estoy recostado mirando. Alguna algarabía. El calor se espesa en el aire que sube. ¡Sacaron espejuelos checos!, le grita una anciana a otra que se acerca con varias jabas y corriendo. En medio minuto la cola se convierte en una concentración de masas de donde salen vapores, gorjeos, gorgojos, gorilas y otras alimañas jóvenes. Camino unos pasos en dirección al

Malecón: la cola se retuerce y se vuelve, se estremece y bosteza, levanta una pata y arranca una cerca. Como un gigantesco reptil, la cola así cambia de coloración: del gris pasa al negro y del negro, al violeta brillante. Como un gigantesco reptil, la cola crece, engorda, se extiende, suelta sus anillos y vibra, sacude la cola de la cola y se escucha un sonido de cascabeles. Como un gigantesco reptil, la cola se arrastra por la acera y engulle a setenta obreros que por casualidad pasaban. Y los traga perezosamente, sin grandes aspavientos. Y sigue creciendo, le sale un brillo en la parte superior del lomo y se estira, interrumpe el tráfico y trepa a un poste de la luz. Como un gigantesco reptil, la cola emite unos chillidos propios de los reptiles gigantescos y abraza las casas y los edificios y los pocos carteles lumínicos todavía en pie y saca la lengua dividida y se levanta como las cobras se levantan y empieza a soltar un líquido indudablemente venenoso que corre por las aceras atascando los tragantes y los carros. Como un gigantesco reptil, la cola mete miedo. Y una señora que la ha visto crecer, cae abatida sobre unos pinchos. ¡Que los vendan ya!, grita una señora gordísima que forma parte del lomo de la cola. ¡Que me asfixio!, grita un hombre a quien han empezado a poner una transfusión. ¡Por ese Dios que está en los cielos!, gritan los Mutilados. ¡Por esa luz que nos alumbra!, gritan los Moribundos. Y el primer grupo de macheteros empieza a suicidarse. Las cabezas vuelan por encima de la cabeza de la cola y algunas caen, sangrantes y temblorosas, sobre el mostrador de la pequeña quincalla que no avanza lo suficiente en la venta de aquellas gafas de sol. Los cadáveres son sacados, respetando su grado de descomposición, por encima de las multitudes. Algunos ya llevan pedazos de cristales ahumados incrustados en las caras muertas. Entonces empieza un empuje-empuje desde lo último de la cola, o sea desde el fin del mundo. ¡Ay, no reempujen!, se oye desde la punta. ¡Ay, que me falta el aire! ¡Ay, cálmense! ¡Ay, cojones!, grita una anciana de más de cien años. Y en ese instante aparece una deidad suspendida del aire sobre el hocico de la cola. Es la Diosa de las Colas y de los Otros Horrores que reparte tickets enumerados a los enfurecidos seres. ¡Dios, diosa, pásame uno! ¡Pásamelo! ¡Que yo llegué primero que esa vieja tiesa a quien has dado el uno! ¡Ay, Diosa de las Colas y los Horrores, sácame sana y salva de este matadero! Los miembros de la cola hacen por subir, se empinan para coger los números que reparte la deidad, dan unos respingos y después caen reventados contra el piso. Un corpulento obrero de la construcción sostiene en sus hombros a toda su familia, la que clama por los números más bajos. Se levantan andamios, trapecios y escaramuzas. La diosa, sobrevolando la cola, advierte que esos números no son para comprar espejuelos sino para organizar la cola verdadera. ¡No importa para lo que sean!, le grita un niño epiléptico pero con magníficos colores. Y los seres ya trepan por las paredes de la quincalla, tiran del vestido de la deidad, le arrancan un zapato divino. ¡Ay, que me matan!, grita la deidad. ¡Ay, dame un número, puta!, le grita la única anciana católica de la cola mientras besa el crucifijo. ¡Diosa, diosa, perra, pásame un número que yo estoy operada del bazo!, le grita una madre combatiente. ¡Diosa de las Colas y los Mojones!, le grita una anciana en silla de ruedas. ¡Dios mío, parecen bestias!, grita la deidad implorando al Altísimo. ¡Pues si usted está operada del bazo, váyase para su casa!, le grita la deidad a un bulto prieto que parece ser una persona. ¡Ni viva!, le responde alguien desde el tumulto. ¿Y cómo es que aquí nadie se va? Porque ahí adentro hay espejuelos checos, responden todavía. Y la deidad tiene que subirse a una especie de tinglado que los miembros de la cola han improvisado. Y un viejo ha empezado a trepar por el tinglado. ¡Un paso más y te mato!, le grita la deidad aterrorizada. Y la cola ruge. Y ya salen los primeros afortunados con unos espejuelos muy grandes. ¿Ya se acabaron?, pregunta un niño con el cuerpo acribillado a mordidas. Ya se acabaron, le dice una mujer que lleva más de doscientos pares de espejuelos puestos. Ya se acabaron, le dice el marido de una mujer que ha logrado coger miles de espejuelos idénticos. Ya se acabaron, dice la diosa. No puede ser cierto que ya se hayan terminado, pregunta un soldado internacionalista. Pues sí, ya se acabaron, le dice una monja que nadie sabe ni de dónde salió. ¡Y se me van ahora mismo!, grita la Diosa de las Colas y de los Otros Horrores. ¿No ven que ya se acabaron? Y un negro que logró coger una barbaridad de espejuelos le dice a la cola que no se rinda, que aunque de verdad se acabaron ya, Checoslovaquia estaba al entregar la próxima remesa de espejuelos ahumados. Que esperaran un mes más. Y la cola, como un gigantesco reptil enfurecido, le empieza a tirar piedras a la Diosa de las Colas y de los Otros Horrores, quien se tiene que perder de todo aquello y se remonta a los cielos. ¡No nos vamos a ir nunca!, le grita un hombre que ha perdido ambos ojos en la cola y para quien los espejuelos no tendrían ya mucho sentido. Y transcurren las horas, los días y los años. Porque el tiempo que transcurre dentro de una cola no es el que conoce el mundo. Cada minuto rebasado con vida es un minuto más en manos del dolor. Como un gigantesco reptil herido, la cola se estremece, lanza unos chorros de pus al viento y se va deformando. Truenos y relámpagos irrumpen en el cielo y una lluvia lo ensaliva todo. Los seres se mueven como aturdidos y sin rumbo fijo, saltando sobre las cercas que conducen a otras cercas más inaccesibles, trepando por las antenas de televisión del canal 2, saltando sobre el Malecón y hundiéndose en las aguas amarillas del Atlántico, embelesados, en medio de unas convulsiones y unos espasmos, masticando algunos algo que por casualidad pasó volando o los restos de un efímero temblor. Se mueven los seres por la ciudad erizada de escombros como un enorme hormiguero recién deshollinado. Caminan los seres. Vuelan. A ratos vuelven las ingrávidas cabezas para presenciar la fabulosa estampida que ellos mismos desataron. Un hombre joven hace dos círculos con los dedos y se los lleva a los ojos. Y camina en dirección a esta baranda desde donde he presenciado el delicioso espectáculo. Pasa, hace como que me mira y sigue pasando. Sin quitarse los dedos como lentes sobre sus dos ojos, trepa al muro del Malecón y lanza un discurso al mar. Luego se vuelve, mira la ciudad arrasada a través de los lentes hechos con sus propios dedos y se empieza a reír. Entonces respira profundamente, da un salto hacia el abismo y cae traspasado por los escollos...

La ciudad, envuelta como por una fatiga, se anochece. La noche, envuelta como por una fatiga, revienta. La ciudad y la noche, envueltas como por unas fatigas de siglos, se abrazan. Se puede escuchar el llanto que sale del abrazo. Los seres se adentran en la fatiga de la noche. Y en la aún más dolorosa fatiga de la ciudad. Y en las diversas fatigas que produce el abrazo con la noche. Caminan los seres por los bordes de una luz mortecina que en vano intenta disipar la gran oscuridad central. Y el mundo parece haber sido cercenado poco más allá de las viejas farolas. Y de la impenetrable oscuridad surge un grupo de muchachas jóvenes. Me quedo mirándolas como con una gran pena. Llevan carteras hechas de piezas antiguas. Pasan. Me miran. Caminan penosamente, como si la oscuridad les hiciera resistencia. Ya a distancia, una de ellas vuelve la cabeza hacia mí y se ríe a carcajadas. Presiento que en alguna parte un gato barcino es aplastado por una rastra llena de vacas. La muchacha es un derroche de alegría. Traduzco al instante su mensaje: me está invitando a que la siga. Dios mío, necesito con toda mi alma un refresco frío. El calor es tanto que la saliva me congestiona la boca. La muchacha se ha detenido en la parada de la guagua. Sudo. Sudo como si atravesara a pie el desierto de Gobi. Yo le hablara a esa muchacha. Yo le dijera que no tengo la más mínima idea de cómo iniciar un diálogo con un desconocido. La muchacha me mira y enciende un cigarro. Eso ha bastado para que conozca toda su vida: debe llamarse María de la Caridad Casanova y debe ser integrada. O algo por el estilo. Y seguro que fue alfabetizadora. Y delegada destacada. Y debe estar emulando con la fábrica de Piensos de Jicotea. Y casi seguro que debió haber ganado el sellito de los Jóvenes Infatigables Forjadores del Futuro. Ay, y debe ser miembro de alguna Brigada de Choque. Y seguro que es Auxiliar de Presidenta del Comité de Base de la Junta Juvenil del Centenario. Y debe cumplir con los objetivos que le ha bajado la Plataforma del Partido. Y con los acuerdos del II Congreso. Y con los de la Novena Bienal. ¡Y con los de la Liga! Y ya debe ser un valuarte. Y un ejemplo para las generaciones futuras. Y casi seguro que ya fue a Bulgaria.

[Ay, esa muchacha y los desfiles en la Plaza]
[Ay, esa muchacha y su carné del Partido en su impecable forro
   de hojas de revistas]
[Ay, esa muchacha y su firmeza de principios a flor de piel]

[Ay, esa muchacha y las Brigadas de Agitación y Propaganda]
[Ay, esa muchacha y los plenos políticos que odia y que debe estudiar]
[Ay, esa muchacha y su carterita hecha de piezas antiguas]
[Ay, esa muchacha y las demás muchachas que esa muchacha sueña]
[Ay, esa muchacha y el mundo aterrador que la rodea]
[Cuadro de la época]

Y esa muchacha bellísima ha encendido un cigarro.

[Un cigarro de su cuota]
[Un cigarro de los cuarenta cigarros que le tocan al mes]
[Un cigarro que una vez consumido es una pérdida total e irremplazable]
[Un cigarro menos para nutrir su pobreza]
[Un cigarro que la convierte en un pobre diablo]
[Un cigarro como un asterisco en los labios que denota La Gran Miseria]
[Un cigarro que en vez de placer da rabia]
[Un cigarro capaz de definir todo el dolor del mundo]

Qué belleza puede quedar en una muchacha que fuma de su ración estipulada. Qué vergüenza que esa muchacha bellísima no entienda los estragos y los subniveles de la miseria. Esa muchacha y el horror de saber que ella también busca. Esa muchacha y el espanto que segrega todo lo que la rodea. Esa muchacha y el espanto de las demás muchachas igualmente sometidas a los demás espantos. Esa muchacha... Ha apagado el cigarro con el zapato. Dios mío, ha guardado el mocho de cigarro apagado en la cartera. El tizón revolotea en el aire. Lo ha guardado.

[Lo ha guardado para fumárselo después]
[Lo ha guardado para cuando consiga un poquito de café claro]

[Lo ha guardado para olvidar aunque sea por un instante su odio]
[Lo ha guardado para decirme que no puede más]
[Lo ha guardado para probar con él su ideología revolucionaria]
[Lo ha guardado tal vez para reafirmarse que la belleza también tiene zonas que apestan]
[Lo ha guardado para luego]
[Para fumárselo ella sola]
[Para decirle al mundo que todo es así]
[Que éstos son los nuevos patrones de la belleza]
[Patrones que se le transmitirán a las generaciones futuras]

Se acerca. ¿Huyo? ¿Le hablo en una lengua desconocida? Se detiene. Me mira y avanza hacia mí agitando la carterita apestosa. Ahora seguro que me dirá que soy un ser raro. Y me aconsejará cierto tipo de terapia con un médico que ella conoce en la Lisa. *No habrá sistema político que cambie el erotismo de esta ciudad calcinada.* Sigue siendo la Casa Marina y el prostíbulo masculino que fue para Maugham. La única diferencia es que ahora todo está en la calle y al alcance del deseo o de una camiseta importada. La Revolución ha intervenido los locales, los *bayús* y las casas de cita, pero sus moradores los ha puesto en la calle. Ahora cada persona es una Casa Marina móvil... La muchacha se acerca aún más y me pide un fósforo para encender el mocho de cigarro que lleva en la cartera. Ya frente a mí descubro que en realidad es una vieja horrible. Le digo que no llevo fósforos, que no fumo. Ella saca la colilla y habla con ella en la boca. Y dice que mi rostro le es muy familiar. No creo, le digo. Yo no soy de aquí. Ella dice que ella tampoco es de aquí, que estudia becada en la Universidad. Se abre un silencio que ni siquiera la noche logra llenar. La vieja encuentra los fósforos en su cartera, enciende el cigarro y me mira detenidamente a los ojos haciendo por reconocerme. De pronto me agarra por los hombros y me dice:

—¡Ah, pero eres tú!

Y yo le pregunto que si ella me conoce.

—Mejor que a mí misma, dice. No sé qué haces aquí que no te has presentado todavía en la Unidad Militar «Lindo Prieto».

—Mañana a primera hora lo haré, le digo.

Y entonces yo le pregunto que de dónde ella me conoce porque yo sí que no la he visto a ella nunca. Mírame bien, dice ella. Mírame bien, repite. Y yo la miro y la miro y registro varios centenares de rostros aborrecibles que llevo fijos en mi memoria, pero no logro identificar el suyo con ninguno.

—A lo mejor nos conocemos de otras vidas, se me ocurre decirle para hacerme el simpático.

—Nada de otras vidas, dice ella. ¿Tú no sabes que ya yo me leí esta novela que de nosotros ha escrito este tipo? Nos puso de personajes en una novela, mi Regino querido. Y el autor, el pobre, quien también las pagará a su debido tiempo, se cree que tú y yo somos solamente sus personajes de ficción, que no podemos librarnos de lo que a él se le ocurra atribuirnos... eso se cree él. Mira, esta novela ya apesta en los archivos de la Seguridad del Estado: me la conozco de memoria, así que déjame cogerte los datos...Y me empieza a hacer preguntas y anota mis respuestas en una libretica diminuta que se ha sacado de los senos. ¿Y cuándo fue que llegaste a la capital? Le digo a la hora que llegué. ¿Y a qué hora debes presentarte en la Unidad Militar? A las siete de la mañana. Y ahora me dirás los nombres de todos los elementos antisociales con los que ya te has reunido. Y en qué tipo de embarcación planeaban irse del país. Y de qué nacionalidad eran los extranjeros con los que seguramente ya te entrevistaste en el Hotel Nacional... Buena muchacha, le digo. Yo no sé de qué usted me habla. ¡No te me hagas el bobo!, me dice ella. Y varios escalofríos empiezan a recorrerme el cuerpo desde los tobillos hasta las orejas y el pelo. ¿De verdad que no te acuerdas de mí?, pregunta todavía.

—Se lo juro que no.

—Yo soy María de la Caridad Casanova y soy el agente de la Seguridad del Estado asignado a tu caso.

Y me empieza a temblar todo el cuerpo como si me atacara un nerviosismo muy grande. Y dice ella: efectivamente, emulo con la fábrica de piensos de Jicotea. Y he ganado todos los sellitos y los galardones acreditativos. Y pertenezco a la Liga. Y cumplo con los objetivos de la

Novena Bienal. Y soy integrada. Y voy a aclararte algo que conoces muy mal: esta carterita no está hecha de piezas antiguas como tú dices sino de piel de bisonte. La compré en mi primer viaje a Bulgaria. Y esto otro: también nosotros nos equivocamos. Cuando te pasé por al lado pensé emocionada que se trataba de un macho conquistando mujeres en la Rampa. ¡Pero mira de lo que se trataba! No tiene sentido que me mientas: yo te he vigilado y te he reportado desde que naciste. Todas tus andanzas, aventuras y fracasos están archivados en dos mil expedientes que yo repaso, actualizo y corrijo todas las semanas. Cuando una vez echaste una maldición al Partido, te llenamos treinta expedientes. Y cuando para tus adentros dijiste una tarde: «Dios mío, he aquí el infierno», te abrimos noventa expedientes. Desde tiempos inmemoriales te persigo por las oscuridades del cine «Rialto», por las plantaciones de caña adonde acudías con hombres para que te templaran. Cuando accediste a mamarle la pinga a uno de nuestros agentes de la Seguridad del Estado, a quien disfrazamos de dios, en la laguna de tu casa, hasta te filmamos una película. ¿Quisieras verla? Nuestros archivos contienen todas las burlas que has hecho a nuestros líderes, mártires y patriotas caídos, las que has hecho de las consignas de la revolución, las que has escuchado sin salirle al paso y muchísimas más. ¡Es increíble que de niño ya respondieras a los intereses del imperialismo mundial! Así que de nada te valdrá mentirme. Déjame cogerte todos los datos...

RECETA
Gelatina de naranja a la marinera
Ingredientes:
    1 litro de agua
    1/2 cucharadita de sal

Modo de prepararlo:
    Ponga el litro de agua en una olla pequeña a fuego lento. Le añade la media cucharadita de sal. Muévalo con la espátula para evitar que se pegue. Retire la olla de la candela al tercer hervor.

Deje refrescar la gelatina por dos horas en baño de María. Da ocho raciones exactas.

* * *

Me echo a correr por la calzada a toda velocidad. Doblo por la primera esquina y brinco unos patios interiores. Me enredo con un cordel de la luz, tropiezo con una puerca espín y con unas cercas de cruces. María Caridad hace por alcanzarme, pero yo brinco otras cercas, una azotea y otros patios interiores. Corro. A todo lo que me dan los pies, huyo. Sudo. Salto un abismo y caigo de pie en un fanguero. Atravieso una cañada, una pequeña elevación y de un brinco salto una alambrada. Me le he perdido a la puta. Veo que no me sigue. Improviso un paso menos sofocado. Salgo a otra calzada repleta de gente que ni me advierte. Subo a una guagua que tiene que ser la que pasa por la Unidad Militar. Me aseguro que la espía no viene en la guagua. Me tiro en un asiento vacío. Respiro. La guagua avanza. Veo por la ventanilla miles de colas menores que se hacen y se deshacen como pequeños remolinos. Llego a la Unidad Militar. El sargento me dice que cómo me atrevo a sentarme. Yo soy nuevo, le digo. ¡A marchar!, grita. Y me pongo a marchar en un pelotón que indudablemente esperaba por mí. ¡Media vuelta! Y doy una vuelta entera. Ay, Dios mío, que yo no sirvo para estas cosas. Y ya estoy marchando, uniformado y marchando. Ya parece que llevo mucho tiempo marchando en esta Unidad Militar. Marchamos para defender las nuevas conquistas. Henos aquí, mariquitas de Edimburgo (se me ha ocurrido pensar en algo tan remoto como ustedes), ustedes no saben nada de la vida. Ustedes, escocesas y pálidas, reclamando más derechos al gobierno reaccionario que les ha prohibido terminantemente casarse por la iglesia. Miren hacia acá. Miren ustedes cómo marchamos de bien. Miren y callen. ¿Ven? Les mostraré, mis adorados ángeles septentrionales, cómo se ejecuta esta marcha. Tiramos el pie contra el polvo y el fango con toda la furia del mundo. Así, así, con más rabia cada vez, 1-2, 1-2, 1-2, marcho yo por la planicie... ¿Qué les parece, mis caras amigas escocesas? En la parte más prieta de la Unidad Militar "Lindo Prieto», voy marchando yo, caras mariquitas constitucionales.

Levanto el otro pie y lo tiro con furia contra una piedra que ha esperado cien mil años porque llegue el instante de mi marcha. Marcho en un grupo de gente uniformada que a su vez, marcha. Quién lo iba a creer. Yo marchando. Un único quejido sordo sale de las botas en marcha. Sin poder volver la vista, y sin poder mantenerla fija en ningún punto, sigo marchando... Y desde aquí no dejo de pensar en ustedes, muertas de tedio en Edimburgo. Porque sólo con alguien que no exista, como ustedes, me podré comunicar. Y por eso enviaré a ustedes todos estos reportes mentales. Tomen nota: marcho por una planicie que parece ser infinita. Voy marchando pero a diez leguas se ve que no voy marchando bien. El soldado que me sigue me golpea constantemente el culo. ¿O será que golpeando el culo delantero es como se debe ejecutar esta marcha? Pierdo el ritmo, se me cae esta escopeta tan alta, me muero... las botas, además, me molestan. Y esta gorra. Y las mangueras que llevo metidas en la boca me molestan más todavía. Y nos dicen que el enemigo está detrás de los árboles que se ven al final de la planicie. Pero a qué enemigo puedo yo embestir con estos tarecos encima. ¡¡Apunten, fuego!! Y sale el primer fogonazo. Y revolotean unas codornices refugiadas entre los árboles enemigos. Amigas: nadie vendrá nunca a ver esto. El soldado que me sigue me sigue dando unos puntapiés horrorosos. A mí me tienen que poner un instructor que me explique. Pero yo sé que yo no voy a aprender a marchar porque yo tengo un pie plano. Y el otro lo tengo virado hacia arriba. Y las manos las tengo que no sirven para nada. Y las mejillas las tengo... ¡¡apunten, fuego!! Y sale otro estruendo contra el cielo. Y las manos las tengo no sólo semiplanas sino semitorcidas. Y la columna vertebral la tengo desviada no solamente hacia un lado sino hacia afuera y hacia arriba. Cómo explicarle a este sargento que lo único que dice es "Apunten, fuego" que yo estoy incapacitado. ¡¡Apunten, fuego!! Y de tanto pensar me ha caído una picazón terrible en el culo. Y como seguro estará prohibido rascarse en medio del campo de batalla, la picazón se hace cada vez mayor. Y el soldado que me sigue me sigue dando puntapiés en el fondillo con tal furia que puede que me calme hasta el picor... ¡¡Apunten, fuego!! Entonces el sargento ordena que nos tiremos al piso corriendo. Y me tiro. Y ya estoy en el suelo, arrastrándome como un combativo jubo... Y los años nos pasan por al lado también a rastro. ¿Hasta dónde llega esta planicie?, se me ocurre preguntar. Hasta el fin del mundo, me dice el soldado que se arrastra a mi lado y que se va haciendo una trenza muy larga. ¿De verdad?, le pregunto. Y él me dice: tú acabas de empezar. Yo he pasado mi vida en esta marcha. Y agrega: nuestras vidas transcurrirán aquí. Aquí seremos felices, infelices, *hippies*, mártires, bugarrones, boxeadores, atletas, obreros de avanzada, locas-bombillo, hijos de Puta y de la Patria, músicos, presidiarios o guagüeros, todo sin dejar de arrastrarnos. Y me horrorizo de pensar lo que dirán las mariquitas de Edimburgo cuando se enteren de lo que me ha dicho este soldado. Y él se pone unas cintas de colores en la punta de la trenza. Y entonces me pide algo que me impresionó sobremanera: ¿tú tendrás una presilla?, me dice. Y yo le respondo: ¿no te es lo mismo una hebilla plástica? Sí, me es igual, concluye. Y se la engancha. Y saca un neceser y se empieza a maquillar sin dejar de arrastrarse... Y en eso estábamos cuando el sargento nos dice que podemos poner los mosquiteros y echarnos a dormir. Sin dejar de arrastrarnos sacamos la manta, el mosquitero, la ropa de dormir y nos acostamos en marcha. Ahora nos arrastramos dormidos. Se divisan por la planicie los últimos seres en marcha en sus aventuras amorosas. El soldado que se arrastra delante de mi se vira y me dice que si lo puedo ayudar a sacarse las cejas, que no quiere amanecer sin haberse depilado. Madre mía, pero esta compañía está llena de maricones. ¿Han oído ustedes, mariquitas de Edimburgo, lo que se dice en esta Unidad Militar? Parecería que se tratara del paraíso de las locas militarizadas, ¿verdad? Pero es todo lo contrario: esa loca es una espía del gobierno. Y yo le digo que no, que yo no sé hacer esas cosas, que consulte con el soldado que va a mi lado quien ya se ha transformado en una especie de Marilyn Monroe. Y entonces él me dice: no seas boba, aquí sólo importa que sepas disparar al enemigo. ¿Y cuál es el enemigo?, le pregunto. Y él me dice: aquellos árboles. Y miro hacia los árboles y veo al sargento dándose un tinte ladrillo. Y Marilyn se ha puesto unos tacones muy altos y lustrosos que producen pequeñas explosiones en el terreno minado. Y en ese instante el sargento ordena que trepemos a los andamios. Y trepamos. Y voy pasando las manos por las tuberías y ya estoy en medio del abismo. Y Marilyn se ha enganchado del tubo principal por los tacones y va atravesando el abismo como un murciélago metálico. Y así avanza aquel pelotón de transvestis, alcohólicos, hijos de Puta y de la Patria, obreros de avanzada, *hippies*, presidiarios y guagüeros. Te quiero enseñar algo, me dice Marilyn. Pero júrame que no se lo vas a decir a nadie. Le juro por mi madre. Me dice que si le juro por mi madre se enterará todo el mundo. Júrame por el pan de esta tarde, me dice. Porque si comentas el secreto, lo pierdes. Le juro por el pan. Y él me dice de pronto: ¡mira! Y abre la mochila y me enseña las setecientas pelucas rojizas que dice haber traído de Bulgaria. Las pelucas se agolpan en la mochila como setecientos cráneos vaciados. No son todas para mí, dice por fin. Con ellas resuelvo las agonías nacionales. Y se engancha una peluca que lanza unos destellos metálicos. Nada como Bulgaria, dice. Nada como Sofía. Yo resolviendo todo el día en Sofía. Sofía y yo: íntimas amigas. Bulgaria: país de ensueños. Yo me amanecía en la Plaza de Dimitriv (todo en Bulgaria se llama Dimitriv). Desde aquella plaza yo llegué a controlar los Balcanes. Por allí pasaban desde mastodontes de Macedonia, bugarrones persas y terroristas puros convertidos en popes ortodoxos hasta expríncipes austro-húngaros caídos en desgracia. Pero yo sabía que en una semana yo estaría de vuelta en esta marcha por lo que estos seres iban a resolver mi problema. Y aquí me tienes: soy rica. Yo te lo confieso: apenas pueda yo me voy para Sofía. Yo, apenas pueda, plantando los calderos en la Plaza de Dimitriv. Yo dejé esa capital con un trauma. Y contaba las pelucas una por una. Aquí me las quieren robar. Yo tengo que cargar con esta mochila por toda la eternidad. Trescientas diecinueve, trescientas veinte, trescientas veintiuna... Todavía yo recibo cartas de mis admiradores búlgaros. Seiscientas ochenta y cuatro, seiscientas ochenta y... ¡Falta una! ¡Voy a contar otra vez pero ya sé que falta una! Una, dos, tres, cuatro... ¡Falta una! ¡Y esa fue la sargento! ¡Hoy va a correr la sangre en estas fuerzas armadas! ¡Yo la mato! ¡Y no la pago! Lo que ella no sabe es que todas estas pelucas están envenenadas...

Yo marchaba al lado del compañero. Sí, yo le pedí al compañero una presilla y él me dijo que presillas para el cabello no tenía, que si una hebilla plástica no me era igual. Yo al principio no podía creer lo que estaba oyendo. Pero, efectivamente, sacó la hebilla y me la dio. Y entonces yo saqué un neceser y empecé a depilarme para ver si él ponía el grito en el cielo. Y él como si nada. Lo veía todo muy natural. Entonces yo le dije que me ayudara a sacarme las cejas, que se me hacía muy difícil en medio del campo de batalla y él me dijo que no, que sólo sabía depilarse a sí mismo y que además hacía mucho tiempo que no lo hacía. Así mismo me dijo. O sea, que en el pasado sí se depilaba a sí mismo pero en la actualidad, no. Y entonces, teniente, yo le pedí que jurara por el pan de la comida que no le iba a decir a nadie un secreto que le iba a decir. Y juró. Y le enseñé las pelucas traídas de Bulgaria y él ni se inmutó. A él le parecía normal que un soldado de la patria tuviera pelucas, tintes y coloretes en una Unidad Militar como la nuestra. Eso es lo que yo tengo que declarar a esta corte militar revolucionaria...

Yo soy el soldado que marchaba detrás del compañero en el pelotón militar. Y desde que lo vi llegar me di cuenta de lo que se trataba. Y empecé a darle puntapiés por el fondillo para ver cómo reaccionaba. Y el acusado ni se molestaba. Y seguía dándole puntapiés, y nada. Al compañero parecían gustarle. Usted sabe que estos sujetos tienen una venita alrededor de esa zona que les produce un inmenso placer. Pues parece que yo le golpeaba sobre el lugar ideal porque nunca se molestó por mis patadas. Si el compañero hubiera sido hombre, me hubiera entrado a golpes. Eso y no otra cosa es lo que yo tengo que declarar...

Yo marchaba delante del compañero. O sea, que el compañero marchaba detrás de mí. O hacía por marchar. Pero en realidad lo que hacía era caminar. Yo me volví una vez para ver qué hacía el compañero y el compañero me tiró un beso... Yo no podía creerlo. Me volví otra vez y me tiró otro...

Yo marchaba encima del compañero. Yo-me-sacaba-la-cosa-y-se-la-enseñaba-al-compañero-para-ver-si-el-compañero-reaccionaba-como-deben-reaccionar-los-compañeros-a-quienes-se-les-enseña-la-cosa-y-el-compañero-para-mi-asombro-lo-que-hacía-era-deleitarse-con-mi-manguera...

Yo marchaba debajo del compañero en la Brigada Anfibia «El Sapo Toro». Y desde el fondo del mar yo le enseñaba una teta al compañero para ver si el compañero se estimulaba y me tiraba aunque fuera un piropo. Mas todo era inútil porque al compañero lo que mi teta le daba era asco, repulsión...

Yo marchaba en Luanda, en la Brigada Bimotor «Héroes del Moncada», en plena selva. Y allá me llegó una carta del compañero. En la carta me decía que esperaba con ansiedad ser enviada al continente negro...

¿Tiene el acusado algo que declarar antes de que el Tribunal Militar de La Habana pase a dictar sentencia?

...sí, el acusado tiene algo que declarar: el acusado se va a poner de pie ahora mismo y va a exponer, por primera vez en su vida, ante el Tribunal Militar de La Habana y ante todos los tribunales del universo, toda su verdad y todo su dolor, a pesar de que el acusado ya sabe de las molestias y de las enormes heridas que sus palabras pueden dejar en su querido cuello de esclavo. Pero este acusado no aguanta ya más. Debido a que este acusado está a punto de estallar en pedazos si no habla, el acusado lo va a decir todo. En este instante me pondré de pie y lanzaré mi incoherente discurso a este tribunal militar sumario que ansiosamente aguarda. No será ni siquiera el acusado quien va a hablar en este momento ante este tribunal militar sino el ser que lo habita, su última definición en este mundo. Será como el discurso de la res maniatada antes de que el carnicero la desplome con la mandarria y el clavo. Este acusado fue sentenciado antes de ser acusado, antes de haber nacido como acusado. Este acusado parece haber venido a este mundo con la única misión de purgar varias penas. Este acusado va a hablar sobre ese asunto que es en definitiva de lo que está formada su vida. Ni siquiera a este tribunal en específico se dirigirá este acusado sino a todos los tribunales a los que constantemente su propia vida le enfrenta. El acusado se pondrá de pie y hablará en un tono más bien grave pues debe ser muy grave el pecado, el delito o el daño en el que este acusado ha incurrido innumerables veces para que hasta los árboles le hayan celebrado juicios. El acusado lo reconoce. Pero es que el acusado está harto no sólo de su inevitable destino circular, a todas luces monstruoso, sino de su callada, consentida y hasta deliciosa condición de víctima. Este dolor no lo resiste un instante más este acusado. El acusado sabe que ha padecido los niveles más elevados de la mentira y el odio, pero por lo menos sin su consentimiento. Por eso es que el acusado va a hablar, ya mismo, y lo va a decir todo.

Este acusado que ustedes ven aquí, ya a punto de ponerse de pie para dirigirse a este tribunal militar que lo acusa y que indudablemente lo encontrará "responsable de los delitos que se le imputan", ha sido calumniado, vilipendiado, acosado, difamado, ultrajado, sometido, silenciado y espiado por todas las mariquitas uniformadas y no-uniformadas que por aquí han desfilado. Pero no es ni siquiera de estos demonios de quienes este acusado va a hablar, algo que sería sencillo, sino de la manera tan fácil, natural, sencilla y hasta legal en que a este acusado se le pisotean cada uno de los derechos que le corresponden tan sólo por el hecho de haber nacido este acusado con forma y alma de gente. Ah, nobilísimos magistrados, ustedes saben muy bien que nuestro país firmó hace algún tiempo la "Declaración Universal de los Derechos del Hombre", un patético documento que dice garantizar los derechos fundamentales del bicho humano. Y este acusado forma parte, todavía, de esa fauna. Y este acusado se preguntaba mientras escuchaba lo que las mariquitas uniformadas declaraban: ¿conocerán ellas ese documento? Y como este acusado siempre supo que algún día sería traicionado por unas mariquitas uniformadas, como mariquitas al fin, este acusado se dio a la tarea de conseguir ese documento aterrador. Y el acusado salió a montear el documento donde quiera que el documento se encontrara. Y el acusado lo buscó en todas las librerías y bibliotecas y el documento no aparecía. Y cuando el acusado preguntaba por el documento, al acusado se le decía que ese documento no existía, que si el acusado estaba loco, respuestas éstas que desde luego lo hacían trastear con más furia. Hasta que el acusado dio con el documento en un ejemplar antiguo de la revista *China reconstruye*. Y el acusado lo leyó. Y el acusado casi se muere del susto cuando comprobó que esos derechos "inalienables" del hombre no tenían nada que ver ni con este acusado ni con los seres humanos que rodeaban al acusado. Los derechos eran demasiado generales, hechos para los que sí tienen los demás derechos, unos derechos que el acusado ha llamado primarios o básicos sin los cuales los derechos humanos no tienen el menor sentido. Ninguno de los derechos incluidos en esa constitución universal hacía referencia siquiera al inalienable derecho del hombre a pegarse un tiro. Ni el derecho que debe tener todo hombre a ponerse una camisa limpia y almidonada o a afeitarse con cierta regularidad... Entonces al acusado se le ocurrió redactar la predeclaración universal de los derechos del hombre, una especie de declaración que debe preceder a la declaración verdadera, a la pomposa, a la épica, o sea a la falsa. Y leyendo esos derechos gloriosos y geniales, el acusado no podía aguantar más la risa que la declaración le provocaba. ¿Qué derecho a la libertad puede tener un hombre que está condenado primero a tratar de conseguir una merluza y un paquete de gofio para después intentar comérselos? ¿Qué derecho a la libre expresión puede conferírsele a un hombre que se alumbra con un mechón al que se le terminó el petróleo? ¿No resulta un tanto grotesco ofrecérsele a un hombre que no se atreve ni a pensar en voz alta "el derecho de asociación pacífica"? ¿De qué derecho a la seguridad personal se le puede hablar a un hombre cuyas miserias ya están recogidas, archivadas y clasificadas en miles de actas, tomos y expedientes magistralmente enumerados? ¿No es cruel y despiadado decirle a un hombre que le corresponde el derecho a la libertad de movimiento cuando ese hombre no tiene siquiera un par de mocasines con que pararse en la esquina? ¿Cómo se atreve esa declaración universal y hedionda a decirle a un hombre que tiene el derecho a la vida cuando ese mismo hombre no tiene el derecho a tomarse un refresco frío en los días de mayor ahogo? ¿De qué derechos puede hablársele a un ser humano que no sea ante todo el derecho a ser un ser humano? Basándose en éstos y en otros razonamientos similares, este acusado llegó a la conclusión de que elaborar una subdeclaración universal de los derechos del hombre era un asunto de mayor urgencia y humanidad pues sin los subderechos los otros derechos no tienen razón de ser ni de hecho existen. Y el acusado (que ya ha organizado sus ideas y que ya está listo para ponerse de pie para lanzar su largo discurso ante este tribunal que lo juzgará) se dio a la tarea de investigar, escoger, pulir, redactar y mecanografiar la predeclaración de los derechos humanos que pasará a leer de inmediato con vista a su aprobación final por parte de este tribunal de justicia. El acusado aboga porque a cada uno de los treinta derechos de la Declaración Universal de los Derechos Humanos se le agregue un inciso, una letra, un asterisco, algo que denote la existencia de un prederecho en la predeclaración. Y el acusado ya da los últimos toques al documento que leerá de inmediato:

PREDECLARACIÓN UNIVERSAL DE LOS DERECHOS HUMANOS

(para ser insertados debajo de cada uno de los derechos de la declaración falsa, o sea de la Declaración Universal de los Derechos Humanos, Carta de la ONU, 1948.)

Artículo 1.-el derecho que todo hombre tiene a tener tres camisas a la vez sin perjudicar con ello la seguridad del Estado.

Artículo 2.-el derecho que todo hombre tiene a ir hablando solo sin que lo internen por ello en un hospital para locos.

Artículo 3.-el derecho que todo hombre tiene a comer, por lo menos una vez al mes, un poco de bacalao o una morcilla.

Artículo 4.-el derecho que todo hombre tiene a juntar sus manos y a desbocarse gritando su incomprensible verdad.

Artículo 5.-el derecho que todo hombre tiene a dejarse crecer, si así lo deseara, una, dos, treinta o trescientas trenzas violetas.

Artículo 6.-el derecho que todo hombre tiene a cambiarse de calzoncillos por lo menos una vez al día.

Artículo 7.-el derecho que todo hombre tiene a no dejarse coger el culo.

Artículo 8.-el derecho que todo hombre tiene a dejárselo coger.

Artículo 9.-el derecho que todo hombre tiene a abrir un hueco enorme con su guataca donde quepa todo o parte de su odio.

Artículo 10.-el derecho que todo hombre tiene a morirse y a que su muerte no sea manipulada con fines políticos.

Artículo 11.-el derecho que todo hombre tiene a rechazar la mentira.

Artículo 12.-el derecho que todo hombre tiene a exponer su vida, su vergüenza y su dolor sin tener que disfrazarlos.

Artículo 13.-el derecho que todo hombre tiene a poder ostentar unos blue jeans entallados.

Artículo 14.-el derecho que todo hombre tiene a no tener que irse de su país enganchado en las ruedas de un avión transatlántico.

Artículo 15.-el derecho que todo hombre tiene a regresar a su país y a volverse a ir inmediatamente.

Artículo 16.-el derecho que todo hombre tiene a resistir la infamia, el espanto, la pena de muerte y el fogonazo incluso sin tener que aplaudirlos.

Artículo 17.-el derecho que todo hombre tiene a no hacer una cola de tres días frente al restaurante "Las Ruinas" para coger un yogurt.

Artículo 18.-el derecho que todo hombre tiene a confesar públicamente su preferencia por el café del Brasil sin que se le acuse de «entrega ignominiosa a una potencia extranjera».

Artículo 19.-el derecho que todo hombre tiene a quejarse de los rigores del verano, del sol, de los mosquitos, de su destino, sin que esto entrañe un riesgo político.

Artículo 20.-el derecho que todo hombre tiene a sufrir bajo un techo.

Artículo 21.-el derecho que todo hombre tiene a juntarse con Clarita El Demonio sin que esta mujer grabe su conversación y la venda por diez pesos a unas oficinas de inteligencia.

Artículo 22.-el derecho que todo hombre tiene a que por lo menos funcione correctamente el ascensor del rascacielos que ha escogido para su suicidio.

Artículo 23.-el derecho que todo hombre tiene a padecer su miseria y su época por lo menos dignamente.

Artículo 24.-el derecho que todo hombre tiene a que por lo menos su última definición en este mundo le pertenezca.

Artículo 25.-el derecho que todo hombre tiene a manifestar su rechazo más profundo.

Artículo 26.-el derecho que todo hombre tiene a leerse la novela menos aburrida de Solzchenytsin sin tener que forrar el libro con la carátula del Diario del Che en Bolivia.

Artículo 27.-el derecho que todo hombre tiene a no tener que casarse con una mujer culona y de tetas descomunales para que una mariquita oficial y remota no descubra su verdadera orientación sexual.

Artículo 28.-el derecho que todo hombre tiene a que los bandoleros oficiales lo despojen de todo menos de su alma.

Artículo 29.-el derecho que todo hombre debe tener a una patria que no se deje gobernar por el último chulo de turno con ideales histriónicos y crueles.

Artículo 30.-el derecho que todo hombre tiene a no tener que inventar delitos y crímenes que no ha cometido como único y desesperado recurso para abandonar su propia patria.

—En vista de que el acusado ha renunciado a su derecho a hacer uso de la palabra, se le pasa el turno a la defensa. ¿Tiene la defensa algo que declarar?

—Lo único que a la defensa resta por declarar es que mi defendido ha perdido el juicio, por lo que le pide a este tribunal que tenga en cuenta su estado mental a la hora de pronunciar sentencia. La defensa pide que el manicomio donde el acusado será internado reúna las condiciones de máxima seguridad que su condición exige.

El recurso y los métodos

En una isla desprovista de oro, los conquistadores españoles esclavizaron a los indios en una incontrolable desesperación aurífera. Las arenas fueron lavadas y requetelavadas por los indios quienes finalmente cargaron con la culpa de habitar una tierra sin oro. Muchos morían en las agotadoras y estériles jornadas; otros se suicidaban en masa. Los españoles nunca creyeron que los indios habían extraído de la isla hasta el último gramo del metal.

Después pasaron varios siglos.

Cuando una de las innumerables dictaduras se instaló en el poder, resurgió el desatino por el oro. Pero ya no había indios ni arenas que lavar. Y aunque la isla no podía ofrecer siquiera un filamento dorado, el oro apareció insólitamente. El gran acierto de la dictadura fue buscar los preciosos yacimientos no en el subsuelo ni en los ríos resecos sino en lo recóndito de los roperos, en los trasfondos de las maletas desvencijadas, debajo de los falsos techos, en la cartera hecha jirones de una dama recatadísima y todavía católica... En una isla asolada por la miseria y por los diversos tormentos que la miseria impone, ¿qué joya podría competir con la eficiencia de un ventilador japonés, con una olla de presión o con un tocadiscos de alta fidelidad? ¿Qué prenda, por delicada que fuera, podría reemplazar la desesperación —la urgencia— por un aire acondicionado en los días de mayor ahogo...? ¿Qué piedra preciosa, qué quilates podrían contrarrestar la asfixia nacional? Ninguna. Por lo que empezó el trueque de aquella fabulosa cacharrería por el oro ya lavado, pulido y trabajado por varias generaciones.

Retumbaron los cueros y salieron las joyas de los pechos seniles, las sortijas de los dedos otrora hermosos, las cadenas de altos quilates con relampagueantes crucifijos ya inservibles, las dentaduras arrasadas pero con un diente todavía enchapado en el metal, prendas finísimas todas pero incapaces de propiciar el menor alivio contra los estragos del calor, del hambre y de la época.

Sin duda alguna, los métodos utilizados por la dictadura para encontrar oro fueron mucho más civilizados y eficientes que los empleados por los colonizadores españoles para llevar a cabo el saqueo.

* * *

Base Ejecutora: Unidad Militar "Lindo Prieto"
Provincia: Habana
1er. Apellido: Díaz 2do. Apellido: Cabrera
Nombre: Regino
Alias: no
Hijo de: Gregorio (vivo) y de: Mireya (fallecida)
Natural de: Chucho La Aurora
Fecha de nacimiento: 1o. de enero de 1959
Ciudadanía: cubana
Sexo: masculino
Color de la piel: blanco
Color del pelo: pardo
Color de los ojos: grises
Peso: 130 libras
Talla: 1.2 m
Otras señas particulares: no

DECLARAMOS

PRIMERO: Que el ciudadano Regino Díaz Cabrera ha sido

encontrado responsable de los delitos de desacato a las autoridades militares y de profesar una conducta abiertamente perniciosa y amoral, incompatible con los principios de nuestra sociedad socialista.

SEGUNDO: Que el acusado presenta síntomas de personalidad psicopática y de otros trastornos mentales.

TERCERO: Que el acusado constituye un peligro y una fuente de descontrol emocional para la compañía militar "Lindo Prieto".

POR TANTO:

1. - este tribunal militar considera que el ciudadano Regino Díaz Cabrera no reúne los requisitos morales y mentales para formar parte de una brigada de principios tan insoslayables y elevados como los que sustenta la Unidad Militar "Lindo Prieto".

2. - este tribunal militar resuelve que el ciudadano Regino Díaz Cabrera no debe ser transferido a ninguna otra unidad militar del país mientras perduren sus anomalías.

3. - este tribunal militar considera que el ciudadano Regino Díaz Cabrera debe ser recluido en el Hospital "Nueva Vida" por espacio de diez años (10 años) hasta que su evidente condición psicopática sea corregida, tras cuyo lapso de tiempo el ciudadano deberá reincorporarse a las filas del servicio militar activo en la unidad que se le asigne entonces. La sentencia dictada es inapelable y comenzará a ejercerse desde este momento.

Firmado en la ciudad de La Habana, a los 18 días del mes de mayo, del corriente.

TRIBUNAL MILITAR DE LA HABANA (cuños)
UNIDAD MILITAR "LINDO PRIETO" (cuños)

El y el premier

El tenía que entrevistarse con Olaf Palme; tenía que verlo a cualquier precio, aunque en el intento le fuera la vida. Por extremas que fueran las medidas de seguridad que el premier sueco tuviera durante su estadía en La Habana, él burlaría las hileras de policías armados, traspasaría los cordones electrificados y se le acercaría al mandatario para entregarle aquella nota, concebida inicialmente para su Majestad el Rey Juan Carlos, cuando se corrieron falsos rumores de que visitaría la isla. Pero esta vez era cierto: Olaf Palme ya estaba en la capital y se pasearía en unas horas por toda la ciudad en un automóvil desarbolado.

Con tiempo suficiente se instaló en el sitio ideal, delante de un bache en el pavimento donde el automóvil del premier se tendría que detener forzosamente. Llevó consigo una pancarta escrita en sueco que desenrollaría justo en el momento del bache, de modo que Palme lo viera y lo saludara. En ese instante él se acercaría al automóvil y le entregaría la nota.

A las cinco en punto de aquel día dichoso pasó la comitiva por donde él se había arrebujado. Como era de esperar, el automóvil del mandatario se detuvo en el bache y él desenrolló y mostró la pancarta en sueco. Palme lo saludó y dijo algo al oído de su acompañante, el Máximo Líder. Entonces él saltó el cordón de policías y se acercó al automóvil de la comitiva entregándole a Palme la nota en sueco. Los policías se inquietaron pero no pudieron reaccionar a tiempo ni debidamente ante la sonrisa aquiescente del visitante extranjero. Palme miró la nota cuidadosamente doblada y la guardó en el bolsillo interior de su saco opalino.

Meses más tarde, cuando ya ni él mismo se acordaba, recibió contesta a su pedido: en un paquetico timbrado en Estocolmo con el sello presidencial venía un par de medias blancas.

* * *

—Sí, yo conozco al compañero del que usted me habla a las mil maravillas. ¡Qué si lo conozco! Como si lo hubiera parido. Ese compañero siempre tuvo una actitud pésima hacia sus deberes con mi Comité de Zona, con la Defensa Civil, con el Trabajo Voluntario y con las Guardias Seccionales. La participación de ese compañero en las tareas orientadas por el Partido fue tan mínima que se puede decir, sin correr el menor riesgo, que ese compañero es una lacra. Y esa actitud del compañero hizo que nuestro Comité de Zona "Mártires de Bielorrusia", el cual yo muy orgullosamente presido, perdiera la emulación repetidamente, y lo peor, que en la evaluación trimestral provincial de comités de zona se nos hiciera el señalamiento de "comité rezagado con vistas a superar". ¡Usted no se imagina el daño que ese compañero hizo a nuestro Comité de Zona! Y la Junta Directiva hablaba con el compañero, le planteaba sus deficiencias y le hacía los señalamientos. Y como si nada. Al compañero esas cosas no parecían interesarle en lo más mínimo. Déjeme mostrarle los reportes y las actas para hablar con base: antes del compañero ser reclutado para el servicio militar obligatorio, el compañero dijo que no a 2,654 jornadas voluntarias, asistiendo sólo a 7, o sea que el compañero tuvo 2,542 ausencias injustificadas a la recogida de anoncillos y otros frutos menores. Producto de ello, más de 50,000 niños camboyanos murieron de tifus y desnutrición. Y nuestro Comité le mostraba al compañero las fotografías en la revista de los niños que él había matado con su actitud. Y el compañero, ido del mundo, sintonizando las emisoras de afuera. El compañero se negó rotundamente a hacer las guardias que le correspondían como miembro de la Seccional, asistiendo solamente a dos, una de las cuales abandonó en pleno ejercicio de sus responsabilidades. Al retirarse el compañero de su trinchera de combate, de la guardia, los elementos contrarrevolucionarios incendiaron la pescadería "Vladimir Ulianov". Y nuestro Comité de Zona llamó al compañero y lo llevó a las ruinas de la pescadería y le mostró todos los pescados achicharrados y hasta las babosas que también perdieron la vida. ¡Usted no sabe nada! ¡Con ese compañero hemos tenido aquí muchos problemas! Cuando una vez se le pidió al compañero un esfuerzo en la recogida de la toronja, fruto éste tan indispensable para nuestros hermanos mozambiqueños, el compañero alegó que él era alérgico a la toronja, que la toronja le producía palpitaciones en el corazón y severos estados depresivos. Así mismo nos dijo, como si nosotros fuéramos unos topos, como si aquí nadie supiera que la toronja no produce nada de eso. Y cuando le mostramos las fotos de los hermanos mozambiqueños que él había asfixiado con su actitud, el compañero no lo podía creer. O sea que el compañero no es solamente una lacra vulgar y un vago habitual sino también un asesino. Pero eso no fue lo peor que el compañero hizo: el compañero se la pasaba diciendo horrores de la revolución, a pleno día, en cualquier parte o rincón, y decía horrores no sólo de la revolución sino hasta de sus líderes y mártires. ¡El compañero dijo en este Comité de Zona que la compañera Vílma Expían era invertida! Y cuando lo llamamos a contar, el compañero dijo que sí, que eso todo el mundo lo sabía, que hasta la compañera Expían misma lo gritaba en las esquinas, que si nosotros no lo sabíamos, que estábamos viviendo muy atrasados. Eso nos dijo el compañero. ¿Usted sabe si lo que el compañero dijo de la compañera Expían será cierto? Dígamelo porque aquí no hallamos qué pensar. Pero eso no es todo: ese compañero se reunía aquí con todos los elementos antisociales de esta zona, que como usted sabe, son muchos. Y hasta se llegó a sospechar que el compañero había formado su propio comité de zona en esta zona y hasta los miembros del Comité de Zona mío se interesaron por el comité de zona del compañero. Y yo me quejé y todo y dije que si el compañero formaba un comité de zona en esta zona, yo renunciaría a la presidencia del "Mártires de Bielorrusia". ¡Cómo lo está oyendo! ¡Ese compañero se levantaba por las mañanas y ya los elementos antisociales lo estaban esperando con los bultos de camisas extranjeras, con las marcas capitalistas y con las medias de exportación! Y el mercado negro tenía lugar aquí delante de mis narices. Y el cambalache y el robo de divisas y la ilegalidad. Y al compañero no le faltaba un trapo del área capitalista desde que empezó a reunirse con los antisociales. Y los antisociales, flacos como güines, parecían sacados de una revista de modas extranjeras. ¡Y ninguno de ellos conocía la palabra sacrificio! Y nosotros aquí, en el Comité de Zona, comiendo inmundicias y pujando, vestidos con ripios, hasta con yaguas, masticando hojas de plátano a falta de tabaco. Y la lacra alegre y vistosa, centelleante y metalizada, olorosa y pespunteada. Y nosotros mirándola por las hendijas del Comité de Zona y ella, delirando, ida del mundo, sintonizando las emisoras de afuera. Ni nos atrevíamos a salir cuando la lacra llegaba a la esquina porque nos daba vergüenza exhibirnos con tantos ripios. Yo bien sabía que el compañero se vestía así para darnos envidia, para que reconociéramos nuestra condición de alimañas pardas. Pero, entre usted y yo, él a mí no me daba ninguna envidia porque yo tuve cien veces más que él: yo tuve un novio riquísimo en Pensilvania y nunca le hice ni caso. Y si yo hubiera querido, hoy viviría con Yoni en Pensilvana, lugar donde él tenía fabulosos negocios. Y no me fui. ¡A la única que él no le puede dar envidia aquí es a mí! Yo decidí quedarme en estas maniguas para desde aquí ayudar a la revolución. Y Yoni queriendo llevarme a toda costa para el Norte y yo nada de eso, de Norte nada, yo me quedo en la tierra que me vio nacer. Y Yoni halándome por el brazo y yo suéltame, suéltame, que yo soy marxista-leninista, que éste es el triunfo de la clase explotada...: Y Yoni volviéndome loca. Hasta que por fin le dije que me dejara en paz y que se fuera para su Norte brutal, sitio donde a mí no se me había perdido nada. Y no me fui: me quedé. Y enseguida vinieron y me hicieron miliciana. Y enseguida me hicieron presidenta del "Mártires de Bielorrusia". Y ya hace dos años que ingresé en el Partido. Yo siempre dije que yo no tenía que ir a buscar nada a esos países imperialistas que se quieren apoderar de nuestro sudor y de nuestra patria sudada. Pues sí, él siempre fue una lacra horrorosa, atroz y esperpéntica, indolente y feroz, siempre de espaldas al proceso que el país viene viviendo. Y todo lo puede anotar como se lo estoy diciendo pues todo es verdad y si quiere yo le firmo el reporte y le pongo los cuños de nuestro Comité de Zona. Para que usted tenga una idea de quién es ese compañero, escuche lo último que a ese compañero le dio por hacer aquí delante de todo el mundo. Se levantaba al amanecer y sin lavarse la cara siquiera, se asomaba a la puerta de su casa y se ponía a cantar la canción de las putas. Y la cantaba tan alto que, aunque no quisiéramos oírla, teníamos que oírla. Y nuestro Comité habló con el compañero, le explicamos que la canción de las putas no se ajustaba al contenido moral de nuestra sociedad. Y el compañero dijo, desfachatadamente, que ésa no era la canción de las putas sino el himno nacional. ¡Cómo si aquí nadie pudiera distinguir entre la canción de las putas y el himno nacional! Y la siguió cantando, convencido de que era el himno nacional. Y por esa razón es que yo hoy me sé los pasajes más bellos de la canción de las putas, por el compañero, por la insistencia con que la cantaba. ¿Usted quiere que se la cante? La canción empezaba así: "Al combate corred, bayameses...".

La dosis

De quien nunca lo hubiéramos sospechado era de Faustino, el viejo raquítico del apartamento siete.

Faustino vivía solo hacía veinte años, o solamente en compañía de nueve gatas pestilentes que él consideraba su única familia. Su esposa había muerto de tétanos en ese mismo apartamento, y él jamás miró para ninguna otra mujer. No tuvieron hijos. El viejo trabajaba todavía a pesar de su delicada salud. Su entretenimiento favorito era leer novelas policíacas. Quien no lo conociera de otros tiempos, bien hubiera podido pensar que se trataba de un mudo: no hablaba con nadie, ni siquiera saludaba a los vecinos con los que por casualidad se tropezaba en la escalera. Siempre fue enemigo de los chismes y de los enredos que plagan nuestro barrio. Entraba y salía de su apartamento como un fantasma. Evitaba todo tipo de encuentro con nosotras y no recibía visitas de ningún tipo.

En el edificio se corrían rumores de que tenía de esposa a una hermosa gata barcina. Pero en rigor lo único que se sabía de él era que padecía de úlceras y que tomaba infinidad de pastillas para la acidez. Por eso cuando lo vimos por la televisión atado de pies y manos mientras lo describían como un agente del enemigo, no lo podíamos creer. Ese no era el Faustino que nosotras conocíamos.

Y para cerciorarnos si en verdad era Faustino el que mostraba la televisión y no alguien con un parecido físico extraordinario, fuimos hasta su apartamento; empujamos la ventana del patio y entramos. Registramos toda la casa y hasta aprovechamos para echarle comida a las nueve fieras, que estaban, pobrecitas, muertas de hambre. Todo estaba como él lo tenía siempre o sea, sucio, regado, con la losa sin fregar. Lo único que nos hizo pensar que sin lugar a dudas el sujeto de la televisión era Faustino fue el frasco vacío de pastillas para la lengua. Parece que el pobre viejo se quedó sin pastillas y le dio por ponerse a hablar. Pero eso le pasa solamente a Faustino, por ser tan poco sociable y tan huraño. Si él nos hubiera pedido una de esas pastillas a cualquiera de nosotras, con mucho gusto se la hubiéramos dado.

* * *

...primero pasamos por los arrecifes "Clara Zetkin" y por la represa «Batalla de Stalingrado». Luego pasamos por la fábrica de piensos y sus derivados «Nuestra Esperanza». Entonces pasamos por la trituradora nuclear de bichos y rellenos «El inmortal». Y entonces empezamos a pasar por el despeñadero «El porvenir». La guagüita en que viajamos va atestada de policías y tenientes cuya tarea parece ser la de vigilar al condenado, o sea a mí, para que no me escape. El paisaje sigue pasando irremediable y oscuro ante mis ojos. Pasamos lo que parece ser la antigua pollera de la ciudad, ahora llamada "Mártires de Kampuchea", pero también pudieran ser los estanques de renacuajos "Girón". A la derecha diviso la pizzería «Uno, dos, tres, muchos Vietnam» y enseguida empiezo a ver la fábrica de queques «Nuestro destino». Y ya se distingue la fábrica atómica de percheros «Etiopía Libre». Lo único que sé es que me llevan a un hospital para locos. A Mazorra debe ser. O a uno recién construido que debe ser todavía peor. Aunque en realidad todo me importa muy poco. De pronto veo un cráter gigantesco en la senda izquierda del camino. Un animal alado sobrevuela el enorme hueco rojizo. Un volcán escupe una lava amarilla que se impregna sobre los cristales del ómnibus. Cuánto ha cambiado la ciudad... ya arden las superficies. Arden las empinadas aristas. Unos seres peludos y envueltos en pieles pasan a ambos lados del camino. La ciudad es ahora una serie de orificios dentro del barro derretido e incandescente, por donde salen y entran bestias y seres de toda estirpe. Llegamos, me dice el teniente. ¿Llegamos?, pregunto. Llegamos, dicen todos los policías. ¿Y dónde está el Hospital?, pregunto. Este es el Hospital, me dice el teniente. Y yo miro por las estrechas ventanillas del ómnibus que ya se ha detenido y sólo veo cuevas y seres que chapotean en el magma. Me dicen que me baje. ¿Aquí? ¡Fuera!, me gritan. Y me bajo. Sin siquiera mirarme, pero convencidos de que no podré escapar jamás de este lugar infernal, los policías cierran las puertas de la guagüita y parten a toda velocidad. Me han dejado casi al centro del Gran Cráter. Un grupo de jóvenes en harapos pasa por mi lado y me susurran al oído: «apúrate que van a cerrarte el comedor». Y entonces puedo comprender que en efecto ya estoy dentro del Hospital para locos al que he sido condenado, el cual ocupa toda la ciudad de La Habana.

La oferta

A finales de año, cuando la ventisca y la nieve empezaron a hacer estragos en la capital danesa, un divertido y a la vez original afiche se dio a conocer en Copenhague. «Visite el Museo de la Miseria», rezaba el afiche en amplios caracteres amarillos. Al principio muchos pensaron que se trataba de otra excentricidad de un grupo de pintores avantgarde que se habían hecho populares en la ciudad con sus ideas ligeramente subversivas. Los que se detuvieron a leer el anuncio comprobaron que no se trataba de otra locura de los pintores avantgarde sino de una oferta turística seria a precios inconcebibles: por el equivalente a 99 dólares estadounidenses, el interesado podía disfrutar de dos semanas en la soleada isla de Cuba. Los 99 dólares cubrían el viaje de ida y vuelta en avión, hotel de primera por las dos semanas de la excursión, el espectáculo de los zombis, el Carnaval de los Muertos y entradas al Museo de la Miseria, al parecer la mayor atracción del viaje.

Cuando el primer grupo de turistas llegó a su exótico destino se percató de que el país adonde habían llegado había sido prácticamente abandonado por sus habitantes, como esos villorrios fantasmas asolados por la peste o la malaria. Los pocos transeúntes que todavía deambulaban por los lodazales parecían como anestesiados. Ni hablaban a los turistas ni se detenían en las bocacalles para evitar ser estropeados por alguno de aquellos carruajes tirados por mulas o bueyes. La hierba trepaba a su antojo por los horcones de la luz y por las estatuas dormidas del parque. Bajo el implacable sol tropical, una multitud de seres sedientos y moribundos guardaban su turno en una cola frente a una especie de establecimiento clausurado. Sobre sus cabezas, un cartel en varios idiomas decía: «El Espectáculo de los Zombis».

Los turistas caminaron por la ciudad durante varias jornadas. Cuando comprobaron que toda la ciudad era como una inmensa leprosería, quisieron abandonarla. Pero sus intentos fueron en vano. Un funcionario les explicó que el cartel que habían visto en Dinamarca indicaba muy claro que la oferta era por dos semanas exactas y ni un minuto menos. Tampoco se les devolvería ni un centavo del costo de la excursión pues ya habían disfrutado de todo lo que el cartel prometía. Nadie tenía la culpa de que El Museo de la Miseria los hubiera defraudado.

Vida hospitalaria

Mis primeros pasos por el Hospital «Nueva Vida» los di sin alejarme demasiado del «Batalla del Jigüe», que está a un costado del «Leopoldo Vidal». Los enfermos por esta zona andaban en grupos, formando colonias que compartían síntomas, aberraciones, un mismo diagnóstico y hasta tratamientos similares. Los más numerosos parecían ser los que sufrían delirio de persecución que como se sabe, es un mal infeccioso. Estos se reunían bajo los bancos del «Batalla del Jigüe» y sobre las azoteas más inaccesibles, por los atolladeros de la parte vieja de la ciudad y alrededor de los enormes respiraderos de las calzadas. A veces se confundían con los suicidas, con los poetas y con los bodegueros, haciendo muy difícil el reconocerlos. También ocurría que varias colonias de enfermos de delirio de persecución se transformaban en poetas, y éstos, a veces, se transformaban en suicidas sin previo aviso o trámite clínico. Entonces hasta los proxenetas, que nunca se confunden, se confundían. Por lo general todo el mundo volvía a su estado normal en pocos días, pero muchos quedaban marcados para siempre con el trauma o con su recuerdo.

Después cambié de rumbo: caminé por toda la Avenida «Tercer Mundo» y conocí a otros locos más interesantes: los normales. Estos locos se pasaban la vida quejándose, diciendo que aquello daba pena, que quién lo iba a creer, que los querían confundir a ellos con los verdaderos locos, que ya hasta ellos mismos a veces pensaban que eran locos de verdad, locos comunes como los que deambulaban por las calles del hospital. Pero que ellos iban a escribir una carta al mismísimo director, quejándose y diciéndole toda la verdad, porque ya aquello era intolerable, insoportable y que ellos querían viajar por Occidente. Por supuesto que esta última declaración revelaba su naturaleza psicopática convirtiéndolos en locos de cuidado.

A menudo también las autoridades del hospital pasaban y molían a palos a los que más sobresalían. Los normales se reconocían por los libritos de filosofía que siempre llevaban bajo el brazo o por estar empleados en algún centro burocrático del hospital. Era común que los acusaran de revisionistas o de disidentes por lo que a veces les daban los electroshocks en medio de la calle. Aunque también tenían beneficios: a estos locos les daban, una vez al mes, un poco de picadillo. Su locura era tan grave que hasta se sentían felices con aquellos ripios de pellejos de vaca. Entonces daban fiestas y hasta se divertían. Y las autoridades los utilizaban para delatar las actividades antihospitalarias de los demás locos. Se corría que un loco normal podía ascender por las estructuras del hospital hasta sus más elevadas esferas. De hecho, muchos de los miembros de las autoridades provenían de los normales, por lo que enseguida aprendí que era de los normales de quienes debía protegerme con más vehemencia. Por otra parte, de los normales era de quienes recibíamos el tratamiento que, como locos al fin, debíamos seguir.

Conocí, también por aquella zona, la colonia de los escritores. Estos se pasaban la vida escribiendo unas novelas muy largas que a veces el hospital ordenaba su publicación inmediata «para y por el regocijo de todos». Como supe después, los escritores eran las criaturas más lamentables de todo el hospital. Se la pasaban soñando con la nieve en un país sin estaciones. Querían, algunos, fundar un club de mariposas en la copa de un árbol. Los más desequilibrados pedían a gritos una máquina de escribir. Otros no querían levantarse en la mañana y ver el hospital por todas partes. Hablaban de las ondas del pífano, del tirrime romano, de las circulares aves del destierro. Escribían cosas como:

"Ese coro que no se revela ante la prohibición pavorosa, que no participa, que no sigue al escogido para interpretar y deshacer el *fatum*, ha venido a reemplazar a los antiguos dragones, cuya sola función era engullir doncellas y héroes. El dragón entra en el combate que lo va a destruir en condiciones de desigualdad, que es lo que le da su grandeza"[2].

Una señora de la colonia de las divorciadas me contó que las autoridades les permitían escribir estas cosas "porque por lo menos así se entretienen y no les da por romper los cristales". Y después me dijo: "además, lo que ellos escriben aquí nadie sabe lo que quiere decir", cosa que era enteramente cierta y que comprobé después al ver las obras completas de los más encumbrados cumpliendo objetivos más inmediatos junto a las pestilentes letrinas. Mucho después, cuando algunos escritores empezaron a escribir cosas que se podían entender, los normales les hicieron la vida un poco incómoda. Por eso, muchos escritores cambiaron definitivamente de colonia y se dedicaron a menesteres menos trágicos aunque mejor remunerados, como a la traducción del francés o a la delación asalariada, oficios para los que estaban plenamente capacitados y que gracias a éstos hoy se desempeñan con gran maestría como agentes de la policía alrededor del mundo.

Caminé por la colonia de los escritores sin rumbo fijo. A intervalos me detenía y a intervalos daba otros pasos. ¿Dónde terminaba este hospital? Subí a una azotea destartalada: el manicomio se extendía más allá de los muros de la bahía, más allá de las barcazas y de las aguas aceitosas del puerto, más allá de los cordeles donde colgaban las ropas mugrosas de los obreros de Regla, sobrevolando incluso las colinas y los límites habitados, mucho más allá de la ciudad misma, acaso hasta las cayerías vecinas. Escapar fue una idea que pude descartar desde el principio: suponiendo que la fuga se realizara con éxito, sólo llegaría a otra zona del manicomio, a otro manicomio o subdivisión manicomial, por lo que me entraron unos deseos incontrolables de tomarme un helado...

[2] José Lezama Lima, *Paradiso*

Cogí una guagua. Cogí otra. Caminé cien metros. Cogí otra guagua. Atravesé un fanguero, una guisasera y un pequeño montículo: salí a la Rampa, ahora convertida en la avenida «Mártires de Taco-Taco». El viento subía con furia desde el Malecón provocando una suerte de felicidad europea. Marqué en la cola, al final de la cola, o sea en el fin del mundo. Me dediqué a observar y a disfrutar la locura de una multitud entregada a la tarea de obtener un helado. Una ama de casa enseguida me preguntó si yo era el último. Le dije que sí. Arrastraba con gran pesar un contenedor gigantesco a medida que la cola avanzaba. No pude creer que aquella vasija ciclópea estuviera llena de helados. De todos los sabores, me dijo la señora. Ya casi todos están derretidos. Entonces, mirándome con gran curiosidad me preguntó que quién yo era, que de dónde yo había salido. Le dije mi nombre y ella me preguntó que si por casualidad yo era algún sobrino de ella que ella todavía no conocía. Porque en esta cola todos son familiares míos, me dijo. Aquí me han nacido hasta biznietos, agregó. Y parecía tener razón porque los seres se le acercaban, abrían la tapa descomunal de la vasija y lanzaban los helados por el abismo del contenedor. De pronto se formó una discusión entre la señora y uno de sus sobrinos porque éste dejó caer, en un descuido, un pequeño diccionario Larousse al fondo del contenedor. Lo perdiste, le dijo la señora. Y cien manos cerraron la enorme boca metálica de la vasija.

Y la cola avanzaba, se movía, emitía unos chirridos y unas emanaciones ígneas. Del otro lado, en una de las alas de este bicharraco que es la cola, vi, sin poderlo evitar, un parto. Una señora daba a luz sin abandonar su puesto de años. En el momento en que la criatura hacía por salir del vientre materno, la cola dio unos pasos. Y la señora también dio unos pasos. Arrastraba una baba sanguinolenta y una diminuta manita se empezaba a asomar ya por debajo de la saya de alegres florones. La criatura hacía por salirse, y la madre la trataba de ayudar, pero la cola enseguida daba unos pasos y se detenía, daba otro paso y se paraba, por lo que la criatura colgaba, mitad dentro mitad fuera, de algún testero del bollo. Cuando la cola se detenía, la señora aprovechaba y tiraba de aquellas manitas con furia pero todo era inmensamente difícil porque la cola enseguida daba otros pasos. Un hombre trató de ayudarla, tirando de la única piernecilla ya del otro lado pero perdió su turno en la cola y de nada le valió que explicara sus principios humanitarios. Te saliste de tu puesto y lo perdiste, fue todo lo que respondió la cola. A pesar de que se veía completamente ensangrentado y como con una porquería chorreándole, la cola le dijo que marcara, si quería, al fondo.

La señora siguió arrastrando su cruento nudo hacia la caseta de los tíckets en medio de horrorosas convulsiones. La placenta se enredó en las matas y en las columnas formando un patiñero viscoso donde resbalaban los miembros de la cola, quienes salpicaban en su caída las paredes de la heladería y la luz de la tarde. Dos ensaladas de chocolate, le dijo la señora a la cajera. De ningún modo, le respondió la obrera de la heladería. Esa criatura no ha nacido todavía, recalcó la obrera inclinándose para comprobar que en efecto sólo una mano y una pierna formaban parte de la cola. Un helado por persona, le dijo la obrera. Entonces la madre, sin soltar su número y con las dos jabas enganchadas al cuello, metió su mano libre en la vagina atascada; registró su interior con furia y tiró del pedazo de criatura atorada. Ensangrentada y dando gritos, con varias varas de tripas colgando y con numerosas secreciones goteantes, la niña fue levantada en vilo por la madre y mostrada a la obrera quien no tuvo otro remedio que vender los dos tíckets a la señora para obtener las dos ensaladas de helados. La cola, inmediatamente, dio otros pasos...

Cuando mi turno para el helado parecía ser ya realidad, apareció en la cola el director del hospital. Las emociones estallaron en los pechos como explosivos. La cola casi revienta. El director preguntaba infinidad de cosas a la cola: ¿no son éstos los helados más cremosos del globo terráqueo? Y la cola rugía que sí, que sin lugar a dudas lo eran. Y el director preguntaba otras cosas: ¿y quién no se puede pagar un helado al precio que los hemos puesto? ¡Nadie!, gritos de la multitud. Y la cola, a punto de desorganizarse, se organizaba. Y el director hacía otras preguntas a la cola: ¿y cuánto tiempo llevan aquí para coger un helado? Un año, grito de una anciana con semejanzas coleópteras. Un quinquenio, grito de criatura normal aunque con ochenta manos. Un siglo, grito de mujer traumatizada. Un milenio, grito de negra con jaba y con cara hecha chatarra. ¿Y no vale la pena esperar todo ese tiempo para saborear el helado más cremoso del mundo? ¡Sí que la vale!, gritos de la multitud enardecida. Una criatura enana se acerca al director y le habla: mire, compañero director, yo no estoy en esta cola para coger un helado sino para ver si algún día se les ocurre sacar camisetas de farol chino. ¿Usted no sabe si sacarán camisetas de farol chino este año? Y yo estoy aquí, le dice un obrero de avanzada, para comprarme una cámara de bicicleta. ¡Y yo un paraguas! le grita el único chino con amplias ojeras azules. ¡Y yo un puerco espín!, le grita un veterano de la Guerra Chiquita. Ay, y yo estoy aquí, le grita una anciana en silla de ruedas, para ver si sacan culantro. Y yo para ver si me curan los herpes, le grita una señora que parece llamarse Lidia. Y yo, para comprarme un tiburón, grita alguien desde lo último de la cola. ¡Una manguera para la fosa!, gritan. ¡Una sartén!, gritan. ¡O una vaca calva!, gritan. ¡O un mapa del Mediterráneo!, gritan. ¡O una sopa Campbell!, gritan. ¿Y tú? ¿Yo? Sí, tú, que te la pasas agitando y enloqueciendo esta cola, ¿qué tú andas buscando? Trapos. Trapos lilas y blancos. Aunque también necesito un telescopio. Y unas bujías que funcionen. Y un pan. Yo vine porque me dijeron que iban a sacar patas de patos. ¿Eso le dijeron? Como lo está oyendo... Yo tengo marcado, compañero director, en diecisiete mil colas en todo el hospital. En una cojo un mango y en otra un picaporte. Ayer mismo cogí un termostato en la cola de la Víbora. Y ya hoy cogí una maruga, dos velas y un poco de mastuerzo. Y un pomo de violeta genciana. Con sacrificio y tesón ha sido pero nadie se muere por tan poco. Usted no lo sabe todo, director. Usted sólo sabe lo que le dicen en su despacho. Mire usted: ¿no ve que me falta una pierna? Pregúntese usted cómo fue que la perdí, pregúnteselo... No va a adivinar: en la cola de los bichos abisales. Yo, es verdad, no tenía tanta necesidad de coger un animal de las profundidades, pero es que aquí nunca una sabe lo que puede hacer con uno de esos bichos. ¡A lo mejor la Academia de Ciencias me lo cambia por una lata de leche evaporada! O tal vez la revista «Juventud Técnica» le quiera sacar unas fotografías. Aquí nunca se llega a saber nada. Por dejarle tomar unas fotografías a ese animal yo cobro media latica de café molido. Pero le contaré cómo fue lo de la pierna: ya yo venía saliendo de la cola con el animal abisal en un cartucho y se le salían las seiscientas patas que tiene y las bolsas llenas de un líquido venenoso. Y la gente me vio que ya yo salía con mi bicho abisal, que iba más muerta que viva y entonces me cayeron arriba, me sacaron un puñal, y ellos arriba de mí a querer quitármelo, a querer robármelo, y fue cuando yo les dije: «el que me quite este coso abisal, lo mato». Y el animal, apurruñado contra mi costillar, ladrando. Y llegaron los negros de Santos Suárez, que son los peores del mundo. Y me molieron a palos. Y yo gritaba. Y el animal también gritaba. Y la cola gritaba más todavía. Y los negros tiraban de las patas del bicho abisal. Y una anciana que yo pensaba que era buena amiga mía empezó a halarlo por una de las antenas más largas. Y hasta una compañera mía le quiso arrancar la cabeza. Y yo defendiéndolo. Y los negros: ¡suéltalo, suéltalo! Y yo: primero tienen que pasar sobre mi cadáver. Y en eso llegó la policía. Y los negros salieron huyendo. Y yo quedé despatarrada en el suelo sujetando el cartucho con lo que quedaba de animal dentro de él. Y cuando me fui a poner de pie, que me fueron a dar los primeros auxilios (porque no le había dicho que yo padezco de la presión y de las venas), que ya había dado las gracias a Dios por haberme sacado con vida no sólo a mí sino a la cosa abisal, noté, sin darme casi cuenta, de que a dos metros de mí había, en medio de un pantano, una pierna. Al principio yo pensé que podía ser una de las patas del bicho abisal pero enseguida descarté esa idea porque vi que aquella pierna llevaba un zapato plástico rojo idéntico al que yo había llevado a la cola. Hasta que tuve que aceptar lo inevitable: aquella pierna era mía. Y empecé a dar gritos. Y me subieron a una ambulancia. Y en otra ambulancia la llevaron a ella. Y enseguida trataron de empatármela, pero no cogía, estaba al revés, le habían salido unos lamparones y una especie de varicela. Y tuvieron que enterrarla allí mismo porque hedía. Y aquí me ve usted hoy, con una pierna de menos. Pero no me quejo. Yo he aprendido a no quejarme por cualquier bobería. Ahora tengo el animal de las profundidades en mi casa y ha venido infinidad de gente a verlo. Y yo les cobro. Y con lo que les cobro resuelvo un millar de cositas. Pero usted no sabe nada. Usted está en su despacho y no sabe nada. Esto es un infierno. Esto es de sálvese el que pueda. ¿O usted sí lo sabe? Pues aquí me ve hoy, en una cola de helados para coger un pulpo. O un espejo. O lo que saquen. Ya a mí no me importa lo que saquen. Como si no sacan nada, aquí me quedaré hasta el fin. Si un día se le ocurre, pase por mi casa para que conozca el animalejo. Dicen que tiene ciento cincuenta millones de años. Y yo lo cuido mucho, así que puede durar otra barbaridad de años. Yo, todos los días, antes de marcar en ninguna cola, le echó su buruguita de pan y hasta le compro una minuta. Y él come de todo. Ayer mi esposo le echó un aguacate medio podrido para ver qué hacía ante algo tan espantoso como un aguacate podrido y el animal dio un salto horroroso y lo cogió en el aire. Y mi hijo un día se puso a jugar con él, a decirle que le iba a echar un batido de mamey y el bicho se salió de la pecera donde lo tenemos y fue y se subió en la despensa y se comió todo lo que encontró en su camino. ¡Es un monstruo lleno de picos y mangueras! A usted le va a encantar. Cuando supimos que comía de todo, salimos a conseguirle matas de bledo y hasta tablas con puntillas. Y ya él sabe hacer muchas cosas: una vez se nos soltó y se subió encima del fogón, sacó una sartén chiquita que yo tengo y se frió dos huevos... Si un día pasa por mi casa, yo se lo voy a enseñar. No tema usted que el animal le vaya a ensuciar su ropa limpia ni que lo vaya a agredir: él sabe muy bien que de usted depende su vida.

El ciudadano Lunas

En su carta al Secretario General de las Naciones Unidas, Armando Lunas relataba las condiciones de vida en la prisión, el trato que como prisionero recibía de parte de sus carceleros, así como la violación sistemática a su correspondencia. En otra carta dirigida a Amnistía Internacional acusaba al gobierno de haberlo encarcelado injustamente, sin llevarlo siquiera a juicio y sin habérsele formulado cargos de ningún tipo. Sus cartas, sacadas subrepticiamente del país, lograron que varias organizaciones humanitarias internacionales se interesaran en su caso, intercediendo a su favor ante las autoridades del país.

Cuando el gobierno hizo una investigación sobre las acusaciones y quejas del sujeto, comprobaron que Armando Lunas no figuraba entre los prisioneros del sistema carcelario del país. Al contrario, vivía normalmente con su señora e hijas en un suburbio de la capital y estaba empleado por la Industria Ligera desde hacía dos décadas. El gobierno respondió inmediatamente a las organizaciones humanitarias acusándolas de "marionetas al servicio de la reacción internacional". El gobierno pudo probar que el ciudadano Lunas era en efecto un impostor.

Armando Lunas siguió denunciando las pésimas condiciones de vida en su prisión a varios organismos internacionales.

* * *

Julio Cortázar ha venido a vernos, a visitarnos, a decirnos cómo deberá escribirse el cuento, a explicarnos cuáles son sus técnicas más renovadoras, sus sutilezas y estructuras, su nueva sintaxis y sus exponentes máximos... Ha venido desde París en un Boeing 727, *first class*, a estrujarnos en nuestra propia cara qué cosa es el cuento. Si no fuera porque lo estoy viendo, no podría creer que hubiera venido a explicarnos (a nosotros precisamente) lo que él cree que el cuento es... Desde mi butaca lo veo como se empina y dice. El cuento es un género muy difícil, dice mirando unos papeles amarillos a través de sus espejuelos dorados. El cuento es un género muy intrincado, dice y enseña su boleto de avión de regreso a Francia. El cuento, dice, es un mundo esferoide y cíclico. *Como éste, como este mundo mío es el cuento, esferoide y cíclico, redondo, sin comienzo y sin fin, sigue, sigue...* El cuento es el caos ordenado... *¿Ves? Yo soy el cuento del que tú hablas y todos estos seres son los personajes de ese cuento que tal vez nunca se escriba...* El escritor no podrá conformarse con la concepción tradicional del cuento, dice desfachatadamente. *El escritor no podrá conformarse, pero* *los personajes sí tendrán que hacerlo... Cómo se le puede explicar a las reses el método idóneo para su descuartizamiento...* Y el hombre sigue diciendo, emitiendo juicios y definiciones radicales. El cuento ha sufrido muchas variaciones, dice todavía. ¡Pero qué cuento nos podrá hacer este señor de hermoso culo plateado de lo que es el cuento! Si se callara y nos enseñara una vez más los botines de piel de delfín... Sigue diciendo y mientras dice, su asiento en el Boeing 727 sigue reservado... El tiene que darse cuenta de la crueldad que encierra el hablarnos de ese modo. Y ya debe estarse imaginando cuánto van a aplaudir los títeres cuando se termine la función. Y ya debe estar ensayando los ademanes con que recibirá los halagos, los títulos, las invitaciones y las proposiciones más inverosímiles. Y su asiento seguirá reservado no sólo en el Boeing 727, *first class*, sino en nuestra memoria... Porque él, sí, él, ha podido venir a decirnos lo que a él se le ocurra del cuento y saldrá disparado de regreso para poder seguir diciéndolo... Esta visión dolorosa de un hombre diciendo lo que le venga en ganas decir tendrá que examinarse cuando se investiguen los orígenes de nuestro trauma... Nadie está prestando atención a lo que él dice, sino a lo que no dice, a lo que sabemos que hizo posible su existencia y su desenfado. Es un hombre libre, voluntariamente exiliado (pues nadie en la Argentina le hace el menor caso). ¿Ya habrán limpiado la Gran Planta Procesadora de Tusas de Jagüey Grande que le van a mostrar apenas termine su discurso? Y el tomará fotos incesantemente. Y, de regreso a Francia, mostrará las imágenes a sus amigos; hablará sobre la belleza del atardecer tropical enredándose en el monte. Así mismo dirá, con esas mismas palabras. Y las fotos no podrán revelar esa melancolía y esa desesperación de grillos y pantanos. Nadie ni nada hablará de la fatiga con que parece descender la tarde ni de la asfixia que impone el hecho de saber que esos pantanos son los confines del mundo. Y él: miren esta mata en esta foto. Y ellos: qué linda mata. Y él: de estropajos. Y ellos: no lo podemos creer. Y él: un país maravilloso. Y ellos: cuéntanos. Y él: un paraíso. Y nada podrá revelar que la mata lo que echa son unas vainas que nosotros utilizamos como estropajos porque ni estropajos nos quedan... Y así seguirá diciendo, confundiendo, trastocándolo todo. Y escribirá innumerables artículos alabando nuestra suerte, nuestros éxitos en las distintas esferas, nuestra infinita confianza en el futuro... Y él dirá todas estas cosas, todas esas boberías, todas esas mentiras, sin que su país adoptivo se las cuestione, sin que nadie venga a comprobarlas, y lo más increíble, sin que a nadie le importe un bledo. Dirá, como está diciendo aquí, todo lo que parezca. Incluso dirá que él sueña con que el resto del globo copie nuestro modelo (qué horror que alguien se crea la eficacia de nuestro modelo) y agregará que él sólo respira corrupción y decadencia en su inocente patria adoptiva. Y por esas palabras tal vez lo galardonen con la Orden de Plata de la República... pero lo que él no se imagina es que yo si sé de la grandeza de esa nación que tolera, respeta y protege su derecho a destruirla...

Un gran cuento, dice Cortázar, es aquél que no podemos olvidar. Y empieza a contar uno que, según él, nunca ha podido olvidar. La ciudad había sido premiada con un formidable apagón. Esa era la recompensa a tu jornada laboral, a ese trabajo de choque, a esos sudores fríos que impulsan la economía del país y del Tercer Mundo, a ese dolor en la espalda y en los cojones, a esa cola para coger un cubo de agua, a ese rempuje de la ruta 174, a esa felicidad de un domingo rojo sembrando cangres de caña, a ese instante metafísico en que debes pasar la merluza por los canales digestivos, engulléndola con furia, como si te tragaras una almohada apestosa. A todo ese sacrificio, a todo ese dolor, a todo ese espanto, lo han premiado con un rotundo, incuestionable y uniforme apagón. Te levantas de la silla. Los planetas y los demás cuerpos cósmicos brillan con inusitado esplendor como burlándose de nuestra ciudad a oscuras. Cortázar ha seguido relatando el cuento que no es capaz de olvidar. Sales hacia la calle en tinieblas. Ves como el apagón se mete entre las grietas de la calzada, por entre los diversos apagones que produce un apagón universal y por el culo de José Martí, quien en medio de las tinieblas adquiere la fijeza de las estatuas de Pascua. Sientes las escamas de las tinieblas rozándote la piel. Las formas se marean y se dislocan y los gestos adquieren las intenciones más subversivas. Y entonces te vienen deseos de zarandear un poco, sin llamar mucho la atención, el culo. Te ha dado por eso, a ver qué se siente, a ver... Vas por la Avenida de los Presidentes meneando las caderas en medio del apagón presidencial. Y distingues el primer bulto en una esquina que parece ser un hombre. ¿Le vas a pasar meneando las caderas de ese modo? Claro que sí. Y le pasas. Qué habrá pensado ese hombre de tu paso. Nada, seguro que no ha pensado nada: él tampoco tiene deseos de ir a comerse las merluzas. Además, es muy importante que ese hombre sepa que este país está lleno de maricones. No tenemos ni revoluciones mexicanas ni problemas fronterizos con el Paraguay ni un volcán o un terremoto que nos despingue, ni siquiera una selva que nos trague. No tenemos nada. Lo único que tenemos son millares de maricones vivos, o sea todos los problemas arriba mencionados juntos... El apagón se encarga de cubrir los rostros y las identidades. Y ves cuando el hombre se incorpora, se ata las cintas y se estremece. Y avanza hacia ti enseñando, con desparpajo y con furia, las tetas. Y detrás de este ser ya distingues las siluetas de millones de seres que avanzan rasgando sus arpas. Y ya distingues en medio de las nieblas a la Lollobrígida. ¿No será acaso Amado Miliana? No, es ella, aunque el parecido es asombroso. ¿Y aquella negra con tirabuzones y brazaletes no es acaso Miriam Makeba, o sea Juan Halmeida? Qué risas, qué valor, qué fuerzas... ¿Y no es aquélla Clara Mormena, la informante sexagenaria que transmitiera a la CIA y después a la Seguridad del Estado los secretos de la guerrilla continental a cambio de un delineador de ojeras? Nadie podría creer que a esta cosa culiseca y remota se deba la captura y ejecución del Comandante Ernesto Che Guevara en Bolivia. Unas plataformas de corcho fue lo que costó la desaparición de todos los movimientos insurreccionales de la América Latina. Hela aquí, sin que nadie le haga el menor caso, brillando entre las saturninas nieblas... Y el escándalo es tan intolerable que los vecinos se asoman a las ventanas a ver qué pasa... En una esquina refulge la Sedova, viuda de Trovsky, una mariquita eslava que traduce constantemente los escritos de su difunto esposo a media docena de lenguas muertas. Pero siguen llegando seres a la parada de la guagua adonde te has atrincherado. Se acerca con paso de geisha mareada una loca brillosa y metálica, la famosísima Gran Loca de Los Infiernos, también conocida como el Pájaro Cósmico, o sea la

Tereshkova. La Tereshkova viene metida dentro de una escafandra en cuya caperuza se advierten las letras «CCCP» («Camino Con Culo Plástico»). Varios centenares de admiradores la rodean mientras ella les firma autógrafos. Pero siguen llegando seres. Hace su aparición en la parada el rostro gaseoso y múltiple de Sanjuro, un expepillo científico que llegara a la notoriedad tras convertir colchas de trapear, algodones sucios y otros trapos en jugosísimos bisteces. La prensa lo persigue adonde quiera que se mueva. También aparecen Las Amazónicas, dos hermanas repatriadas que desertaron de un viaje al Brasil (adonde habían acudido por orden del gobierno para participar en un congreso que estudiaría las pirañas como transporte de alucinógenos y armas entre el continente y las islas americanas). Las Amazónicas desaparecieron del congreso de Río internándose a tientas en las profundidades del Matto Grosso. Tras una persecución de dos años, la Seguridad del Estado las atrapó en plena selva amazónica, de donde fueron transportadas, llenas de fango, bejucos y llagas, hasta La Habana. Las Amazónicas fueron localizadas al hacer una llamada telefónica desde el Amazonas a la WQVAH, una emisora de radio de Miami que las denunció de inmediato a la Seguridad del Estado en La Habana. Otros seres más inesperados y a la vez típicos aparecen en la escena: Willy el Gago, capaz de transformar cualquier documento en un dólar americano auténtico; el Ruiseñor del Cerro, exchulo revolucionario y miembro del Comité Central del Partido convertido por decreto de emergencia en el Ministro oficial de todas las putas de Cuba; Berta Fonseca, la única mujer sin sífilis de la Víbora; Miguelito Calandria, el único bugarrón que se le conociera en vida a Ho Chi Minh; dos maricones operados que acuden a todas partes con sendos pomos llenos de formol donde llevan los restos de dos primitivos penes que muestran a todo el mundo como evidencias irrefutables de su transformación irreversible. Y en ese momento la Fornés, que nadie había visto todavía, se pone de pie y dice que ya es hora de comenzar la actividad. Esta noche, dice y los micrófonos lo repiten en treinta y seis lenguas idénticas, esta noche de 26 de julio, dice y la prensa desata una tormenta de relámpagos en su rostro, una fecha tan gloriosa para nuestra patria, dice y rompe una ovación ensordecedora, fecha en que nos hemos reunido, dice y la interrumpen las notas del himno nacional de Malasia, para rendir un sencillo pero sentido homenaje, dice y en ese instante una serpiente devora a una anciana, un reconocimiento, un tributo, dice y se levantan consignas marxistas, a una de nuestras más abnegadas y sacrificadas obreras, quien con su sudor, su ardor y su sentimiento del deber, así como con su combatividad desmesurada, dice y una cámara de televisión le saca un ojo, ha merecido, ha conquistado, ha ganado, dice y se abre un momentáneo silencio, el sellito de obrera de avanzada... y el escándalo se hace irresistible; suenan matracas y pitos, ronquidos y sirenas, se escuchan once cañonazos seguidos. Compañeros y compañeras: todas tenemos que aprender de esta compañera que ha puesto el nombre de la patria tan alto. Y sin más, esa obrera es y responde al nombre de, ¡la viuda de Trovsky, nuestra querida Sedova!

(La Sedova es ayudada a subir hasta la tribuna)
(Se limpia las lágrimas con un cenicero)
(Voz de la Sedova) Muchas gracias, muchas gracias, me siento muy emocionada por haber sido seleccionada entre tantas compañeras ejemplares como la obrera más destacada del trimestre que nos ocupa...
(Voz de la Fornés) ¿Tiene algo que decir a este pueblo que clama?
(Voz de la Sedova) Sí, que hay que escaldar con más furia hasta que se arranquen todas las matas...
(La Sedova tira besos a la multitud y le entregan un ramo de flores inmenso)
(Voz de la Fornés) Han oído a la Sedova, viuda de Trovsky, que representa lo mejor de nuestro pueblo en este momento de acecho (se levantan pancartas con la imagen de la Sedova en compañía de Trovsky) por parte del imperialismo y sus lacayos (se oyen las notas musicales del himno nacional de Tazakishtán) en estos momentos de reafirmación revolucionaria (un grupo de ancianas macheteras pide a la

Sedova que les firme autógrafos) porque ella representa lo mejor de nuestra sociedad (abre el desfile una delegación de pioneros con cintas de colores) que construye el socialismo a noventa millas (la Federación de Mujeres Cubanas pasa revista con los cuellos firmemente doblados hacia la tribuna donde la Sedova saluda) del centro del imperialismo mundial (una delegación vietnamita desfila con una estatua gigantesca de la Sedova en Gorki) y que sin miedo y con una perseverancia impar, guiada por el espíritu de nuestros líderes y mártires y por el gloriosísimo Partido Comunista de Cuba (una ráfaga de aviones supersónicos atraviesa los cielos) y por el otro espíritu de lucha heredado con el Moncada (una loca rumana hace entrega de una placa a la Sedova y ambas se abrazan llorando) estamos construyendo la sociedad más justa y habitable del planeta (China viene llegando a la tribuna con un retrato gigantesco de Mao) un ejemplo para los pueblos oprimidos (un machetero de avanzada y a quien faltan ambos brazos se abraza a la Sedova) que sufren bajo el colmillo de las transnacionales (la guardia de honor rinde homenaje a la Sedova disparando setenta cartuchos de salva, de acuerdo a la edad de la homenajeada) que debilitan y desangran nuestras economías de por sí ya débiles y desangradas (la guardia de honor se acerca corriendo a la tribuna) al obligarnos a comerciar a precios de miseria (la guardia de honor parece hacer como un cerco alrededor de la tribuna) a medida que nos endeudamos más en los bancos de Occidente (un camión blindado se parquea justo detrás de la tribuna) en ese momento un grito aterrador agrieta la noche: ¡RECOGIDA! Las locas y los demás seres salen disparados desde la tribuna hacia el interior de la perrera (¡calma, calma, pueblo! ¡Esto no puede ser una recogida!, grita la Fornés por los micrófonos) (un maxilar que no se sabe a quién puede pertenecer, rueda por la acera) (¡resistencia pacífica contra la monstruosidad!, se oye)

La Sedova es bajada a patadas de la tribuna (¡ay, como si fuéramos delincuentes!, se oye) (¡ay, yo me quejo a Vilma Expían!) (¡Cállate, le gritan, Vilma Expían es la que maneja la perrera!) La tribuna empieza a quedarse vacía...

(Parten las perreras atestadas de seres)
(Se siente un pestañear de luces en lo alto)
(Un breve chasquido eléctrico)
(Se encienden las farolas)
(Ha terminado el apagón)
(Fin)

(este inolvidable cuento lo escribí de un tirón, en una noche, en mi suite del Havana Riviera, cuando visité Cuba con el Salón de Mayo)

parten las perreras y en ellas
nuestros aterrados fantasmas

parten las perreras y en ellas
nuestras vísceras arrestadas

parten las perreras y en ellas
nuestros apretados vientres y nuestros comprometidos culos

parten las perreras y en ellas
ese mudo discurso de gargantas condenadas

los seres, los seres, qué modo éste de conocerlos y de odiarlos, qué manera tan natural ésta de intuirlos, de identificarlos al vuelo, de distinguir sus dualidades hasta en los detalles más cotidianos; qué forma esta mía de reconocer sus verdaderos y sus aprendidos gestos, sus dos pasos, sus dos objetivos primordiales, el que se aparenta y el que profundamente se desea, qué destreza ésta mía de reconocer hasta sus dos modos de mirar atrapados en uno, sus dos lenguas, sus dos risas, sus dos esternones y hasta los dos modos de cagarse en sus dos vidas... desde la perrera los veo, a ambos lados de la calzada, congestionando las calles de una ciudad también irreconocible por haber padecido incontables transformaciones... qué espeluznante engendro no podría salir de cada uno de estos seres con quienes una época y unas circunstancias han experimentado sociológicamente: *rata de laboratorio 1, rata de laboratorio 2, los seres...* quién se entregará a la tarea de devolver la cordura a unos seres humanos que ni siquiera alcanzan a ver de qué modo los han aniquilado... calla, muchacho, calla.

—Ah, pero quién eres tú para hablar de ese modo, quién te crees que eres para expresarte así de tus conciudadanos, de tus compatriotas, que ni compartimos esa idea tuya de que aquí todos somos experimentos sociales, ratas, como tú nos nombras, ni tenemos dos esternones ni dos vidas como tú dices. Aquí todos somos de carne y fuego, por eso padecemos. Y mira, ya hemos llegado: donde quisiéramos volver a oír ese sermón que venías dando es aquí dentro, en el calabozo que te hemos reservado. Así que apéate y camina...

...esta noche le toca venir al escritor Julio Cortázar a esta prisión. El muy sinvergüenza, lleva casi un mes dando conferencias en Kilo-7, una prisión tan mala como ésa. ¡Cómo si Kilo-7 fuera mejor que nosotros! ¡Cómo si en Kilo-7 hubiera alguien que se interesara por las boberías que él habla! Aunque a nosotros tampoco nos interesa en lo más mínimo, por lo menos nos queda aquello del contacto con la alta cultura. Lo más seguro es que no lo traigan a una prisión tan requetemala como ésta, que no hace otra cosa que perder la emulación presidiaria. Dios mío, cuántos años llevamos esperándolo. Lo más seguro es que salten esta prisión tan mala y lo lleven a San Severino, una prisión modelo. Porque nosotros somos lo peor del mundo, la piara humana. Y todo porque nos hemos negado a comer el gofio con gorgojos. ¡Cómo si aquí todo el mundo no tuviera que comérselos! Yo sé que no va a venir (porque sólo a un loco o a un canalla se le ocurriría visitarnos), pero de hacerlo dicen que va a tratar el cuento, sus sutilezas y estructuras. Y que debemos estar todos en el salón central a las ocho en punto.

El (a-)salto

Como millares de jóvenes desesperados por abandonar su país, Esteban concibió un plan para asilarse en la custodiadísima sede de la embajada argentina en La Habana, acaso el único orificio conectado aún con el exterior por esos años.

La embajada, una lujosa mansión de tejas rojas y jardines cercados, lindaba con un edificio de apartamentos ocupado todavía por varias familias cubanas. Los vecinos debían portar una tarjeta especial que los identificaba como tales y que les permitía, una vez mostrada en varias postas militares, transitar por las aceras de la sede diplomática. La hermana de Esteban vivía en el sexto piso de ese edificio.

El plan era sencillo pero fulminante: consistía en lanzarse desde el apartamento de su hermana sobre el techo de la embajada. Sólo la rapidez de una caída libre le garantizaba adelantársele a los disparos de las postas, así como la velocidad necesaria para quebrar con su cuerpo la estructura de tejas, tablas y vigas transversales. Irrumpiría, como un invitado cósmico, en medio del salón de los protocolos. Una vez dentro de la embajada era como si pisara territorio argentino. Sólo un salto lo separaba de su Buenos Aires querido.

La mañana del salto llegó con esa belleza irreal de los días del trópico. Esteban llevaba unas naranjas a su hermana, las cuales debió enseñar en cada una de las postas. La hermana bajó a escoltarlo hasta el edificio, después de mostrar su tarjeta especial donde venía escrito el nombre de su hermano. Como había perfeccionado el plan hasta en sus detalles espirituales, Esteban empezó a hablar sobre la invasión de mosquitos que asediaba a la capital. Ya en el apartamento, los hermanos se prometieron llevar flores ese año a sus padres muertos.

La hermana hablaba desde la cocinilla cuando Esteban saltó al vacío. Un tiroteo distante siguió al estruendo de tejas al partirse. Había caído justo encima de la mesa de los protocolos. El personal de la embajada acudió despavorido al lugar del aterrizaje: vieron a una masa sanguinolenta que sólo emitía un quejido: «asilo», decía. Cuando el embajador llegó al lugar de los hechos, miró detenidamente el hueco por donde Esteban había entrado. La luz del mediodía, filtrándose por el boquete del techo, anegaba la pieza. Entonces el embajador se volvió a los guardias de su seguridad personal y apuntando para Esteban les dijo:

—Sáquenme de aquí a este negro.

El 16 de abril de 1979, la embajada argentina en La Habana entregó a Esteban Luis Cáceres a las autoridades cubanas.

※ ※ ※

—Yo lo sabía. Yo sabía que lo tenían que meter preso. Porque hasta a Miami me llegan a mí sus historias. A su madre, o sea a mi hermana, él la volvió loca. La pobrecita no tuvo otro remedio que quitarse la vida. ¡Quién no se la iba a quitar! Dicen que actualmente lo que da es pena. Que está medio loco (aunque vivir allí no es para menos). Pero a ese muchacho le encanta provocar a la policía y a los militares. Porque si él sabe que no se podrá ir nunca de allí, bueno pues que se cuele y que se meta como pueda. Y que se calle la boca como hace todo el mundo. Pero a él le encanta destacarse. Le encanta hurgarle cuanto tornillo tiene el aparato. Yo me enteré de que lo expulsaron hasta del servicio militar. Y después lo metieron en un hospital y dentro del hospital dicen que dio una fiesta donde invitó solamente a invertidos. Entre tú y yo: a mí me parece que él también lo es. Porque ningún hombre decente da una fiesta con invertidos. Y no hacía más que unos días que andaba suelto, o sea que lo habían devuelto al hospital, cuando se fue, según me cuentan, hasta el monumento de la Virgen del Camino, una virgen, ¡Dios mío!, que todo el mundo sabe que está vigilada, que nadie ni se le acerca porque todo el mundo sabe que está conectada, por dentro, a una enorme grabadora, a un millar de cables que escuchan y transmiten, calladamente, tus rezos. Imagínate que ya yo tengo el tape de lo que le dijo a la Virgen ese día. Tú sabes que allá no se pueden tirar ni un peo que no se escuche en Miami. Porque una de las oficiales que le estaba grabando la conversación le sacó una copia a la cinta y se la envió clandestinamente a Romelio, un compañero mío en la factoría. Y él, mi sobrino, a lo mejor sin sospecharlo, o no dudes que hasta convencido, fue y se arrodilló frente a la Virgen, frente a la espía, sin pensar que le hablaría, a través de la Virgen de piedra, al Ministerio del Interior, al G-2, a la misma policía. Y me cuentan que primero le enseñó a la Virgen el fondillo para que la Virgen viera que él era su hijo, y te pongo la grabación para que escuches con sus propias palabras lo que después le dijo: *ayúdame, puta, porque yo sé que tú eres el diablo.* ¿Tú has oído? Y escucha esto otro: *tú, sí, tú, el diablo, haciéndote pasar por ángel en esta isla a escala infernal, en este pedrerío estéril repleto de iguanas, en este matadero convertido en patria, iluminado tan sólo por la luz rojiza que atraviesa el coágulo...* ¿el coágulo dijo? Parece medio poeta porque no se le entiende nada de lo que dice. Y eso no es todo, escucha ahora: *tú, haciéndote la santa, la boba, diciéndonos siempre que nos guiarás en la zozobra, en los momentos de desesperación, en la fiebre, en la asfixia, ayúdame, puta madre, a abandonar esta monstruosidad circular, sí, circular, porque adonde mires verás el espanto...* ¿Tú has oído lo que ha dicho? Yo no sé lo que él quiere decir exactamente pero bueno no es. Me lo imagino de rodillas en el piso y se me parte el alma. El, arrodillado, sin poderse dar cuenta que del otro lado de la Virgen estaban ellos, oyéndolo todo. Y la Virgen colaborando maravillosamente con las cintas magnéticas, transmitiendo, sin hacer ruido, su voz, sus más peligrosas conclusiones, a los distintos ministerios, a las diversas subsecciones, y él, quejándose, enseñándole a la Virgen el arañazo en el brazo, los demás arañazos, y ella, la Virgen, mirándolo todo por las potentes cámaras instaladas en sus ojos, y él, escúchalo tú misma: *mira esta miseria, mira esta carne joven pudriéndose, ¡mírala, coño!; ¿te das cuenta de que no puedes seguir incrustada en ese seboruco como si aquí no pasara nada? Porque no es que Dios nos haya abandonado, a él nunca lo tuvimos, pero ni siquiera tuvimos el odio del diablo, ni siquiera el alivio del demonio, somos, virgencita, maniquíes,* patéticos y desdentados Zombis, condenados a permanecer vivos, o sea a aplaudir día y noche. Hasta yo he colaborado con ellos; yo, sí, pues los he aplaudido con todas mis fuerzas, a ellos que son los que me van a aniquilar... ¿Lo oyes? Hablando de ese modo en un lugar donde no se puede ni estornudar en voz alta. Y él diciéndolo todo, describiéndole los pormenores de su espanto directamente a la policía. Y en las diversas subsecciones, ellos, ellas, oyéndolo todo, transcribiendo sus habladurías, sus chiquilladas; mecanografiando sus dolorosas conclusiones y sus quejas de esclavo. Y la Virgen, aliada al crimen, a los verdugos, a los poderosos, transmitiendo hasta sus suspiros con tal de que no la arranquen de ese parque y la lancen a la basura. Una isla donde lo más seguro es que Dios nos meta en un lío sin precedentes que seguramente pagarás con la vida. ¿Lo quieres seguir escuchando? A mí lo que me da es lástima. No lo oigas más que te vas a poner triste. Esa cinta a mí me ha enfermado. El resto del tape se lo pasa diciendo boberías, que en lo adelante dirá siempre que no a la recogida de vegetales menores, que empezará a cartearse con un club de alpinistas franceses, que no volverá a asistir a los mítines-relámpago, que visitará cuantas veces desee a Clarita, una famosa delincuente que él cree que es amiga de él, y que se conducirá en lo adelante "como si viviera en una sociedad libre". Yo mandara el tape a una emisora de aquí para que lo transmitan para allá pero lo puedo perjudicar todavía más. Y después se oye el estruendo de las brigadas de respuesta rápida, las patadas y el primer bayonetazo. ¿También quieres oír el grito que dio cuando le retorcieron los brazos? Pues escúchalo:

El diálogo

Suena el teléfono. Una vez primero. Dos veces después. Y deja de sonar. Vuelve a sonar. Una vez solamente. Y deja de sonar. Entonces suena veintinueve veces seguidas. Desde luego, es Miriam. Pasan dos minutos. Y vuelve a sonar. Tres veces esta vez. Y después, una. Quiere saber si conseguí el pollo. La llamo. Doy cinco timbrazos equivalentes a las cinco letras de la palabra p-o-l-l-o. Y cuelgo. Suena mi teléfono: setenta veces seguidas, como era de esperar. Quiere saber si puede venir a comer. La llamo: le doy dos timbrazos seguidos y cuelgo. Si se aparece a esta hora la verán entrando al edificio. Suena mi teléfono: cuatro veces-y cuelga-tres veces-y cuelga-dos veces-y cuelga-una vez-y cuelga. ¡Estará loca esa mujer! ¡Quiere venir para acá ahora mismo! La llamo. Le doy setecientos ochenta y tres timbrazos y cuelgo...

* * *

Hoy salieron por el puerto del Mariel 1,052 embarcaciones llevándose 14,861 elementos antisociales rumbo a los Estados Unidos. El estado del tiempo era excelente.

>Periódico *Granma*
>Órgano Oficial del Partido Comunista de Cuba
>La Habana, 14 de mayo

Queridísimo padre: te escribo esta carta desde una embarcación poco mayor que una cama. Atravesando voy en ella el Estrecho de la Florida. El bote se llama "Azul" y se le ha roto un motor. Viajamos en él unos cuarenta fantasmas. Aunque parezca increíble, el bote flota, avanza, araña las aguas rabiosas. Estoy empapado. No sé qué sentido puede tener escribirte esta carta en estas condiciones. Te aseguro que es el miedo quien me ha obligado a escribir. Miro hacia atrás y todavía veo la brevísima costa, unos cables de electricidad, una columna de humo y algunos árboles raquíticos: eso es Cuba. Esa línea zigzagueante entre los mangles y el cielo es Cuba, el sitio que más he amado y odiado en mi vida. Cuba, una raya que dentro de muy poco dejará de existir. Son las seis de la tarde. No alcanza el mar a la estampida. Barcos, veleros y hasta embarcaciones pesadas se disputan un pedazo de mar. Salen disparados mar adentro, huyendo de la costa, como si una fiera muy grande los quisiera alcanzar. Todavía podría saltar los mástiles y llegar hasta la casa a tomar el café que seguramente has preparado. Pero navego en dirección opuesta, hacia los Estados Unidos. Sin visas y sin trámites aduaneros, viajo hacia lo que parece ser el Norte. Mis pertenencias son pocas: lo que me queda de vida, el manuscrito de *La venganza* y el lapicero soviético que me regalaste el día de mi cumpleaños. Eso es todo lo que llevo, además de un inconmensurable terror. La noche ha empezado a caer. El bote arremete con furia sobre las olas enormes. La oscuridad es rotunda. Te juro que nunca había visto una oscuridad tan irremediable y perfecta. Aunque la costa se ha hundido en el horizonte, yo sigo viéndola. Tal vez la siga viendo el resto de mi vida. Será que esa franja de tierra era uno, yo, que me hundía lentamente en las aguas. Con ella se hundía mi casa, mi infancia, los días a tu lado, la mano de la madre acariciándome la frente y diciéndome que estaba volado en fiebre, que le andara para la cama mientras ella me preparaba un remedio de hierbas hervidas. Con esa costa se hundía mi mundo. Ya me entregan la primera cena fuera de Cuba: un plato de garbanzos y una lata de Coca-Cola. Pero yo no me la he podido tomar porque lo único que hago es vomitar. Vomitarlo todo. Lanzo la lata al torbellino de aguas enfurecidas. Ella flota unos segundos y luego se pierde en la negrura. El huracán se instala oficialmente en las aguas. El mar se llena de remolinos monstruosos. El bote es un patiñero de vómitos mezclados. Ruego a Dios que calme las aguas, que las calme, que las calme. Pero la tormenta arrecia: el único motor ha dejado de sonar. El bote se ha roto. Ahora danzamos a la deriva sobre el océano Atlántico.

Los refugiados con la vida en vilo. Apenas respiran. Sus rostros, padre mío, sus rostros contra el temporal, empapados de horror y de mar. El llanto de alguien atraviesa la noche. El miedo nos ha paralizado. Los rostros, Dios mío, los rostros y toda la desesperación del mundo atrapada en ellos. Dios mío, calma las aguas, cálmalas... Padre: entre la vida y la muerte te escribo. Porque sé que sólo entre la vida y la muerte podré decirte toda la verdad. Nada de lo que te escriba podría describirte este momento tan bien como lo harían estos rostros.

Hoy salieron por el puerto del Mariel 677 embarcaciones llevándose a 9,537 elementos antisociales rumbo a los Estados

Unidos. *El estado del tiempo era excelente.*

> Periódico *Granma*
> Órgano Oficial del Partido Comunista de Cuba
> La Habana, 15 de mayo

Vientos huracanados hacen que el «Azul» dé vueltas constantemente. El dueño del bote, un señor melenudo y tatuado, pide ayuda por un transistor de mano. Nadie responde a su llamado. Alguien, al parecer bien dotado en cuestiones de mar, dice que el viento nos empujará irremediablemente hacia el centro del Gulf Stream. Y esa corriente nos puede lanzar hacia el océano abierto por lo que bien podríamos llegar a Terranova, a Groenlandia y también puede ocurrir que no lleguemos a ningún sitio. Un bellísimo grupo de tiburones brillosos nos acompaña. Nadan con tal frenesí que talmente parece como si ya supieran el desenlace de esta odisea. El hombre tatuado nos ha dicho que en el peor de los casos el bote no se hundiría del todo pues está hecho de un material más ligero que el agua. ¿Tú puedes creer eso? Dios mío, calma las aguas. ¡Tantos años vividos en una isla rodeada de mar y nunca me enseñaste a nadar! Si el barco se hunde, que es lo más probable, antes de ahogarme te lanzaré esta carta en una botella... Alguien sintoniza una emisora de radio de la Florida. Madre mía, ¿saldremos con vida de este matadero?...

—el régimen comunista de La Habana, el más reciente de los paraísos del proletariado, es abandonado por miles de obreros, estudiantes, madres, ancianos y niños que son traídos en frágiles embarcaciones de familiares o amigos residentes en la Florida hasta tierras de libertad. Desde que el puerto del Mariel fue abierto el pasado 5 de abril, más de cien mil cubanos han desafiado los huracanes en el Estrecho de la Florida en busca de libertad, formándose así el éxodo marítimo más numeroso y patético del mundo occidental. Después de unos comerciales, regresamos con más información... *¡Barrenilín barre los barros!* Por eso en mi familia todos usamos Barrenilín, porque Barrenilín trabaja sobre el barro, sobre los barros nuestros, los borra, los barre, sin dejar marcas ni esos lamparones grises que tanto afean su piel. Compre Barrenilín aunque a usted no le hayan salido los barros todavía, pues le saldrán sin duda en el momento más inoportuno. Barrenilín: el barreno de barros.../ ¡Termine con las cucarachas, mosquitos, sapo-toros y culebras con Barrenilín! ¡Barrenilín es efectivo 100%! ¡Barrenilín penetra las paredes donde se ocultan las cucarachas y los demás bichos y los mata todos al contacto! ¡Barrenilín deja su casa perfumada con un agradable olor a pino y sin un solo insecto! ¡Satisfacción garantizada o le devolveremos su dinero! / Siempre me ha preocupado que mis muebles luzcan finos y brillosos, elegantes, como si estuvieran acabados de comprar. Un tratamiento profesional me costaría una fortuna, pero ahora descubrí la fórmula mágica para el tratamiento de muebles, alfombras y tapices: ¡Barrenilín! Barrenilín es un producto multifuncional que, además de sus comprobadas propiedades curativas en el rostro de la mujer, ayuda a quitar el polvo de los muebles, penetra en la madera eliminando el comején, las cucarachas y cualquier alimaña que allí se encuentre. Barrenilín le saca a la madera sus tonalidades más bellas y como bono le deja un agradable olor a romerillo en su casa. ¡Cómprelo en su bodega favorita! / ¿Por qué llora su niño, señora? Me tiene al volver loca. Se ha pasado toda la noche llorando sin dejarnos dormir. ¿Por qué llora el bebito? ¿Qué tú quieres, bebito? Ba...ba...ba... ¿bebito? rre...rre...rre... ¡Señora! ¡Su bebito le está pidiendo Barrenilín para el picor de la dentición! Barrenilín acaba con el picor de la dentición, desinflama los ganglios y le deja un agradable olor a membrillo en su casa. Barrenilín no debe faltar en ningún hogar por el sinfín de utilidades que brinda a la mujer de hoy. Barrenilín en tabletas y pomadas. ¡Barrenilín! ¡Barrenilín! ¡Barrenilín!

La hora en punto: cinco de la mañana. Cubanos mordidos por perros amaestrados invaden las playas de la Florida. WQBH logró entrevistar entre los mordidos a María Olga Pérez de Cuella, de noventa años de edad, quien acaba de desembarcar en Cayo Hueso en su silla de ruedas. Señora Pérez de Cuella: qué tiene que declarar a esta emisora y al pueblo cubano en el exilio: ¡ay, hijo, el infierno! ¡Hijo: los perros, las fieras! ¡Yo, mordida de perro, desguazada, mírame esa pierna, acribillada, mordida, arrebatada, más muerta que viva! ¡Hijo, qué te podría decir yo, una anciana baldada desde 1962, en esta silla de ruedas, sufriendo, con mis hijas en Miami y sin poder salir de allá, esperando por una visa que no me iba a llegar nunca, y el calor, y el país, y la desesperación! Hasta que dije no aguanto más, yo me tiro al agua con toda esa humanidad, yo me lanzo al mar y si muero, bueno pues por lo menos muero fuera de aquel martirio. Yo no he hecho otra cosa en mi vida que esperar, esperar, por las visas, por la muerte, en la cola de la bodega, por todo... Y cuando decidí irme en los botes, me dijeron ellos, los comunistas, esos hijos de perra, que tenía que pagarles en dólares las operaciones que me habían hecho, y yo les pregunté que si la medicina era o no era gratis en Cuba, y ellos me dijeron que sí, que lo era pero para los que se quedaban, no para las lacras. ¡Así mismo me dijeron! ¡Sin respetarme estas canas! ¿Cómo pueden unos delincuentes llamarle a uno «lacra»? Pues muy sencillo, supersencillo. Pero eso no fue lo peor. Después me obligaron a redactar y a firmar una lista de mis fechorías más notorias. Yo al principio no lo podía creer. Hasta que llegué a la mesa del teniente. Y el teniente me preguntó que qué delitos yo iba a declarar. Yo, arrastrando esta silla de ruedas, y confesando mi condición de elemento marginal. Y tuve que decirle que me dedicaba a la prostitución: ¡puta y todo! ¡cómo lo estás oyendo! Yo, que no veo un hombre desde que murió mi esposo Jacinto en 1946. Puta, puta, de las peores, de cobrar y todo. Y el teniente entonces me dijo que puta solamente no bastaba, que tenía que probarles mi condición de elemento antisocial si quería salir del país. Como si sólo en la mente de un delincuente o un loco cupiera la idea de querer largarse para siempre de aquella maravilla. Entonces cogí tanta rabia que le dije al teniente que además de puta era bolitera, testigo de Jehová, contrabandista, ñáñiga y tortillera. Y el teniente me miraba y me decía que qué más iba a declarar contra mí misma... Hijo, querían degradarme, manchar mi honor, mi dignidad. Pero qué dignidad puede quedar en un sistema que obliga a una pobre vieja baldada a declarar delitos o barbaridades que no ha cometido... Hasta que me di cuenta de que todo no era otra cosa que un rejuego político a nivel de Estado donde yo iba a poner la música del baile que ya ellos habían inventado. Y pasé. Parece que reuní todos los requisitos del delincuente común y pasé, pasé, de sección en sección, de teniente en teniente, de buró en buró y cuando parecía que ya me iba a ir del país, que ya veía los botes y el mar y los mástiles, fue cuando trajeron los perros. Y atornillada a esta silla de ruedas vi yo cuando soltaron los perros, cuando se nos vinieron encima y cuando nos acribillaron. Sin poder moverme de esta silla aguanté yo las dentelladas del odio. Mírame como estoy; mírame, mira estas manos; mira este dolor...

Padre mío, ha empezado a amanecer: las aguas hacen por calmarse: ¡estamos a salvo por lo menos de esta última tragedia! Ya veo la otra costa, ya la diviso en el horizonte. Apenas toque tierra llamaré a tía Inocencia. Me aprendí su teléfono de memoria: 662-0188. Se me olvidarán todas las cifras del mundo pero no ese número. ¡Tía Inocencia, soy yo, yo, que he llegado con vida! Y ella saldrá disparada a recibir a su sobrino más querido. Y nos abrazaremos llorando. Y será como abrazar otra vez a mamá que de seguro me viene siguiendo...

...que no, que no, que no, le dices, si llama a este número, que yo me mudé para Wisconsin, que yo no puedo hacerme cargo ni de un loro, que ya lo veo, Dios mío, subido en la perilla de ese bote, ya con las tetas y el *makeup*, que me dio, le dices, una trombosis, y que su tía, su queridísima tía, murió en ese estado frío, porque aquí no se nos va a meter, ¡por nada del mundo!, qué dirán de uno cuando lo vean venir, cuando lo vean como manosea, como gesticula, como se empina y dice, yo, que debo miles de dólares al Sun City Bank, yo, que no puedo mantener ni a una cacatúa, cuando más a un diablo, sí, un diablo, porque cuando yo me quería ir de allá, hasta los muchachos me corrieron detrás y me gritaban gusana y vendepatrias, escoria y apátrida y un millar de cosas... y mi hermana, la madre de él, nunca me escribió una letra, porque se metió a comunista, a organizadora, a lavaculos, la única carta que recibí de ellos fue una de él, donde me pedía miles de cosas, como si aquí una estuviera rica y poderosa, y yo, aquí en Hialeah, rejodida en una factoría calurosa, sin marido y sin dinero, limpiándole el culo a tres viejos en los momentos libres para sobrevivir, por eso no lo quiero ni ver, porque nadie va a venir ahora a hacerme cuentos, que se vaya, como me fui yo, al *expressway*, si quiere, y si no quiere, que se meta en el refugio...

—¿Y cuántas horas pasó en el mar, señora?
—¡Desde ayer a las siete de la tarde ando yo subida en ese oleaje! Tendrán que arreglar los mapas, hijo mío: entre Cuba y los americanos no hay un estrecho como dicen los libros sino un pozo, un hueco, un abismo anchísimo y mortal del que nunca saldrás con vida aunque lo atravieses en toda su inmensidad porque, hijo, cómo puedo yo olvidar ese mar, esos torbellinos, esas ráfagas, esos vientos: hijo, yo no fui solamente mordida por los perros sino también por Dios. Y esas heridas las llevo no sólo en el cuerpo sino en el alma, que es donde más duelen. Tú no hagas mucho caso a lo que yo te digo porque yo estoy traumatizada. ¡Y pensar que toda esa crueldad, que toda esta locura, fue provocada por un gobierno que yo misma ayudé y protegí, cuando parecía la salvación de esa patria! ¿Cómo puedo yo rehacer mi vida en este país después de haberla perdido? Yo he fijado el día de mi muerte con fecha de ayer: aunque te esté hablando, tú muy bien sabes que estoy muerta. ¿Estoy muerta o no estoy muerta? Dilo tú mismo...
—Enseguida regresamos con más noticias...
Aprenda inglés con el sistema González Incredible Language Machine, el más renovador sistema para el aprendizaje del idioma inglés. ¡Apréndalo en 36 horas! ¡Cómo lo está oyendo! En 36 horas usted hablará inglés con acento norteamericano. Progrese en la vida con el dominio del idioma inglés. El sistema González es el primer curso que trabaja sobre su subconsciente mientras usted duerme o trabaja. Por primera vez aprenderá una lengua extranjera sin tener que prestarle atención. Llame a «González Incredible Language Machine» hoy mismo, al 731-6541, y se convencerá. Llámenos, su porvenir le espera.../ ¡No importa adonde usted se mude, al Sur, al Norte o a la próxima esquina, Machín le hace su mudada! Machín tiene 25 años de experiencia haciendo mudadas a todas partes del mundo.

Llame a Machín primero. Estimados gratis. Recuerde: sus pertenencias son valiosas, encárgueselas a Machín.../ Tengo un sueño dorado en mi vida: adornar mi hogar como un bello paraíso. Las mueblerías Díaz y Colongo convierten mi sueño en realidad. Tres salones repletos de muebles finos y adornos cromados que son verdaderas joyas. Visite las mueblerías Díaz y Colongo en el 5757 de la calle 8, 7 días a la semana, 24 horas al día.../ Temperatura en Miami Beach, 105 grados; temperatura en Hialeah, 106 grados; temperatura en la Pequeña Habana, 107 grados.

—Continuamos con la entrevista a la señora Pérez de Cuella quien fuera asediada por perros entrenados al querer abandonar su país...

...además, suponiendo que ese sobrino mío fuera lo más decente del mundo, dónde lo vamos a meter. ¿Dónde? En esta casa no cabe ya ni siquiera un olor. Además, yo soy católica practicante. Y a mí la iglesia no me permite rozarme con esas deformaciones. Porque aquí se comenta que es un pájaro. ¡Yo no sé por qué este país recoge a cuanto mojón pasa volando!

Padre, la costa: desde el bote veo que hemos llegado. Y estoy vivo. Estoy en Cayo Hueso. El mar me ha traído. Tengo muchos deseos de llorar. Los soldados ya nos prestan los primeros auxilios. Los soldados que en nuestro propio país nos echaron los perros, los de aquí se deshacen en atenciones con uno. Sería más lógico que fuera al revés. ¿Hará falta mentir también aquí para sobrevivir? Ojalá que no haya que mentir tanto...

El gozo

(deseando dolorosamente que alguien nos sorprenda)

Delfín Prats
Lenguaje de mudos

No una sino mil veces se había hecho la misma pregunta: ¿valdría la pena sacrificarse por esa patria, por ese pueblo, por esas palmas, por esa isla?; ¿sería bueno, noble o justo enfrentarse a la actual dictadura y arriesgar su relativa seguridad, su vida, en nombre de un pueblo como éste, intolerante y ligero, imprevisible y efímero?; ¿tendría algún sentido inmolarse por un pueblo y un país entre cuyos habitantes se encontraban criaturas de la talla de Willy Calandra, Miguelito El Toro, Isidoro Tres Patas, Lourdes La Siniestra, él mismo, y millares de seres igualmente aborrecibles? Caer destrozado frente al pelotón de fusilamiento por intentar cambiar estas creencias y estos rostros de hoy, ¿podría tener algún sentido?; ¿sería acaso diferente el caserío acribillado de Artemisa si pudiera vivir en libertad?; ¿sería más tolerable el asedio del verano con su enjambre perpetuo de mosquitos suspendidos del aire?; ¿es que no moran entre nosotros mismos las fuerzas que nos lanzarán siempre de cabeza al precipicio?; ¿sería cierto que la sangre de aquel joven quien cayera balaceado al salir de una emisora de radio no se derramó en vano? No sabía porqué cada vez que se encerraba en los baños del cine América le daba por ponerse a pensar en esas cosas. Como de costumbre, había comprado la entrada y sin fijarse siquiera en la película que ponían, se había dirigido directamente a los baños públicos, encerrándose en el inodoro del medio, único sitio en el mundo capaz de propiciarle una sensación de lujuria que lo transportaba a insospechables niveles del erotismo. Extrajo su pene encapuchado y corto y comenzó a frotarlo ligeramente primero, ensalivándolo a intervalos. Él amaba a una mujer —y a un Negro— por lo que bien podría decir: sí que la vale, coño, por esos dos hijos que Milagros me ha dado, por ese Negro que a veces me consuela, por dejar esta vergüenza de rata apaleada e inmunda encerrada en un baño repleto de maricones... pero, ¿y amaba él realmente a Milagros, a sus dos hijos, a ese Negro al que acudía semanalmente en busca de un momentáneo alivio y que después, de regreso a casa bajo la hilera de portales apuntalados, juraba en vano no volver a visitar jamás? ¿se puede amar a alguien en medio de esta cerrazón y de este calor que reduce nuestras vidas a la mera necesidad de no asfixiarnos? ¿puede alguien amar a alguien en un sitio donde hasta el amor es un peligro que nos puede hacer casi siempre un daño irreparable? Ya le llegaban los primeros espasmos desde los urinarios vecinos, los que siempre le producían una erección instantánea. El pene le colgaba como media libra de carne de jarrete y le respondía ya a las innumerables caricias que su dueño le proporcionaba. Como la repugnante criatura que en definitiva era, ¿dejaría él de acudir a las oscuridades del cine América a masturbarse en los baños públicos sólo porque un gobierno de derechos se instalase en el poder?; ¿tendría algo que ver la justicia y el derecho con aquella forma suya de masturbarse en un baño? Y su pene le respondía con bríos cada vez mayores a aquellas elucubraciones mentales con trasfondo de jadeos, ensalivamientos y succiones que desde los urinarios vecinos le llegaban. ¿No sería este lugar inmundo precisamente, y sus atributos y sus seres, y el peligro inminente a ser sorprendido, lo que en realidad lo transportaba a esas latitudes del placer, a las únicas que ya lograba responder?; ¿podría él, a estas alturas, acostumbrarse a otro sitio donde no fuera necesario acudir a un baño público para satisfacer esos deseos de fiera acosada y en celos? Y más aún: ¿podría él decir, después del cambio, mírenme, a esto ha quedado reducida mi vida, heme aquí trajinando entre olores a semen y a desinfectantes, he aquí lo que ha quedado para levantar toda una patria, heme aquí? Y el pene, ahora erecto como una estaca, se bamboleaba en el abismo del inodoro. El, un graduado universitario, un hombre casado, una criatura crecida y católica, encerrado en un baño público cuestionándose su tiempo. Y se frotaba el pene, ahora con tanta furia que le empezó a sangrar levemente. Por la hendija de la puerta podía ver los seres, en racimos de a siete, ensartados en una orgía minuciosamente silente, con los torsos desnudos y los pantalones hasta las rodillas. La sangre y el deseo lubricaban el pene en una especie de doloroso delirio... pero algo faltaba en aquellas tinieblas que él no lograba eyacular allí mismo, algo que su pene como una antena reconocía que faltaba, un estruendo, un susto, algo que ilegalizara aquella escena de rasgos ya casi constitucionales, o sea, tontos...

Cuando, minutos más tarde, la policía irrumpió en los baños

públicos del cine América y se formó el esperado y desquiciante corre-corre, y un estruendo metálico salió de las armas largas rastrilladas, y cuando de una patada derribaron por fin la puerta del inodoro del medio, pudo él, en ese último instante, eyacular sobre el piso.

* * *

—Un demonio, el mismísimo diablo, el indiscutible líder de las bestias. ¡Mírenlo cómo se remenea en la cresta de ese bote! Porque ése mismo es él, no tengo la menor duda. Viene desnudo y hablando solo. ¿Lo ves? ¿No lo ves? Lo veo, lo veo con los lentes de aumento: con la mano más larga devora un millón de lombrices y con la otra, mucho más corta, hace señas a los monstruos marinos... ¡Ay, déjenme verlo a mí! ¡Virgen Santísima! Un ejército de tortugas, cachalotes y ballenas le sigue. Dios mío, dicen que no se le puede apuntar con el dedo porque te sale un hijo, un familiar, un sobrino, igual a él. Pero él también se ha buscado unos lentes de aumento y desde el mástil del bote ha empezado a mirar para acá. Dicen que es un fenómeno, que tiene dos bollos, una sola teta y en el otro lado dicen que tiene una picha. Dios Todopoderoso, va a haber que llamar a Alfa 69 para que le ponga una bomba. A mí me dijeron que él salió así porque su madre se murió sin cumplir una promesa que debía a la Virgen de la Caridad del Cobre. ¡Ay, déjenme verlo a mí porque yo tengo hijos varones! Aquí dice la radio que la revolución ha trastocado los genes. Y por eso salen estos monstruos. Ya los bajan del bote y les dan los primeros auxilios...

...he llegado: mi primer paso en la tierra prometida. Soy feliz. Dichoso y feliz. Qué extraño es sentirse feliz después de perder mi vida y mi casa de una vez y para siempre...cómo se le explicarán estas cosas a un hombre del futuro... cómo puede uno sentirse dichoso de vivir desterrado... doy mis primeros pasos en la Yuma, lugar mitológico que desde allá construimos a fuerza de imaginarlo, y que sólo existe para los que no pueden salir de esa isla cautiva; lugar que apenas toques se desvanecerá como una neblina...Y ya hacemos una cola, mi primera cola en tierra firme. ¿Nos irán a dar lapiceros? Manzanas. Nos dan una manzana roja y un plato de comida caliente. Todavía no le he dado un beso a nadie. Los familiares se agolpan del otro lado de la cerca. ¿Llegarán a notar ellos en mi primer beso las interminables noches de miedo que también vienen conmigo? ¿Se darán cuenta ellos, cuando me les acerque, que en realidad no soy más que un sobreviviente de un experimento social sin precedentes? ¿Se notará a simple vista que me siento como si hubiera salido de pronto de una oscuridad tenebrosa hacia una claridad enceguecedora? He sobrevivido, lo que es equivalente a decir que a pesar de todo he triunfado. ¿Se percatarán ellos, desde mi primer beso, que no soy otra cosa que un fantasma con dientes? El primer grupo de familiares ansiosos corre hacia donde me encuentro mirando. Allá están, del otro lado de la cerca. Enseguida identifico a mis aborrecibles familiares: mi tía Inocencia, La Machorra, sus tres hijas lesbianas, mi madrina y sus dos hijas, mis seis primas desconocidas para mí, y mi abuela, La Avara... Necesito la proximidad y el calor aunque sea de esta gente. Y yo todavía con *La venganza* en las manos. Sé que no tendré mucho tiempo para deshacerme del manuscrito, para esconderlo en alguna parte antes de que lo intercepte -y lo lea y entonces grite- mi tía Inocencia. Veo a un señor solo, gordo y barbudo, con aspecto gangsteril, que parece esperar a algún familiar entre los botes que colman la bahía. Ya en tierra, pero antes de que me atrape mi tía y su comitiva, me dirijo hacia él. Lo saludo y le digo mi nombre. El dice llamarse Miguel Correa Mujica. Le entrego el manuscrito de *La venganza* y le digo que por favor y en nombre de Dios, ponga el documento a salvo. Y me aparto de él corriendo. El rechoncho hombrecillo, desconfiado y barbudo, me mira como si hubiera tenido una experiencia parasicológica. Ya con el manuscrito fuera del peligro más inminente, enfrento a la multitud de familiares inevitables que ya me alcanzan. Siento los primeros brazos estrangulándome con sus caricias. Trato de padecer el patetismo de este momento con la mayor carga de estoicismo posible. Doy media vuelta y caigo en la red humana que aguarda. Me dejo llevar por los aires sin poner la menor resistencia. Desde el gran escarceo busco al hombrecillo peludo entre la multitud enfurecida, pero no lo veo. Pero si estaba allí ahora mismo... Ese hombre no pudo haberse desaparecido de esa forma. Lo busco entre el caos humano que constituye este momento aterrador. Y nada. Se lo ha tragado la tierra. Dios mío, el manuscrito... aunque mucho más seguro estará en manos de un desconocido que en las de mi tía Inocencia. He escrito un libro para entregárselo a un hombre que a lo mejor lo echará a la basura. Y si es así, desaparece con él la única copia que existe de mi querido libro de cuentos. Y tal vez para siempre. Y aunque lo recupere algún día, hoy por hoy sólo Dios sabe lo que será de *La venganza*...

Nota del autor

Quiero dejar constancia de mi profundo agradecimiento al Institute for International Education y a la Oscar B. Cintas Foundation por haberme propiciado los medios y el tiempo que hicieron posible esta novela.

Los manuscritos originales de *Furia del discurso humano,* al igual que los de mi novela *Al Norte del Infierno,* han sido adquiridos por la Firestone Library de la Universidad de Princeton, donde pueden ser consultados. En cambio, los de *La venganza* se encuentran en una gaveta de mi escritorio, esperando a que su autor los reclame.